LESEN UND STERBEN LASSEN

DIE GEHEIMNISSE DES NEVERMORE BOOKSHOP, 6

STEFFANIE HOLMES

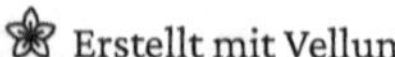 Erstellt mit Vellum

LESEN UND STERBEN LASSEN

In der sechsten und letzten Geschichte der Geheimnisse des Nevermore Bookshops treten Mina, Heathcliff, Morrie und Quoth gegen ihren ultimativen Feind an. (do you want to leave the „last/letzten" in?)

Wenn man sich einmischende Dörfer, eine Armee fiktiver Charaktere, die einen in den Wahnsinn treiben, Minas Mutter und ihr neuester Plan, schnell reich zu werden, und einen neugierigen Hund hinzufügt, hat Mina alle Hände voll zu tun.

Aber der Nevermore Bookshop hütet noch immer Geheimnisse. Mina und ihre Männer sind bereit für einen epischen Showdown, der eines homerischen Gedichts würdig ist ... wenn sie überleben.

Die Geheimnisse des Nevermore Bookshops sind das, was man bekommt, wenn alle deine Book Boyfriends zum Leben erwachen. Neu von der *USA Today-Bestsellerautorin* Steffanie Holmes. Lies nur weiter, wenn du glaubst, dass ein heißer Buchheld nicht genug ist!

Abonniere den Newsletter für Updates

Möchtest du eine kostenlose Bonusszene aus Quoths Sicht oder Heathcliffs Ladenregeln haben? Dann hole dir das *Wunderkammer* für Bonusszenen und zusätzliches Material, ein Steffanie Holmes-Kompendium mit Kurzgeschichten und Bonusszenen, indem du dich für den Steffanie Holmes-Newsletter anmeldest.

https://www.nevermorebookshop.co.nz/pages/steffanie-holmes-newsletter-german

In meinem Newsletter erzähle ich jede Woche von wahren Begebenheiten, seltsamen Ereignissen, verfallenen Ruinen und gruseligen Fakten, die meine Geschichten inspirieren. Du erhältst außerdem exklusive Bonusszenen und Updates. Ich liebe es, mit meinen Lesern zu sprechen, also komm zu mir und erleb gruseligen Spaß :)

*Für all meine Book Boyfriends
die mich die ganze Nacht wachhalten.*

INSCHRIFT

»Sie sind allen Arten von Wunderglauben ergeben, Verzückungen und Gesichtern unterworfen, sehen häufig allerhand sonderbare Erscheinungen, und hören Musik und seltsame Stimmen in der Luft. Die ganze Gegend ist voll von Ortssagen, Plätzen, wo es umgeht und Zwielichtsaberglauben ...«

– Washington Irving, *Die Sage von der schläfrigen Schlucht.*

»Ich habe Ozeane der Zeit überquert, um dich zu finden.«
– Bram Stoker, *Dracula*

Argleton Anzeiger

DRITTES OPFER DES GRAUSIGEN DRACULA-MÖRDERS

Halloween steht vor der Tür, doch nachdem die blutleere Leiche von Debbie Malcolm auf dem Gelände der Argleton Presbyterian Church gefunden wurde, wird den Einwohnern von Argleton dringend geraten, ihre Türen abzuschließen und auf Süßes oder Saures zu verzichten.

Da seine Angriffe vampirische Morde aus Mythologie und Literatur imitieren, ist der Serienmörder, der das Dorf zurzeit in Angst und Schrecken versetzt, als Dracula-Mörder bekannt. Es wird spekuliert, dass seine nächtlichen Aktivitäten mit einer Reihe von Grabräubereien auf dem Argleton Presbyterian Friedhof in Verbindung stehen könnten. Die Polizei verneint den Zusammenhang mit den Verbrechen jedoch.

Sylvia Blume und Helen Wilde, Besitzerinnen des örtlichen Ladens für Kristall- und Tarotkarten, der Anfang des Jahres auf mysteriöse Weise explodierte, sind überzeugt, dass der Mörder tatsächlich ein echter Vampir sein könnte. »Er wurde zur Tag- und Nachtgleiche in unsere Welt gelockt, wo der Schleier zwischen Himmel und Hölle und der Welt der Lebenden am dünnsten ist«, erklärt Frau Wilde. »Ich habe einen neuen Heiltee hergestellt, der Ihnen für nur 12 £ helfen wird, mentale Angriffe abzuwehren.«

Mabel Ellis, Leiterin der Geistersuchergesellschaft in Argleton, ist ebenfalls der Meinung, dass die Morde übernatürlichen Ursprungs sind. »In meinem Alter habe ich schon viele Morde im Dorf gesehen, aber noch nie so etwas. Die rituelle Natur der Morde, die Tatsache, dass ein Opfer auf dem Friedhof gefunden wurde, die Jahreszeit ... all das deutet darauf hin, dass der Mörder nicht von dieser Welt ist. Es ist alles sehr nervenaufreibend. Aber lassen Sie sich davon nicht davon abhalten, das erste jährliche Argleton-Halloween-Festival zu genießen. Wir versprechen gruseligen Spaß statt Mord- und Totschlag.«

Die Geistersuchergesellschaft sponsert unser Halloween-Festival und bietet im Oktober allen Bewohnern von Argleton, die sich durch seltsame Vorkommnisse in ihrem Haus oder Geschäft verunsichert fühlen, ermäßigte paranormale Untersuchungen an.

Eine gehörige Portion Skepsis ist wohl angebracht, aber obskurer Aberglaube oder nicht, Fakt ist, dass der Dracula-Killer weiterhin in Argleton sein Unwesen treibt. Wer wird sein nächstes Opfer sein? Werden die Geistersucher den Dämon in unserer Mitte austreiben? Werden unsere örtliche Polizei oder die Amateurdetektive aus dem Buchladen die Lage retten?

I

»Oh, toll.« Morrie rollte mit den Augen angesichts des architektonischen Monstrums, das sich vor uns auftürmte. »Ein weiteres Goldfischglas. Warum kann unser Lieblingsblutsaugerassistent nicht einfach ein paar Reihenhäuser kaufen, in denen niemand bemerkt, dass wir einbrechen?«

»Es sieht aus, als hätte *Grand Designs* ein Kind mit Alcatraz gezeugt«, wagte ich zu sagen. In der Dunkelheit konnte ich nur vage Formen erkennen, was das Haus noch unheimlicher erscheinen ließ. Wer wollte schon an einem Ort wie diesem leben, mit all diesen scharfen Ecken und dem hervorstehenden Stahl? Ein gemütliches Feuer in einer winzigen Wohnung im Obergeschoss, eine Katze auf dem Schoß, ein Buch in der Hand und Geister in den Wänden, und ich war vollkommen zufrieden.

Vor allem, wenn im Stuhl gegenüber die grüblerische Gestalt von Heathcliff Earnshaw saß und ein schlaksiger Moriarty sich vorbeugte, um mir mit lüsternem Blick einen Teller Roastbeef zu reichen, während die freundlichen, von

Feuer umrahmten Augen von Quoth, dem Raben, mich aus den Schatten heraus verglühten.

Genau da wollte ich jetzt sein: zurück im Nevermore Bookshop, eingekuschelt vor dem Feuer, mit einer Tasse von Quoths fantastischer heißer Schokolade, die meine Finger wärmt. Stattdessen friere ich mir in der frischen Oktoberluft den Arsch ab, kurz davor, ein *weiteres* Verbrechen zu begehen, alles nur, um die Welt von einem blutrünstigen Vampir zu befreien.

Wie ist das nur mein Leben geworden?

Es war fast ein Jahr her, dass ich aus New York City nach Argleton zurückgekehrt war, um meine Wunden zu lecken und herauszufinden, wer ich sein würde, nachdem ich mein Augenlicht verloren hatte. Ich hätte nie erwartet, dass es eine vampirjagende, mysteriöse Mordfälle lösende, Bücher verkaufende Tochter von Homer mit drei hübschen Liebhabern und einer Katze als Großmutter sein würde. Der Nevermore Bookshop hatte in dieser Hinsicht das letzte Wort gehabt.

In den letzten Monaten hatte ich Einbrecherin meiner Liste hinzugefügt, während Morrie und ich die Kisten mit rumänischer Erde suchten, die Dracula versteckt hatte, um seine Unsterblichkeit zu garantieren. Wenn er getötet und von seinem Diener in Erde aus seiner Heimat begraben würde, würde er sich einfach regenerieren. Wir konnten ihn nicht verfolgen, bis wir sicher waren, dass jede einzelne dieser Erdkisten zerstört war.

Ich trommelte nervös mit den Fingern auf meinem hautengen schwarzen Catsuit herum. Zumindest waren die Einbrecheroutfits *scharf*.

Wir umrundeten die Ecke des Gebäudes. Alles war dunkel, bis auf den hellen Mond, der über uns hing und das gesprenkelte Licht der Stahltür reflektierte. Um ehrlich zu sein, war für mich heutzutage fast alles dunkel. In den Monaten, seit ich Morrie von den Mordanschuldigungen befreit hatte, hatte sich mein Sehvermögen so weit verschlechtert, dass ich nachts nur noch Umrisse und Schatten erkennen konnte.

Ich war im Grunde der schlechteste Einbrecher der Welt. Zum Glück hatte ich den Napoleon des Verbrechens an meiner Seite.

Morrie holte sein Dietrich-Set heraus und machte sich an die Arbeit an der Tür, während ich über meine Schulter zum hellen Mond starrte und meine Augen sich daran gewöhnten, die groben Umrisse des minimalistischen Vorgartens, der Straße dahinter und des King's Copse Forsts, der das Grundstück umgab, zu erkennen. Mein Blindenhund Oscar saß artig neben mir und spitzte die Ohren, um jede Bewegung wahrzunehmen. Dank unserer jüngsten nächtlichen Abenteuer war er inzwischen ein Meister darin, mich durch die Dunkelheit zu führen.

Armer Oscar. Es tut mir leid, dass ich dich zu einem Kriminellen gemacht habe.

»Wir sind drin, meine Hübsche.« Morries dunkle Stimme durchbrach die Stille.

Ich hörte, wie die Tür aufklickte. Morrie ging zuerst hinein und benutzte eine App auf seinem Handy, um den Alarm auszuschalten. Ich winkte Oscar hinter ihm her, in der Hoffnung, dass er keinen Schlamm an den Pfoten hatte, der Abdrücke hinterlassen würde. Nicht, dass es darauf ankam. Der Mann, dem dieses Haus gehörte, Grey Lachlan, verbrachte selten Zeit in seinen Immobilien. Er war zu sehr damit beschäftigt, die Wohnung gegenüber der Buchhandlung zu renovieren und uns das Leben schwerzumachen.

»Wie ist der Grundriss von ...? *Au!*« Etwas Hartes und Metallisches knallte mir gegen die Stirn und schleuderte mich nach hinten. Mein Steißbein prallte gegen die harten Fliesen. Oscar bellte vor Verzweiflung. Er sollte mich um Hindernisse herumführen, aber er war nur ein Hund und nicht perfekt und hatte sich wahrscheinlich in der Dunkelheit verirrt, was ich gut nachvollziehen konnte.

»Ssssh, Junge.« Ich schlang meine Arme um Oscar und kraulte ihn am Nacken, bis er mir das Gesicht leckte. Morrie half mir auf die Beine. Er schaltete das Licht ein und enthüllte die Form einer merkwürdigen Stahlskulptur mit acht spindeldürren Armen, die wie Spinnenbeine aussahen und mit Bungee-Seilen an den Wänden befestigt waren.

»Wer stellt sich denn so ein mittelalterliches Foltergerät in die verdammte Eingangshalle?« Ich knurrte und trat mit meinem kirschroten Doc gegen das Ding. Die Stahlarme wackelten und Oscar scheute.

»Jemand, der eine blinde Einbrecherin aufspießen will.« Morrie rieb sich das Kinn. »Komm schon, meine Hübsche. Je schneller wir den Dreck finden, desto schneller können wir hier raus, bevor du wieder aus Versehen mit dem Kopf durch einen Constable rennst.«

»Oh, erinnere mich bloß nicht daran.« Drei Häuser früher, bin ich über die Kante eines Teppichs gestolpert. Nur dass ich nicht auf dem besagten Teppich gelandet war, der ziemlich weich und kuschelig gewesen wäre, sondern gegen die Wand geprallt war, woraufhin mir ein unbezahlbares Kunstwerk auf den Kopf gefallen war. Jetzt schalten wir immer das Licht ein und Morrie untersucht den Raum sorgfältig auf Stolperfallen.

Sobald Morrie das Anwesen für Mina-sicher erklärt hat, teilen wir uns auf. Morrie nahm sich das Wohnzimmer vor, während ich die Küchenschränke durchsuchte, die leeren Regale abtastete und meine Finger in die Teetassen des Musterhaus-Designers steckte. Ich öffnete die Kaffeemaschine, aber sie war nicht mit Dreck gefüllt. Im Buch hatte Dracula große Holzkisten gehabt, die mit transsilvanischer Erde gefüllt gewesen waren, aber alle Verstecke, die wir bisher gefunden haben, waren relativ klein gewesen. Er schien nur wenig für seine Regeneration zu brauchen.

»Ah, *ha*«, rief Morrie.

Ich drehte mich um, als Morrie auch schon in die Küche stürmte. Ich konnte gerade noch ein rechteckiges Objekt in seinen Händen erkennen und die lange Schnur, die hinter ihm über den Teppich schleifte.

»Was ist das?«

»Ich habe keine Ahnung. Es war an den Fernseher angeschlossen. Es könnte eine Art DVD-Player sein, aber schau dir mal an, wie groß das Loch ist.« Morrie steckte seine Finger in einen breiten Schlitz. Als er sie herauszog und sie mir vor die Nase hielt, sah ich, dass sie voller Schmutz waren.

Transsilvanischer Schmutz.

»Ich glaube, das ist ein Videorekorder.« Ich kramte in meiner Tasche nach meinem Fläschchen mit Weihwasser. Wir hatten nicht mehr viel, was bedeutete, dass wir »eine katholische Kirche bestehlen ... wieder einmal« auf unsere lange Liste von Verfehlungen setzen mussten. »Mama hatte einen, als ich klein war. Man schaut sich Videos an, die sich auf Magnetbandspulen befinden. Man muss eine Taste gedrückt halten, um vor- oder zurückzuspulen, und man konnte nicht munter durch die Szenen springen. Aber man konnte damit Sendungen vom Fernseher aufnehmen, damit man nichts verpasst.«

Morrie sah verwirrt aus. »Du meinst, man konnte nicht einfach eine Sendung auswählen und auf Play drücken?«

»Nein. Die Zeitung hat immer eine Liste der Sendungen und ihrer Sendezeiten veröffentlicht, und man musste entweder zu dieser Zeit einschalten oder die Sendung verpassen. Es sei denn natürlich, man hatte einen Videorekorder.«

»Wie altmodisch.« Morrie betrachtete die Maschine mit einem so unvergleichlichen Ekel, dass ich mich ein kleines bisschen mehr in ihn verliebte. James Moriarty brauchte von allem im Leben das Beste, und dazu gehörte auch die neueste Technologie.

Und er braucht mich. Der Gedanke jagte mir einen Schauer über den Rücken. Es gab einen Grund, warum ich Morrie bei diesen Einbrüchen begleitete. Er könnte sie wahrscheinlich auch alleine begehen, und manchmal, wie damals mit dem Constable, war ich eher eine Belastung. Aber die Art, wie er mich anlächelte, wenn ich meinen Catsuit anzog und mit ihm durch die Gegend schlich, löste in meinem Inneren etwas Wunderbares aus. Morrie neigte dazu, die meisten menschlichen Interaktionen als Fingerübungen mit geringer Gehirnleistung zu betrachten, aber er hatte nie Angst, in meiner Gegenwart ganz er selbst zu sein, selbst wenn sein wahres Ich bedeutete, eine Unschuldige mit seinem Charme zu verführen oder genüsslich Sachbeschädigung zu begehen.

Wenn ich ganz ehrlich sein sollte, verursachte mir jeder Moment, den wir zusammen verbrachten, und bei dem wir ständig Gefahr liefen, erwischt zu werden, ein aufregendes Kribbeln. Mein Meisterverbrecher hatte mehr auf mich abgefärbt, als ich zugeben wollte.

Morrie hielt die Klappe des Videorekorders offen, während ich den Dreck darin mit Weihwasser besprenkelte. Zur Sicherheit warf ich noch ein zerbrochenes Stück Hostie hinein. Wenn mein Leben ein Film wäre, würde etwas Magisches geschehen, das darauf hindeutet, dass der Dreck für Dracula unbrauchbar geworden war, aber dies war kein Film, also gab es weder ein magisches Funkeln noch schimmernde Soundeffekte.

Wir mussten einfach nur hoffen, dass wir den Auftrag erfüllt hatten.

Für meinen Geschmack gab es zu viele Teile, auf die wir hoffen mussten, in unserem Plan.

Morrie warf den Videorekorder auf den Tisch. »Wo wir schon mal hier sind, will ich mich gleich ein bisschen umsehen. Ich frage mich, ob es hier so gruselig ist wie in der letzten Wohnung mit der goldenen Badewanne? Ich habe darüber nachgedacht, mir eine eigene Wohnung zu suchen, und so etwas Modernes und Elegantes wie diese hier würde mir gefallen. In meinem provisorischen Schlafzimmer ist kein Platz für meine Spielsachen.«

Ich konnte mir Morrie hier lebhaft vorstellen, mit den gruseligen modernen Skulpturen und allem. Es passte definitiv besser zu ihm als unsere derzeitige Wohnsituation. Morrie hat sein Schlafzimmer in der Wohnung aufgegeben, damit ich einen eigenen Raum haben konnte. Er hatte im Abstellraum im Erdgeschoss geschlafen, aber der war lediglich groß genug für sein Bett. All seine »Spielzeuge«, seine verschiedenen BDSM-Utensilien und seine Computerausrüstung, befanden sich immer noch in meinem Zimmer und nahmen wertvollen Platz weg, den ich für meinen Plattenspieler und meine Schuhsammlung brauchte. Die Wahrheit war, dass wir uns in der engen Wohnung alle gegenseitig auf die Füße traten, aber da Morrie nach der Auflösung seines Geschäfts mit vorgetäuschten Todesfällen mehreren Kunden das Geld zurückerstatten hatte müssen, hatten wir nicht die Mittel für weitere Renovierungen ...

Ein Geräusch drang an den Rand meines Bewusstseins; ein Rascheln in den Bäumen draußen. Mein Herz schlug mir bis zum Hals.

»Vielleicht sollten wir besser gehen ...«

»Unsinn. Wir können nicht gehen, bevor ich das Schlafzimmer für meinen Zwinger ausgemessen habe und der Welpe in den Toaster geschissen hat. Ein kleines Geschenk von uns an Grey, weil er uns die ganze Nacht mit seinem Hämmern wachgehalten hat. Oh, und ich nehme mir vielleicht eine

Flasche Wein mit. Grey hat immer einen außergewöhnlichen Geschmack.«

Morrie ging in die Küche und ließ seine langen Finger über die Flaschen im Regal tanzen. Das war das Problem bei Einbrüchen mit einem Mann, der keine Angst vor dem Gesetz hatte. Morrie wollte immer noch etwas bleiben und Unfug anstellen. Ich wollte unbedingt nach Hause, um meine heiße Schokolade und meinen Quoth zu genießen.

Ein anderes Geräusch ließ mein Herz höher schlagen. »Bist du sicher, dass niemand in diesem Wohnblock wohnt? Ich schwöre, ich habe gehört …«

Ich zuckte zusammen, als draußen ein langes, tiefes Heulen ertönte, gefolgt von knurrenden, schnappenden Zähnen. Oscar scharrte mit den Pfoten auf dem Teppich und wimmerte.

»Sie haben die Hunde auf uns losgelassen«, flüsterte Morrie.

»Du hast mir nicht gesagt, dass es Hunde gibt!«

»Du hast nie gefragt«, sagte Morrie mit einem verlegenen Grinsen.

»Wir müssen verschwinden.« Ich stellte mir vor, wie Hayes und Wilson hier auftauchten, während wir drei drinnen kauerten und draußen bösartige Hunde bellten. Aus einer Gefängniszelle heraus könnte ich nicht besonders viel gegen Dracula unternehmen.

»Eine hervorragende Schlussfolgerung.« Morrie klemmte sich die gestohlene Flasche Château Lafite unter den Arm. Ich legte meine Hand in seine Armbeuge und er führte mich um die Skulptur herum. Wir traten nach draußen. Das Knurren kam immer näher und die Büsche raschelten, als sich bösartige Bestien dem Haus näherten. Morrie schlug die Tür zu und zog mich nach vorne, während ich Oscar anschrie, er solle weglaufen. Mein tapferer Hund bellte die Bestien an, während Morrie uns im Sprint in den Wald führte.

Vor Schreck kniff ich die Augen zusammen. Äste zerkratzten meine Armen. Ich stolperte und rutschte über knorrige Äste und lose Steine. Ich konzentrierte mich darauf, Oscars Geschirr so fest zu halten, wie ich es wagte. Morrie und Oscar würden mich nie in die Irre führen. Ich vertraute ihnen mit meinem Leben.

Das Knurren kam näher. Die Angst umklammerte mein Herz, als die Hunde uns umrundeten und umzingelten. Heißer Atem kitzelte meine Waden. Ich schrie und trat aus. Dann stürzte ich mich auf Morrie in die Dunkelheit.

Hinter den Hunden ertönte ein anderes Geräusch: ein rhythmisches Klappern wie Pferdehufe auf Asphalt, das einen beklemmenden Schrecken mit sich brachte, der sich tief in meine Brust bohrte. Meine Glieder schmerzten und meine Lungen schrien nach Luft. Es würde nicht mehr lange dauern, bis ich nicht mehr weiterlaufen konnte. Das Geräusch kam näher und näher und ...

RUMS!

Ein dumpfes Zittern, schrecklich nah, durchlief meinen Körper. Dann ein Wimmern und ein leiseres Rascheln. Pfoten knirschten im fallenden Laub, stoben von uns *weg. Was in Isis' Namen ging hier vor sich?*

Ich öffnete die Augen.

Die Aktion hatte nur wenig Sinn. Abseits der Straßenlaternen hatte ich im Dunkeln nur wenig Hoffnung, mehr als nur grobe Umrisse zu sehen. Aber ich konnte die Hunde wimmern, winseln und davonschleichen hören. Oscar vergrub seinen Kopf an meiner Schulter. Sein ganzer Körper zitterte. *Was ist hier los?*

»Mina, schau.« Morrie drehte meinen Kopf und zeigte auf etwas. »Ich glaube, das ist es, was die Hunde verscheucht hat.«

Der Mond schien durch eine Lücke in den Bäumen und warf genug Licht auf die Erde, dass ich die Silhouette eines Mannes erkennen konnte, der auf einem monströsen schwarzen Pferd saß. Dampf stieg aus den Nüstern des Tieres auf, während es schnaubte und mit einem riesigen schwarzen Huf auf den Boden stampfte. Ich hatte noch nie ein Pferd wie dieses gesehen, so riesig und bedrohlich mit gelb leuchtenden Augen. Aber das war es nicht, was mein Herz zum Stillstand brachte und den Speichel auf meiner Zunge trocknen ließ.

»Geht es nur mir so«, brachte ich hervor, »oder hat dieser Reiter ... keinen Kopf?«

2

Morrie schien vollkommen locker mit der Situation umzugehen, aber seine Finger verkrampften sich um meine und ich wusste, dass auch er Angst hatte. »Ja. Er sieht ziemlich kopflos aus.«

Der Reiter neigte seinen Oberkörperstumpf in meine Richtung und verschwand mit dem Pferd zwischen den Bäumen. Ich vergrub mein Gesicht in Oscars Fell, während ich laut stöhnte.

Der kopflose Reiter.

Aus Washington Irvings *Die Sage von der schläfrigen Schlucht.*

Das ist nicht gut.

Wie ist er hierhergekommen?

Ich war zu verärgert, um noch Angst zu haben. Ein nackeneingeschränkter Reiter, der durch Argleton streift, konnte nur von einem Ort kommen, was ihn zum *dritten* neuen Literaturcharakter machte, der diese Woche im Nevermore Bookshop aufgetaucht war. Wir hatten jetzt Sokrates, der auf einem Rollbett im Philosophiezimmer schlief, während Dr. Victor Frankenstein den Keller für sein Labor übernommen hatte. Nevermore fühlte sich immer weniger wie eine

Buchhandlung und immer mehr wie ein Resozialisierungszentrum für literarisch Verwahrloste an.

Ich setzte Oscar ab und gab ihm das Zeichen, mich durch die Bäume hinter dem Pferd herzuführen.

»Was machst du da?« Morrie joggte mir hinterher.

»Wir können ihn nicht einfach durch Argleton herumirren lassen. Jemand könnte ihn sehen.«

»Na und?«

»Na und ... wir haben im Moment genug Probleme, ohne dass die Dorfbewohner herausfinden, dass ihre Lieblingsbuchhandlung literarische Figuren zum Leben erweckt.«

»Entspann dich, meine Hübsche. Sie werden denken, gehört einfach zum ganz normalen Halloween-Wahnsinns.«

Morrie hatte nicht ganz Unrecht. Es war Oktober, und in einem Land, in dem der Feiertag offiziell nicht gefeiert wurde, war Argleton ein wenig Halloween-verrückt geworden. Meine alte Nachbarin, Frau Ellis, hatte beschlossen, dass das Dorf etwas Lustiges brauchte, um uns von dem Serienmörder in unserer Mitte abzulenken, und hatte ein einwöchiges Halloween-Festival organisiert. Beim Anblick all der Dekorationen in den Schaufenstern und der Kürbisse auf den Gartenwegen wurde mir etwas wehmütig, weil ich vier Jahre lang in New York City gelebt hatte. Jedes Jahr hatten Ashley und ich Monate damit verbracht, als eine Art kreative Herausforderung für die jeweils andere Kostüme zu entwerfen. Wir enthüllten unsere Kreationen die Nacht vorher, um sie auf Marcus Ribalds epischer Halloween-Party zu tragen. Amerika war ein verrücktes Land, aber sie feierten ORDENTLICH Halloween.

Argleton konnte zwar nicht ganz mit Marcus' kühner Eleganz mithalten, aber das machten sie mit waghalsigem Enthusiasmus mehr als wett. Das Festival sollte zwar erst in ein paar Tagen offiziell beginnen, aber es liefen so viele Leute in Kostümen herum, dass unser enthaupteter Jockey wohl kaum für viel Aufsehen sorgen würde.

Trotzdem.

»Ich gehe ihm nach. Kommst du mit oder nicht?« Ich wartete nicht auf Morries Antwort. Oscar hatte die Fährte des Pferdes aufgenommen. Er trabte in einem zügigen Tempo neben mir her und lenkte mich um die Bäume und Büsche herum, die mir im Weg standen. Er hielt an einer niedrigen Mauer an, damit ich darüber klettern konnte, und rannte dann wieder los, die Nase dicht über dem Boden.

Oscar und ich waren in den wenigen Monaten, die wir erst zusammen waren, ein richtiges Team geworden. Er kannte jeden Winkel des Nevermore Bookshop so gut, dass ich manchmal einen mit Büchern gefüllten Kinderanhänger an seinem Geschirr befestigte und ihn dazu brachte, ihn zum entsprechenden Regal zu ziehen. Ich hatte ihn sogar dabei erwischt, wie er sich nach einem anstrengenden Tag mit Heathcliff zusammen vor das Feuer kuschelte. Er war ein fester Bestandteil unserer seltsamen kleinen Familie geworden.

Und ich machte ihn zum Kriminellen.

Wenn ich Oscar bei diesen gefährlichen Mitternachtsmissionen nicht dabei hätte, wäre ich völlig aufgeschmissen. Und ich hatte nicht vor, zu Hause herumzusitzen und darauf zu warten, dass Morrie, Heathcliff und Quoth Dracula für mich ausschalten würden.

Ich war Mina Wilde, die Tochter von Homer. Irgendwie war ich für alles verantwortlich, was im Nevermore Bookshop geschah. Ich würde mich dieser Verantwortung nicht entziehen, was der Hauptgrund dafür war, dass ich dem kopflosen Reiter durch den Wald hinterherstolperte.

Wir kamen auf einer Lichtung heraus. Das Mondlicht spiegelte sich in einem großen, runden Teich. Wir hatten den Ententeich am

Rande der Sozialbausiedlung erreicht, in der ich mit meiner Mama gelebt hatte. Als Kind war ich manchmal hierhergekommen, um unter dem Pavillon zu lesen und der Sklavenarbeit für Helen Wildes neuestes Schnellreich-Programm zu entkommen.

Pferd und Reiter umrundeten den Ententeich. Der Umhang des Reiters wehte im Wind. Das Pferd beugte den Hals zum Wasser hinunter. In diesem Moment stellte ich mir alle möglichen unheimlichen und gespenstischen Vorkommnisse vor: das Wasser kochte, die Enten wurden geköpft, ein dämonisches Gesicht tauchte aus den Tiefen auf ...

»Oh, ee trinkt etwas.« Ich atmete erleichtert auf, als lautes Schlürfen durch die Bäume hallte.

»Ich schätze, selbst geisterhafte Pferde des puren Bösen müssen ihren Flüssigkeitshaushalt im Auge behalten.« Morrie tauchte neben mir auf. »Vielleicht hat er ... Mina, was machst du da?«

Ich straffte meine Schultern, trat aus dem Schatten der Bäume und hielt dabei Oscars Zaumzeug festumklammert. Ich räusperte mich.

Das Pferd trank weiter, aber der Reiter drehte seinen Körper in meine Richtung. Obwohl ich nicht viel mehr als seine Silhouette sehen konnte, war jede Bewegung einer Silhouette ohne Kopf verdammt gruselig.

Der Schrecken schnürte mir die Kehle zu. Mein Herz hämmerte gegen meine Rippen. Obwohl ich wusste, dass Pferd und Reiter Figuren aus einem Buch waren, wusste ich auch, dass sie die gleichen Motivationen und Wünsche hatten wie die Figuren auf den Seiten. Die Begegnung mit diesem tierischen Duo war für Ichabod Crane nicht so gut ausgegangen.

»Hallo.« Ich winkte. »Ich bin Mina. Ich wollte mich dafür bedanken, dass du uns gerettet hast.«

Der Reiter schaukelte irgendwie in seinem Sattel. Ich

vermutete, dass das in der Sprache kopfloser Reiter so viel hieß wie »*Gern geschehen.*«

Ich fuhr fort. »Also ... ich weiß nicht, ob du es bemerkt hast, aber du bist nicht mehr in Sleepy Hollow. Es ist eine ziemlich lange Geschichte, aber du willst wahrscheinlich nicht die ganze Nacht ziellos umherirren. Wenn du uns folgst, kann ich dich an einen sicheren Ort bringen und dir vielleicht sogar einen Stall für dein Pferd besorgen.«

Ich drehte mich um und bedeutete Oscar und Morrie, zur Straße zu gehen. Pferd und Reiter blieben stehen. Ich spürte, wie mich augenlose Augen beobachteten.

»Ich sagte, du kannst uns folgen.« Ich trat hinter das Pferd, um es zum Weitergehen zu bewegen. Ich wedelte mit den Armen, aber das Pferd blieb wie angewurzelt stehen, also trat ich näher heran. *Wie bringt man ein Geisterpferd dazu, sich zu bewegen? Ich kann ihm ja schlecht einen Apfel füttern ...*

»Ah ... Mina.« Morrie sah aus, als würde er sich sehr bemühen, nicht zu lachen. Ich öffnete den Mund, um ihn zu fragen, was so lustig sei, als ein Strahl übelriechenden Wassers meine Vorderseite durchnässte.

»Ahhhh!« Ich sprang zurück. Oscar bellte vor Aufregung. Er fand es großartig.

Das Pferd bewegte sich nicht, weil es pinkelte.

Überall auf meinem brandneuen Catsuit.

»Igitt.« Ich humpelte zu Morrie. »Du hättest mich warnen können.«

»Und den entzückten Ausdruck auf deinem Gesicht verpassen? Niemals.« Morries Finger strichen über mein Kinn und hoben meinen Kopf an. Er beugte sich zu mir vor und gab mir einen mondbeschienenen Blick auf die aristokratischen Züge seines Gesichts und die rasiermesserscharfen Wangenknochen. Seine Stimme krächzte. »Außerdem habe ich das Gerücht gehört, dass Pferdepisse tatsächlich ein Aphrodisiakum ist.«

Er kippte meinen Kopf mit seinem Daumen nach hinten, um meine Lippen zu beanspruchen. Ich vergaß den kopflosen Reiter und die sehr reale, sehr stinkende Pisse, die mein bestes Einbrecheroutfit verschmutzte. Wir schütteten all das Adrenalin und die Angst des Abends in den Kuss und brannten vor unserem Bedürfnis nach einander ...

Okay, vielleicht habe ich die Pferdepisse nicht ganz vergessen. Ich unterbrach den Kuss und rümpfte die Nase. »Können wir das später noch einmal besprechen, wenn ich nicht nach Pferdeurin rieche?«

»Wie du willst.« Morrie legte seinen Arm um meine Schulter, während wir auf dem breiten Weg zurück in Richtung Dorf stapften. Hufe klapperten hinter uns, als der kopflose Reiter sich uns anschloss. Oscar zerrte an seiner Leine. Er wollte unbedingt in die Buchhandlung zurückkehren.

Wir kamen am alten Bahnhof vorbei, wo sich die Obdachlosen von Argleton aufhielten. Es sah aus, als würden sie eine Party feiern. Neben den Gleisen loderte ein Feuer in einem alten Ölfass, und ich hörte einen Chor von Stimmen, die zum Klang einer kreischenden Geige unzüchtige Volkslieder sangen.

Als wir vorbeischlurften, lehnte sich Earl Larson aus dem Fenster eines alten Wagens. »Hallo, Mina, Morrie.«

»Hallo, Earl. Wie geht es deinem Kätzchen?«

»Oh, es ist ein richtiger Unruhestifter. Neulich sind wir uns aus dem Café geworfen worden, weil er ein paar Bücklinge gestohlen hat.« In diesem Moment wurde Oscar wieder munter, und ich wusste, dass ein kleines schwarzes Katzengesicht neben Earl aufgetaucht war. »Möchtet ihr eine Tasse Tee?«

»Ähm, ich habe jetzt gerade leider keine Zeit.« Mein Herz

hämmerte gegen meine Brust. Wir mussten weiter, bevor Earl unseren enthaupteten Freund bemerkte. Außerdem wollte ich unbedingt aus meinem mit Pisse eingesauten Catsuit raus.

»Du solltest nächste Woche mal im Buchladen vorbeischauen«, warf Morrie ein. »Heathcliff hat ein paar neue Bücher für dich zurückgelegt, und wir haben eine Reihe kleiner Veranstaltungen für das Festival. Oliver hat Halloween-Kekse gebacken.«

Ich stieß Morrie in die Rippen. *Wollen wir hier wirklich stehen, plaudern und so tun, als hätte der Reiter hinter mir noch alle seine Körperteile?*

»Vielleicht, vielleicht.« Es folgte eine Pause, dann sagte Earl: »Er redet nicht viel, oder?«

»Wer?«

»Dein Jockey-Freund.« Earl nickte dem kopflosen Reiter zu.

Ich war mir nicht sicher, ob ich lachen oder weinen sollte. »Nein. Nicht wirklich.«

Earl hielt eine Flasche hoch. »Nun, ihr wisst, wo ihr mich findet, falls ihr etwas von Earls Apfelwein brauchst, um seine Zunge zu lockern.«

Wir winkten Earl zum Abschied und führten Pferd und Reiter den Hügel hinauf, vorbei an dunklen Reihenhäusern und dem verfallenen Skateboardpark des Dorfes. Als wir in die Butcher Street einbogen und um das Baugerüst von Lachlan Enterprises herumgingen, konnte ich nicht anders, als einen Blick auf die alte Wohnung von Frau Ellis zu werfen. Sie war wie der Rest des Dorfes in Dunkelheit gehüllt, aber irgendetwas an dieser besonderen Dunkelheit ließ mich erschauern.

Als wir die Stufen hinaufstiegen, lehnte sich Heathcliff aus dem Schaufenster. »Was ist das denn für eine Zeit?«

»Zeit, unsere Unterwäsche zu schwingen, du heißes Exemplar von Männlichkeit«, rief Morrie zurück.

Obwohl ich sein Gesicht nicht erkennen konnte, wusste ich,

dass Heathcliff finster dreinblickte. Seit er Morrie an den Barset Reach-Wasserfällen gerettet hatte und wir drei uns intensiv geküsst hatten, hatte er fast immer diesen finsteren Blick auf. Ich hatte gedacht, dieser Kuss hätte zur Folge, dass er *endlich* in der Lage sein würde, seine Gefühle für Morrie zuzugeben, aber stattdessen hatte sich Heathcliff von uns beiden zurückgezogen, was Morrie natürlich zu noch größeren Provokationen anspornte. Die daraus resultierende Pattsituation war ein weitere Punkt auf meiner wachsenden Liste von »Scheiße, mit der Mina sich befassen muss, während sie versucht, die Welt vor einem blutrünstigen fiktiven Vampir zu retten«.

»Heathcliff, mein Lieber«, fragte ich lieblich. »Ist dir heute Abend zufällig ein schwarzes Pferd mit einem kopflosen Reiter aufgefallen, das im Laden herumstand?«

Heathcliff grunzte. »Die wandelnde Klebstofffabrik ist aufgetaucht, nachdem ihr los wart. Der Kerl, der darauf ritt, war ganz nett, aber dieser miesepetrige Bastard hat auf den Teppich geschissen. Ich habe sie beide zur Tür hinausgeschoben und ihnen gesagt, dass sie besser euch finden sollten.«

»Nun, das haben sie.« Ich trat zur Seite und gab Heathcliff einen Blick auf unsere neuen Freunde. Das Pferd senkte den Kopf und schnaubte Heathcliff an, während der Reiter in seinem Sattel wackelte, als wollte er sagen: *»Lass nicht zu, dass dieser mürrische Bastard mich noch einmal quält.«*

»Verschwinde.« Heathcliff schwang den Besen aus dem Fenster und wedelte ihm damit vor dem Gesicht herum. »Typen wie dich brauchen wir hier nicht.«

Das Pferd bäumte sich auf, als der Reiter an den Zügeln zog.

»Hör auf damit.« Ich streckte die Hand aus und griff nach dem Reiter. Ich wollte lachen, aber das würde Heathcliff nur ermutigen. »Du *weißt,* dass wir ihn nicht im Dorf herumlaufen lassen können.«

»Warum nicht?«

»Weil er keinen Kopf hat.«

»Na ja, er kann definitiv nicht im verdammten Laden bleiben. Der Reiter mag ein gespenstischer Ghul sein, aber der Pferdegeruch ist verdammt streng.« Heathcliff verzog das Gesicht.

»Wem sagst du das?« Ich nahm einen Hauch von mir selbst in der Brise wahr, und es war nicht gerade schön. »Wo in diesem Dorf können wir ein Pferd verstecken?«

»Da ist dieser alte Stall hinter dem Pub«, schlug Morrie vor.

Die Dorfkneipe, das Rose & Wimple, war über fünfhundert Jahre alt. Es war ein Labyrinth aus dicken Balken, niedrigen Decken und schiefen Böden und umfasste einige der ursprünglichen Tudor-Nebengebäude. Ich wusste, dass der Wirt Richard die alte Destille zum Brauen seines hausgemachten Apfelweins benutzte, aber soweit ich wusste, waren die Ställe leer … und weit genug vom Pub entfernt, dass sie wahrscheinlich nicht besucht wurden. Der Ort war so gut wie jeder andere, um unseren verkürzten Schrecken und sein Ross unterzubringen.

Heathcliff starrte den Reiter finster an. »Es ist mir egal, wo er hingeht, solange er nicht im Laden bleibt.«

Der Reiter glitt aus dem Sattel. Seine Füße berührten das Kopfsteinpflaster, ohne ein Geräusch zu verursachen. Er nahm die Zügel in die Hand und deutete mit einer Neigung seines Halses an, dass er mir folgen würde. Die Hufe des Pferdes machten ein klapperndes Geräusch, als es sich umdrehte, aber der kopflose Reiter schien über dem Boden zu schweben, ohne ihn zu berühren.

Ich war es gewohnt, in meinem Beruf seltsame Dinge zu sehen, aber ein kopfloses Gespenst und sein treues Ross waren eine ganz andere Hausnummer. Und sie waren eine allzu gegenwärtige Erinnerung an das übernatürliche Böse, gegen das wir kämpften.

Oscar ging voran und trabte über den verlassenen Dorfplatz, duckte sich und schlängelte sich zwischen den halbfertigen Jahrmarktständen und den Vorbereitungen für das Freudenfeuer hindurch. Ich band das Pferd in den Ställen an. Der kopflose Reiter beugte sich vor und streichelte seinem Ross über das Gesicht. Das Pferd wieherte. Ich dachte, der Reiter würde bei seinem Tier bleiben, aber nach einem letzten Nüsternreiben wandte sich der Reiter ab und folgte uns zurück zum Laden. Morrie hielt die Tür auf und ich stapfte hinein.

Sobald ich den schmalen, mit Büchern vollgestellten Flur entlangging, verflogen meine Angst und mein Stress. So wirkte der Nevermore Bookshop auf mich. Ich war mir nicht sicher, ob es die Magie des Ladens war oder ein Zeichen davon, wie wohl ich mich hier fühlte. Nevermore war in jeder Hinsicht mein Zuhause.

Heathcliff hatte alle Lampen für mich eingeschaltet, sodass der Laden so hell erleuchtet war, dass ich Regale, Möbel, Treppen und sogar einzelne Bücher erkennen konnte. Gerade wenn ich dachte, ich könnte seine Distanziertheit und seine Mürrischkeit nicht mehr ertragen, zeigte er mir, dass er sich immer noch um mich sorgte und an mich dachte.

Oscar wartete, während ich ihm das Geschirr abnahm. Im Geschäft konnte ich ihn von seinen Pflichten entbinden. Er eilte vor uns her und steuerte direkt auf seine Futter- und Wassernäpfe zu. Mein Magen knurrte, aber ich hatte noch eine äußerst wichtige Angelegenheit zu erledigen: eine Dusche.

Heathcliff erschien im Flur. Er trug ein schwarzes Hemd, das seine dunklen Augen und den finsteren Blick, den er normalerweise für Kunden reservierte, zur Geltung brachte. Ich warf meine Arme um ihn, vergrub mein Gesicht in seinem Nacken und atmete seinen herben Geruch ein. Heathcliff hatte etwas an sich, das so erdend und beruhigend war. Nach einem versteiften Moment gab er der Umarmung nach, schlang seinen Körper um mich und drückte mich so fest an sich, dass unsere Atome miteinander verschmelzen hätten könnten.

»Du stinkst nach Pferdepisse«, murmelte er, zog sich aber nicht zurück.

»Das stimmt. Ich habe dich heute Abend vermisst.«

»Jetzt bist du ja wieder zu Hause.« Heathcliffs Stimme klang rau vor Emotionen, als er mir mit seiner Umarmung das Rückgrat zerquetschte. Er schottete sich von mir ab und sagte nicht, was er sagen wollte, was dazu führte, dass ich mir Sorgen um ihn machte. Ich hatte Angst, dass er sich so sehr zurückziehen würde, dass er im Inferno seiner unterdrückten Leidenschaften verbrennen würde. Aber dann umarmte er mich auf *diese* Weise, bis sein ganzer Körper am Rande des Kontrollverlusts stand, und ich seine Gedanken und sein Herz lesen konnte, als wären es meine eigenen.

»Ich bringe unseren Gast unter und bin gleich oben.« Ich hauchte einen Kuss auf Heathcliffs Wange. Seine Augen schlossen sich und sein ganzer Körper versteifte sich. Er riss sich von mir los, als könnte ich ihn verbrennen. *Ich hasse das.* Meine Berührung rührte ihn, aber sie zerstörte ihn auch, und ich verstand nicht, warum, und er wollte es mir nicht sagen, und ich wollte ihn gleichzeitig erwürgen und festhalten und nie wieder loslassen.

Heathcliff wandte sich der Treppe zu. »Ich lasse dir ein Bad ein und bereite die heiße Schokolade vor.« Er sah mir nicht in die Augen, als er in der Dunkelheit verschwand. Morrie hatte er überhaupt nicht beachtet.

»Ich habe den Wein mitgebracht.« Morrie hielt die Flasche hoch, die er aus Greys Musterhaus gestohlen hatte. »Kein Grund, mir zu danken.«

Heathcliff reagierte nicht. Nicht einmal mit einem Grunzen.

»Wie ich sehe, ist Lord Verdrossen von Drosslichkeit heute Abend in Bestform.« Morries Stimme klang fröhlich, aber ich konnte an der Art und Weise, wie er den Buchrücken eines Dan-Brown-Romans studierte, als enthielte er die Geheimnisse des Universums, was definitiv nicht der Fall war, erkennen, dass Heathcliff ihn schwer verletzt hatte.

Da sind wir schon zu zweit.

»Ich bin sicher, er will nur unbedingt meinem köstlichen Parfüm entkommen«, sagte ich mit gespielter Heiterkeit.

Der kopflose Reiter schwebte hinter Morrie heran. Er hob die Hand. Mein Brustkorb verengte sich. *Was hat er vor …*

Das kopflose Gespenst tätschelte Morries Schulter und neigte seinen Stumpf.

»Toll«, stöhnte Morrie. »Sogar der Hausgeist hat schon Mitleid mit mir.«

»Morrie …«

Aber er war bereits tiefer in den Laden verschwunden. Ich nahm es ihm nicht übel. Er hatte monatelang mit der Heathcliff-Situation zu kämpfen gehabt, und ich *roch* wirklich nicht gut.

»Du folgst mir besser«, befahl ich dem Reiter. »Ich fürchte, wir haben nicht genug Betten. Wenn du im Laden übernachten willst, wirst du dir ein Bett teilen müssen.« Ich führte ihn in den ersten Stock und stieß die Tür mit der Aufschrift »KEIN ZUTRITT: SCHÄDLINGSBEKÄMPFUNG'« auf. Ich schaltete das Licht ein und deutete auf die Luftmatratze, die auf dem Boden lag. »Du wirst dieses Zimmer mit … Hey, was ist denn hier passiert?«

Jemand hatte das Bett, das ich heute Morgen gemacht hatte, von der Bettwäsche befreit und das Zimmer auf den Kopf gestellt. Bücher lagen verstreut auf dem Boden. Die Einbände waren abgerissen, die Seiten zerknittert und zerknüllt worden.

Eines war mit einem Küchenmesser durchstochen worden und hing nun an der Wand.

Die Person, die für diese Zerstörung verantwortlich war, hüpfte über das Sofa, ein Wirbelwind aus faltiger Haut und aufrichtiger Empörung, die knubbeligen Knie in alle Richtungen ausgestreckt und die Augen weit aufgerissen, während er auf die Seite eines Buches deutete. Das Bettlaken, das über einer knochigen Schulter festgeknotet war, hing gefährlich tief herunter und enthüllte eine bleiche Brust, die mit flaumigen silbernen Haaren bedeckt war.

»Das habe ich nie gesagt!«, schimpfte er und zeigte mit dem Finger auf das Buch. »Ich habe nie gesagt: ‚Hüte dich vor der Unfruchtbarkeit eines hektischen Lebens.‘ Ich habe meinem Schüler Platon einmal erzählt, dass meine Frau so viel Zeit damit verbringt, sich Wege auszudenken, wie sie mich wütend machen kann, dass sie keine Minute Zeit für die Kindererziehung hat, was dazu führt, dass sie praktisch unfruchtbar war, aber ich glaube kaum, dass das eine lehrreiche Lektion ist …«

»Argh.« Ich hielt mir die Hände vor die Augen, als Sokrates ein knochiges Bein ausstreckte, sein Laken in die Luft flog und viel zu viel faltige Haut zum Vorschein kam.

In Zeiten wie diesen wünschte ich mir, ich hätte überhaupt keine Sehkraft mehr.

Sokrates war der erste Neuankömmling gewesen. Eine interessante Ergänzung, wenn man bedenkt, dass er technisch gesehen nicht *fiktiv* war. Aber Herr Simson, mein Vater Homer, hatte darauf bestanden, einige der Grundwerke der griechischen und römischen Literatur in den Regalen für klassische Literatur zu führen; seine eigenen Werke, Ovid, Herodot, Plutarch, Platon, Aristophanes und ähnliche. Wir nahmen an, dass dies Sokrates‘ laute, aber im Allgemeinen harmlose Präsenz im Laden erklärte. Hoffentlich würden ihm nicht Nero oder Caligula folgen.

»Und ich habe diesen Unsinn, Verleumdung sei das Werkzeug eines Verlierers, *niemals* gesagt. Ich liebe eine gute Verleumdung! Ich bin ein Meister der Verleumdung. Hmpf, alles, was ich getan habe, war, Fragen zu stellen und andere dazu anzuleiten, sich ihre eigenen dummen Gedanken zu machen, und schau, was für einen Narren die Geschichte aus mir gemacht hat.« Sokrates warf das Buch auf den Boden und stampfte darauf herum, wobei sein Laken um seine knochigen Arme herum hochflog.

»Sokrates, das ist der kopflose Reiter. Kopflos, darf ich vorstellen: dein Zimmergenosse Sokrates, der größte Philosoph, der je gelebt hat. Ich bin sicher, ihr zwei werdet euch prächtig verstehen. Sei froh, dass du keine Ohren hast«, murmelte ich, als ich die Tür vor der nicht vorhandenen Nase des Reiters zuknallte.

»Drink vor dem Bad?« Heathcliff hielt mir ein Glas hin, als ich nach oben in unsere Privatwohnung stapfte. Morrie saß bereits an seinem Computertisch und fügte die Details der heutigen Razzia in unsere Dracula-Datenbank ein. Unsere Katze, und meine Großmutter, Grimalkin, hatte sich um seine schmalen Schultern gekuschelt.

Auf dem Weg zur Dusche kippte ich das Glas hinunter. Im Badezimmer riss ich das Fenster auf und warf meinen Catsuit nach draußen in die Gasse, wobei ich den Mülleimer wahrscheinlich um Meilen verfehlte. *So viel zu meinem scharfen Einbrecheroutfit.*

Nachdem ich mir die Haut wund gerieben und mich mit 27 Litern nach Vanille duftendem Parfüm übergossen hatte, ließ ich mich in den Sessel gegenüber dem Kamin fallen und nahm noch einen Drink entgegen. Meine Sehvermögen von vorher kehrte zurück und ich spürte, wie der Stress der Nacht von mir abfiel. Was machte es schon, wenn Dracula immer noch da draußen war und Heathcliff ein Arschloch war und wir uns jetzt mit einer weiteren fiktiven Figur herumschlagen mussten, diesmal einer ohne Kopf? Hier saß ich nun in meinem Sessel am Kamin. Der heißeste Gothic-Antiheld der Welt verschlang meinen Körper mit seinen glühenden Augen, während ein schlaksiges kriminelles Superhirn von seinem Computer aufstand, um sich in der Küche einen Mitternachtssnack zuzubereiten. Alles, was ich brauchte, war eine heiße Schokolade und meinen Lieblingsraben und ...

»Hey, wo ist Quoth?«

»Er ist noch nicht von seiner *Privatstunde* zurück«, brummte Heathcliff. »Morries heiße Schokolade ist weitaus minderwertiger. Er gibt nicht annähernd genug Whisky hinein.«

Ich hob eine Augenbraue. Quoth war von Frau Ellis eingeladen worden, seine Bilder am letzten Tag des Festivals beim ersten Allerseelen-Kunstspaziergang des Dorfes auszustellen. Es war wie ein »Süßes oder Saures«-Wanderpfad für Erwachsene: Besucher konnten zu verschiedenen Orten im Dorf gehen, um gruselige Kunst und Performances zu erleben und Leckereien von lokalen Herstellern zu kaufen. Es war eine nette Idee. Der Termin rückte immer näher und Quoth konnte an nichts anderes mehr denken. Er war entweder im Kunstatelier seiner Schule oder hatte Privatunterricht bei seinem neuen Lieblingslehrer, Professor Sang. Wenn er zu Hause war, verbrachte er jede freie Minute über eine Leinwand gebeugt in seinem Zimmer auf dem Dachboden und weigerte sich, mir eine seiner Kreationen zu zeigen.

Trotzdem war ich überrascht, dass er noch unterwegs war. Es war weit nach Mitternacht. Sicherlich gab es in der Schule Gesundheits- und Sicherheitsvorschriften, die es Schülern und Lehrern untersagten, beieinander zu übernachten? Und Quoth *wusste, dass* Morrie und ich heute Abend die nächste Kiste Erde holen würden. Ich holte mein Handy heraus und überprüfte die Nachrichten. Er hatte nicht einmal auf meine SMS geantwortet. Ich konnte nicht verhindern, dass mir das Herz schmerzte, als ich feststellte, dass Quoth nicht einmal überprüft hatte, ob wir sicher nach Hause gekommen waren.

Das ist nicht fair. Diese Ausstellung ist ihm wichtig, und du weißt, dass er das braucht. Es fällt ihm so schwer, aus sich herauszugehen und unter Menschen zu sein. Wenn er durch seine Kunstwerke sprechen kann, kommt er seinem Ziel, sich wirklich frei zu fühlen, einen Schritt näher.

Heathcliff berührte mit seiner Hand mein Knie, sein Daumen strich über den Stoff. »Keine Nachricht von dem kleinen Vögelchen?« Sein intensiver Blick traf meinen. Ich wusste, dass er sich zwar immer über Quoth lustigmachte, sich aber auch Sorgen um ihn machte.

Zumindest glaubte ich, dass er sich Sorgen machte. Bei Herzog Stachelschwein war das schwer zu sagen. Je mehr Heathcliff sich von Morrie und mir zurückzog, desto unsicherer war ich mir.

»Nichts.« Ich warf mein Handy auf den Teppich. Grimalkin sprang von Morries Schultern und rannte durch den Raum, um es mit ihrer Pfote anzustoßen.

»Er wird in null Komma nichts wieder alles vollscheißen. Wie war der Einbruch?« Heathcliff klang, als würde er nach dem Wetter fragen. Er hatte nicht einmal meinen herrlichen Pferdeduft kommentiert. Wollte er wirklich noch Teil dieser Beziehung sein, oder hatte er nur mitgemacht, weil er eine Ablenkung von seiner verlorenen Cathy brauchte?

Cathy. Ich wusste, dass sie eine fiktive Figur war, aber ich *hasste* sie und ihre perfekte Cathy-Art. Die größte Liebesgeschichte, die je geschrieben wurde, handelte von Heathcliff und Cathy, nicht von Heathcliff und Mina und Morrie und Quoth. Ich hatte mich Hals über Kopf in Heathcliff verliebt, weil er mich so intensiv und besitzergreifend liebte, aber jedes Mal, wenn er sich zurückzog, fragte ich mich, ob er ein Stück von sich für seine zum Scheitern verurteilte Ex-Geliebte aufhob, in der Hoffnung, dass sie vielleicht eines Tages im Laden auftauchen würde.

Das war uns beiden gegenüber nicht fair, aber niemand konnte etwas für seine Gefühle, besonders wenn jemand, der dir einmal gesagt hat, dass er für immer bei dir bleiben würde, sich plötzlich zurückzieht. Ich schluckte den Kloß in meinem Hals hinunter.

»Wir haben es geschafft, die Kiste zu finden, aber dann wurden wir von bösartigen Hunden gejagt. Zum Glück ist der kopflose Reiter aufgetaucht und hat sie verscheucht, aber jetzt ist er *unser* Problem.« Ich schauderte, als unten ein Knall ertönte, gefolgt von Sokrates, der etwas Unverständliches auf Altgriechisch schrie. »Warum tauchen ausgerechnet jetzt so viel mehr fiktive Figuren auf?«

Obwohl ich seine Gesichtszüge in der Dunkelheit kaum erkennen konnte, spürte ich, wie Heathcliffs Blick mich durchbohrte.

»Was?« Ich warf mein dunkles Haar über meine Schulter und starrte ihn genauso finster an.

»Ist das nicht offensichtlich? Sie werden von dir angezogen«, sagte er. »Das Wasser von Meles fließt in deinen Adern. Diese Bastarde werden davon angezogen wie Morrie von meinem Whiskyvorrat.«

»Aber mein Vater war jahrelang hier und es war nie so schlimm gewesen, oder?«

»Nein«, gab Heathcliff zu. »Seinen Aufzeichnungen zufolge waren es höchstens ein paar fiktive Figuren pro Jahr. So war das auch, seit ich den Laden übernommen habe.«

»Was hat sich also geändert? Und warum musste es sich

ausgerechnet *jetzt* ändern? Wir haben mit Dracula und Frau Ellis' verdammten Halloween-Extravaganza genug zu tun, ohne den Laden in ein Resozialisierungszentrum für literarische Muffel zu verwandeln.«

»Und vergiss nicht die mysteriöse Nachricht deines Vaters«, warf Morrie ein.

Das stimmt. Papas Nachricht. Die Nachricht, die er Sherlock Holmes übergeben hatte. Die Nachricht, die Raum und Zeit überwunden hatte, um mir wichtige Informationen zu übermitteln.

Die Nachricht, die einfach lautete:

BRING DEN WEIN MIT

Bei Hathor, was zum Teufel, Papa?

Ich rieb mir das Gesicht. »Bring den Wein mit? Was soll das überhaupt bedeuten? Welchen Wein? Wohin soll ich ihn mitbringen? Das klingt eher nach einer SMS von Jo als nach einem wichtigen Hinweis von meinem geliebten verschwundenen Vater, der durch die Zeit reist.«

»Ich schätze, das ist ein weiteres Rätsel, das die große Mina Wilde lösen muss.«

»Nicht heute Abend.« Ich gähnte. Grimalkins Körper schnurrte vor Glückseligkeit, als sie sich auf meinem Schoß zu einem Ball zusammenrollte. »Die große Mina Wilde braucht Schlaf.«

Um Heathcliff und seiner Gleichgültigkeit zu entkommen.

Ich wiegte eine schläfrige Grimalkin auf meiner Schulter und stieg die wackelige Treppe zu Quoths Zimmer hinauf. Sein Bett stand unter dem Fenster, die Bettdecke lag auf dem Boden. Als ich sein Schlafzimmer im Dachgeschoss zum ersten Mal gesehen hatte, hatte es mich traurig gemacht. Warum wurde Quoth hier oben im kleinsten und schäbigsten Zimmer des

Hauses versteckt? Jetzt, da Quoth auf die Kunstschule ging und mehr Zeit in der Welt verbrachte, brauchte er sein Zimmer als Zufluchtsort, einen Ort, an dem er ganz er selbst sein konnte. Also hatten wir es verschönert. Wir vier haben die Wände neu gestrichen und in der Ecke ein Vogel-Fitnessstudio mit einer Schaukel, einem Tunnel und einer kleinen Kiste für seine Lieblingsbeeren gebaut. Seine Kunstwerke schmückten die Wände, und Morrie hatte ihm sogar ein Soundsystem geschenkt, damit er beim Malen seine Lieblings-Post-Punk-Musik hören konnte.

Ich blieb vor Quoths Staffelei stehen. Da drauf befand sich eine große, quadratische Leinwand, die mit einem grauen Laken bedeckt war, das an den Rändern festgenagelt war, damit niemand hinunterschauen konnte. Meine Finger juckten, das Laken wegzureißen und zu sehen, woran mein wunderbarer Künstler arbeitete. Ich schüttelte den Kopf. Das würde ich Quoth nicht antun, nicht, nachdem er uns gebeten hatte, seinen Wunsch zu respektieren, die Bilder als Überraschung zu betrachten.

Die Knoblauchkette um Quoths Fenster war wieder heruntergefallen. Ich fand sie in der Ecke und hängte sie wieder auf. Ich musste nicht aus dem Fenster sehen, um zu wissen, dass auf der anderen Straßenseite eine Fledermaus im Fenster hing.

Draculas Blick überbrückte die Dunkelheit zwischen uns, bohrte sich in mich und wartete auf den rechten Zeitpunkt.

Ich zog die Vorhänge mit mehr Kraft als beabsichtigt zu und legte mich aufs Bett, wobei ich Grimalkins schlafenden Körper auf meine Füße schob. Ich atmete tief Quoths leichten, frischen Duft, der von den Laken aufstieg, ein.

Ich hatte alles, was ich mir nur wünschen konnte, genau hier in dieser Buchhandlung. Aber das bedeutete, dass ich auch viel zu verlieren hatte. Auf der anderen Straßenseite lauerte die größte Gefahr, die die Menschheit je gekannt hatte, und es oblag mir, ihn aufzuhalten.

»Mina. Miiiiina ...«

Er zischte meinen Namen durch die Dunkelheit, eine nächtliche Stichelei, die nur ich hören konnte. Sobald der Mond ihn aus seinem täglichen Schlummer erweckte, vergnügte er sich damit, um sicherzustellen, dass ich selbst im Schlaf dem drohenden Schrecken seiner Gegenwart nicht entkommen konnte.

»Ich habe Äonen der Zeit durchquert, um dich zu finden, Miiiiina. Bald werde ich dein süßes Blut kosten und wir werden für alle Ewigkeit zusammen sein.«

3

Heathcliffs Mund stand offen. Sein dröhnender Schrei wurde von dem Blut erstickt, das aus der tiefen Wunde in seiner Kehle sprudelte. Er taumelte zurück, seine dunklen Augen vor Angst geweitet. Seine Hände umklammerten die Wunde, als könnte er das Blut so in seinen Körper zurückdrängen.

Nein, bitte nicht.

Ich versuchte, zu ihm zu rennen und ihn in meine Arme zu schließen, aber meine Glieder waren wie erstarrt. Alles, was ich tun konnte, war auf meine Hände hinunterschauen, an denen *Heathcliffs* Blut klebte.

Die widerliche Wahrheit traf mich wie ein Schlag.

Ich hatte das getan … Ich hatte Heathcliff getötet.

Heathcliff versuchte zu sprechen: »M… mmm… mmminaaaaaa…«. Mit einem letzten Kraftaufwand stolperte er auf mich zu, aber er rutschte in seinem eigenen Blut aus und stürzte zu Boden. Seine glasigen Augen blinzelten, einmal, zweimal, dann gar nicht mehr. Ihr Licht wurde schwächer. Ich leckte mir das Blut von den Fingern. Es schmeckte wie der feinste Whisky.

Ich habe Heathcliff getötet.
Ich habe von Heathcliff getrunken.
Ich bin Heathcliff. Ich bin …
Ich schrak hoch. »Fuck.«

Sonnenlicht strömte durch das Fenster und warf einen Lichtstrahl auf das schmale Bett. In meinem Kopf stand ich immer noch über Heathcliffs Leiche und saugte jeden letzten Tropfen Blut von meinen Fingern. *Ich kann ihn auf meinen Lippen schmecken …*

Mein Herz hämmerte gegen meine Rippen. Ich hielt meine Hand ins Licht. Kein Blut. Nicht ein Tropfen. Ich wischte mir die feuchte Stirn, als weiche Lippen meine Schulter berührten. Ein warmer Arm schlang sich um meine Taille und zog mich zurück, um mich an einen harten Körper zu drücken. Küsse streiften mein Schlüsselbein.

»Neben dir aufzuwachen ist das schönste Geschenk.« Quoth. Niemand sonst sprach wie Poesie.

Mein Körper reagierte auf seine Worte. Wärme sammelte sich in meinem Bauch und breitete sich in meinen Gliedern aus.

»Du hattest wieder diesen Traum.«

»Es ist nur ein Traum. Er kann mir in meinen Träumen nichts antun, nicht wenn du an meiner Seite bist und mich beschützt. Wann bist du nach Hause gekommen?« Ich streckte die Hand aus und fuhr ihm mit den Fingern durchs Haar. Quoth hatte die Art von dichtem, schimmerndem Haar, das ihm bis zum Po reichte, um das ihn Shampoo-Firmen beneiden würden. Es fiel mir wie Seide durch die Finger. Dort, wo es meine Haut berührte, hinterließ es eine Spur von Feuer.

In seinen Armen konnten mich Draculas Traumdämonen nicht berühren.

»Ich glaube, es war etwa 3 Uhr morgens. Du hast tief und fest geschlafen.« Quoths Lippen streiften mein Ohrläppchen, während seine Finger in mein Höschen glitten, meinen Kitzler fanden und ihn sanft und langsam streichelten. »Ich bin zu dir ins Bett gekrochen und du hast mich angegrunzt und hast alle Decken gehortet.«

Ich streichelte sein Gesicht, während er mich berührte. Das Licht traf ihn so, dass seine Haut noch blasser als sonst wirkte, leuchtend wie gesponnenes Gold. Sein Haar fiel ihm über die Schultern und streifte meine nackte Haut. Ich zog seine Lippen an die meinen, während seine Finger ihre Magie auf mich wirkten, in mich eintauchten und mir ein köstliches Brennen in meinem Bauch hervorriefen. Innerhalb weniger Augenblicke erbebte und keuchte ich in seinen Armen.

Nachdem ich gekommen war, zog Quoth mich wieder in seine Arme und schmiegte seinen Kopf in meine Schulterbeuge. Mein Blick fiel auf die mit dem Laken bedeckte Leinwand. »Ich kann es kaum erwarten, dein Kunstwerk zu sehen.«

Quoths Atem stockte. Er hatte immer noch Schwierigkeiten damit, der Welt mitzuteilen, wer er war, selbst mir gegenüber. Durch seine Kunst machte er sich verletzlich. Bei jedem Pinselstrich fürchtete er, nicht gut genug zu sein, nicht dazuzugehören, sich verstecken zu müssen, anstatt der Welt seine schöne Seele zu offenbaren. Es war schon schwer genug für ihn gewesen, einige seiner Bilder im Laden zum Verkauf anzubieten, obwohl sie bei unserer etwas seltsamen Stammkundschaft großen Anklang fanden. Es kostete ihn viel Überwindung, seine Werke öffentlich auszustellen, und sich dann auch noch im selben Raum aufzuhalten, während die Leute ihr Urteil darüber fällten.

Aber ich war nicht irgendein Mensch, ich war seine Freundin. Er wusste, dass ich alles liebte, was er tat. Daher verstand ich nicht, wovor er solche Angst hatte.

»Ich kann es kaum erwarten, sie dir zu zeigen«, flüsterte er mir ins Ohr. »Du wirst so überrascht sein.«

»Aber es ist eine gute Überraschung, oder?«

Quoth kicherte und küsste die empfindliche Haut an meinem Nacken. Jeder Gedanke an Gemälde oder Dracula verflog.

~

Ich ließ Quoth schlafen, die Decke bis über seinen Kopf gezogen, und ging leise nach unten. Oscar folgte mir, und ich öffnete die Hintertür in die Gasse für ihn, damit er sein Geschäft verrichten konnte.

Ich ging auf Zehenspitzen die Treppe hinunter und spähte in den Abstellraum, auch bekannt als Morries Zimmer. Sein Bett war bereits leer und so ordentlich gemacht, wie man es sonst nur in Krankenhäusern sah. Er war wahrscheinlich Kaffee holen gegangen. Heathcliff hatte unsere Maschine an die Wand geworfen, nachdem Morrie ihm vor ein paar Wochen in den Hintern gekniffen hatte. Wir hatten sie noch nicht ersetzt und der Napoleon des Verbrechens konnte ohne seinen morgendlichen Latte nicht funktionieren. Ich hörte einen dumpfen Schlag aus dem Philosophieraum, aber ich hatte keine Lust, mich nicht ohne Kaffee mit Sokrates herumzuschlagen, also ging ich wieder nach oben.

Heathcliff saß zusammengesackt in seinem Stuhl neben dem erloschenen Feuer, den Kopf gegen die Schulter gelehnt. Seine großen Hände umschlangen Grimalkins Körper, die zufrieden auf seinem Schoß schlief. Er sah so friedlich und entspannt aus, so ganz anders als der Heathcliff, mit dem ich in letzter Zeit zu tun hatte.

Ich beugte mich hinunter, legte meine Lippen auf seine und atmete den holzigen, heidnischen Duft ein, der immer wieder magische Dinge in mir auslöste. Heathcliff öffnete ein Auge und richtete seinen vom Wein geschwärzten Blick auf mich.

»Morgen«, murmelte er. Ich starrte in die tintenschwarzen

Tiefen seiner Augen und wusste nicht, wie ich jemals an seiner Liebe hatte zweifeln können. Ich hatte ihn vor seinem Morgenkaffee erwischt, bevor er Zeit hatte, seine gleichgültige Maske aufzusetzen, und er war voller wildes Verlangen.

Außerdem blutete er definitiv nicht von einer Wunde am Hals. So hatte ich meine Männer am liebsten.

Ich grinste und hielt mir einen Finger vor die Lippen. Ich warf Grimalkin auf den Boden und stieß sie mit meinem Stiefel an. Sie warf mir einen schmutzigen Blick zu, während sie die Treppe hinunterschlich, Oscar auf den Fersen.

Du brauchst dich nicht zu beschweren, Oma. Ich habe gehört, wie du und Herr Hartfords Kater letzte Nacht hinter den Mülltonnen allerlei versauten Unfug angestellt habt.

Heathcliffs Augen waren jetzt weit geöffnet, der Blick hart und hungrig. Jede Spur von Gleichgültigkeit war verschwunden. Ich setzte mich auf den Sessel und raffte meinen Rock, um mich auf Heathcliffs Oberschenkeln niederzulassen. Seine Finger glitten über meine Haut und weckten das wilde Tier in mir, das nicht wusste, ob es kämpfen oder ficken wollte.

Eine Sache, die mich erstaunt hatte, nachdem ich mein Augenlicht verloren hatte, war, wie viel mehr Zeit ich damit verbrachte, andere Empfindungen wahrzunehmen. Früher war mir schon beim Anblick von Heathcliffs besitzergreifendem finsteren Blick ganz schwindlig geworden. Jetzt war es das Kratzen seines borstigen Barts auf meiner Haut oder die Art, wie seine Finger sich ein wenig zu fest in mich gruben, als hätte er Angst, dass ich davonschweben würde, wenn er mich losließe. Und sein Geschmack ... dieser herrliche Hauch von Whisky-durchtränkter Sünde, der nur von Heathcliff Earnshaw stammen konnte.

Ich schmeckte ihn jetzt, wo meine Lippen ihn verschlangen. Er schob mein Sex-Pistols-T-Shirt hoch und umfasste meine Brust, knetete das empfindliche Fleisch, bis ich gegen seine

Lippen stöhnte. Mit ihm gab es keine Täuschung. Heathcliff spielte keine Spielchen wie Morrie, und er wartete nicht auf Erlaubnis wie Quoth. Er knurrte tief in seiner Kehle wie ein Mann, der von meinem Verlangen besessen war. Das machte so verdammt süchtig.

Ich erhob mich auf meine Knie, um ihm die Boxershorts auszuziehen, und ließ mich dann auf seinen Schwanz sinken. Er hatte mich so lange nicht mehr berührt, und jetzt war er in mir, und er fühlte sich *fantastisch* an. Ich wackelte mit den Hüften, ein Lächeln spielte auf meinen Lippen, als er die dunklen, geheimen Stellen in mir berührte.

Heathcliff stieß einen erstickten Laut aus, bei dem sich die Hitze in meinem Bauch bündelte. Er stieß mit einer Kraft in mich hinein, die mich fast vom Stuhl riss. *Ja, bitte.* Seine Hand umklammerte meinen Nacken und hielt mich fest, während sein ganzer Körper in meinen stürmte. Heathcliff Earnshaw zu lieben, war wie einen Tsunami zu lieben, der über mich hereinbrach und mich mit sich riss.

Ich bewegte meine Hüften und begegnete jedem Stoß mit meiner eigenen Kraft. Mein Kitzler pochte vor Verlangen, während der Druck in mir immer stärker wurde. Ich krallte meine Nägel in seine Schultern und rollte den Kopf zurück. Für einen Moment war ich nichts als die Sterne, die in den Tiefen seiner unergründlichen Augen explodierten.

Ich atmete ihn ein, bis mein Körper von ihm erfüllt war. Es waren Stücke von Heathcliff in mir, die mich verrückt machten, aber mich immer liebten.

Er kam mit einem Brüllen, das das Haus zum Beben brachte. Ich legte meine Stirn an seine und fuhr mit meinen Fingern über die Kanten seines Gesichts. Seine Augen waren so dunkel, dass sie das Licht einsogen, bis auf die Sterne in ihrem Inneren, die nur für mich brannten. Ich genoss dieses Bild von ihm, die Vision von ihm, wie er wirklich war. Ich wusste, dass es eines

Tages für mich nicht mehr zu sehen sein würde. Ich war nicht mehr traurig darüber, mein Augenlicht zu verlieren, aber ich war entschlossen, meine Sehkraft zu genießen, solange ich noch konnte.

Ich war auch entschlossen, Heathcliff, den ich jetzt allein und irgendwie in meinem Bann hatte, mit seinem Verhalten zu konfrontieren. Ich lehnte mich zurück und verschränkte die Arme vor der Brust. »Was geht in deinem Kopf vor?«

»Das Übliche. Vampire bedrohen uns, Kunden existieren, Grimalkin würgt Haarballen direkt in mein Gesicht vor.« Er wackelte mit den Hüften und versuchte, sich unter mir hervorzuwinden, aber ich hielt ihn fest umklammert. Also packte er stattdessen meine Schenkel, hob mich von ihm runter, als würde ich nicht mehr als ein leichter Sommerpullover wiegen, und setzte mich unsanft auf den Stuhl ihm gegenüber.

»Oh nein, das wirst du nicht tun.« Ich packte ihn am Handgelenk, als er versuchte, in Richtung Küche zu entkommen. »Du benimmst dich in letzter Zeit seltsam. Kalt. Unnahbar.«

»Unsinn. Ich versuche jeden Tag, mich optimistisch zu zeigen.« Heathcliff zwang sich zu einem Lächeln, das eher wie eine Grimasse aussah. »Heute bin ich optimistisch, dass jeder ein Wichser ist.«

»Ich meine es ernst, Heathcliff. Wir sind alle müde und gestresst, aber bei dir ist es mehr als das. Ich verstehe es nicht. Ich dachte, du und Morrie hättet euren Scheiß in dieser Nacht an den Wasserfällen geklärt. Oder geht es nicht um Morrie? Geht es um mich? Haben sich deine Gefühle für mich geändert? Denn wenn du mich nicht auf die Weise lieben kannst, wie du Cathy geliebt hast, dann verstehe ich das ...«

»Es liegt nicht an dir«, knurrte er mit einer Heftigkeit, die mir durch Mark und Bein ging. »Du bist alles für mich. Ich könnte dich genauso wenig vergessen wie meine Existenz.«

»Was ist es dann? Ich bin die ganze Zeit nervös und angespannt und habe das Gefühl, dass Dracula jeden Moment hinter mir auftauchen und seine Zähne in meinen Hals schlagen könnte. Ich könnte dich wirklich gebrauchen: *alles von dir*, nicht nur diese kalten Stücke, die du zur Schau stellst. Und Morrie könnte das auch.«

»Ich bin hier.«

Eine Träne fiel aus meinem Augenwinkel. Heathcliff fing sie mit seinem Daumen und wischte sie weg, bevor sie mir über die Wange lief. »Du bist nicht hier. Du bist irgendwoanders hingegangen.«

Heathcliff öffnete den Mund und schloss ihn wieder. Seine kohlrabenschwarzen Augen wanderten zur Decke und er starrte lange auf einen Gegenstand, den ich nicht sehen konnte. Ich hielt den Atem an und wagte zu hoffen, dass er einbrechen und sich von der Dunkelheit befreien würde, die sein Herz gefangen hielt.

»Es ist fast 9 Uhr morgens«, murmelte er. »Die Kunden werden draußen vor der Tür warten.«

Ich widerstand dem Drang, ihn zu erwürgen. »Heathcliff, warum kannst du nicht …«

»Geh und mach den Laden auf«, murmelte er. »Ich werde duschen.«

»*Ich* sollte duschen. Ich bin diejenige, der dein Sperma am Bein herunterläuft …«

»Nicht«, flüsterte er. »Ich liebe es zu wissen, dass du mit meinem Samen in dir arbeitest.«

Ich verschränkte die Arme. »In Mafia-Liebesromanen mag das vielleicht heiß sein, aber in der echten Welt ist es klebrig und eklig, *vor allem*, wenn du dich wie ein emotionaler Krüppel aufführst. Ich brauche nur eine Minute, dann gehört die Dusche dir.«

Heathcliff sprang auf, aber ich war schneller und rannte davon.

»Komm zurück«, heulte er. »Du weißt, dass du keine Minute brauchst. Nachdem du, Morrie und diese Bande da unten fertig seid, wird kein einziger Tropfen heißes Wasser mehr für mich übrig sein.«

»Dann solltest du vielleicht in Betracht ziehen, ein zweites Badezimmer einzubauen. Oder mit Morrie zu duschen«, rief ich über meine Schulter, bevor ich die Tür hinter mir zuschlug.

Ich drehte das Wasser auf und schob den Regler ganz nach rechts, um so viel Wasser wie möglich zu bekommen, was nicht viel mehr als ein schwaches, lauwarmes Rinnsal war. Die Jungs hatten das Badezimmer als Überraschung für mich renoviert, als ich in den Laden eingezogen war. Es war wunderschön, aber Heathcliff hatte recht. In letzter Zeit hielt das heiße Wasser nicht lange an. Der Wasserstrom hatte sich zu einem Rinnsal verlangsamt und manchmal lief das Waschbecken nicht richtig ab. Außerdem waren mir ein paar lose Bodendielen vor den Regalen mit Klassikern und eine Art allgemeine Aura der *Feuchtigkeit* im Laden aufgefallen. Als ich Heathcliff vorgeschlagen hatte, deswegen mal einen Klempner zu rufen, war der darauffolgende Wutanfall so heftig gewesen, dass ich mir das nicht noch einmal angetan habe. Der Nevermore Bookshop fiel auseinander. Ihm war es egal und ich hatte zu viele andere Probleme.

Wie schminkt sich eine blinde Frau? Mit Braille-Etiketten auf meinem Lidschatten und tätowierten Augenbrauen und Mascara, was höllisch wehgetan hatte, aber dafür sah ich jetzt rund um die Uhr scharf aus, auch wenn ich Morrie ständig gefragt habe, ob ich wie ein betrunkener Zirkusclown aussehe. Frisch geduscht und geschminkt streckte ich meinen Kopf in die Küche. Morrie war noch nicht zurück und Heathcliff stritt sich heftig mit dem Toaster. Ich nahm mir einen Snack aus der Dose und ging nach unten, um Oscar hereinzulassen und die Tür zu öffnen.

Ich öffnete gerade die Verpackung und nahm einen großen Bissen, während ich den Treppenabsatz im ersten Stock überquerte. Ich konnte hören, wie Oscar an der Tür kratzte. *Ich frage mich, ob er ...*

»Aus dem Weg, Mylady!«

Ich hatte gerade noch Zeit, mich zu ducken, als auch schon ein Pfeil über meinen Kopf hinwegschoss und sich in die Wand hinter mir bohrte.

4

»Was zum Teufel?«

Mein Körper prallte gegen die Balustrade. Mein Knie knallte gegen die Treppe und mein Herz hämmerte in meiner Brust. Ich konnte in der Dunkelheit nichts sehen, aber ich wusste, dass ich diese Stimme noch nie gehört hatte. Ich tastete die Wand entlang, bis meine Finger den Lichtschalter fanden. Ich schaltete das Licht ein und enthüllte einen schmächtigen Mann, der eine hautenge Leggings und ein grünes Wams trug. In seinen Händen hielt er etwas, das verdächtig nach einem ... Bogen aussah?

Bei Isis, nicht noch einer.

»Verzeiht mir, holde Maid.« Der grüngekleidete Bogenschütze verbeugte sich entschuldigend. »Ich wollte meinen Bogen zur Lösung eures Ungezieferproblems zur Verfügung stellen, aber mein Schuss ging ein wenig daneben.«

»Hör nicht auf ihn.« Eine vornehme Stimme mit einem leichten Schweizer Akzent ertönte hinter mir auf der Treppe. Er wäre eine vollkommen harmlose Gestalt gewesen, wenn da nicht der Sack über seiner Schulter wäre, der einen deutlichen Geruch von Graberde und Verwesung verströmte. »Dieser

41

Schurke hat nicht auf eine Maus gezielt. Er wollte mir den Schädel durchbohren.«

»Bei meiner Ehre, das ist gelogen.« Der Bogenschütze schaute beschämt nach unten, zog jedoch einen weiteren Pfeil und zielte mit seinem Bogen auf meinen Begleiter.

»Ehre?« Der Mann schob sich auf der Treppe an mir vorbei und ließ seinen ekelhaften Sack auf den Teppich fallen, um sich einen weißen Laborkittel überzuziehen. »Du bist ein Gesetzloser. Welchen Wert soll deine Ehre haben?«

»Besser als die Ehre eines verrückten Arztes«, schoss der Bogenschütze zurück. »Zumindest nehme ich nur von den Reichen, um es den Armen zu geben. Ich habe gesehen, wie Ihr von den Gräbern Unschuldiger gestohlen habt, um Eure Abscheulichkeit zu erschaffen ...«

»Meine Herren, *bitte.*« Ich hob meine Hände. »Es ist noch zu früh am Morgen dafür, und ich habe noch keinen Kaffee getrunken. Victor, bring deine nächtlichen Funde in den Keller. Ich rufe dich, sobald dein Kaffee da ist. Und du«, ich nickte dem Neuankömmling zu, »sag mir, wer du bist, obwohl ich es bereits zu wissen glaube.«

Der Bogenschütze blähte seine Brust auf. »Ich heiße Robin von Sherwood. Ich befehlige eine Bande tollkühner Männer, die von den Reichen stehlen, um es den Armen zu geben, und die guten Menschen im Sherwood Forest vor der Tyrannei des Sheriffs von Nottingham schützen.«

»Schön, dich kennenzulernen, Robin.« Ich rieb mir die Augen, als ein orangefarbener Kringel über mein Sichtfeld tanzte. »Warum hast du auf Victor geschossen?«

»Schaut ihn Euch doch an! Die Knopfaugen, der schurkische Schnurrbart, der Sack voller gestohlener Körperteile über seiner Schulter.«

Ich seufzte erneut. Dieser Logik hatte ich nichts entgegensetzen.

»Den nehme ich dir übel.« Victor rieb sich das Gesicht. »Das ist ein sehr stilvoller Schnurrbart.«

Robin blickte sich im Laden um. »Ich habe anscheinend zu viel Bier getrunken und in Eurer seltsamen Unterkunft aufgewacht. Als ich mich auf die Jagd nach meinem Abendessen war, bemerkte ich, wie dieser Schurke dies Gebäude mit einem leeren Sack verließ. Ich folgte ihm, weil ich dachte, er könnte ein unschuldiger Bauer sein, der im königlichen Forst wilderte, um seine Familie zu ernähren. Aber anstatt Fallen aufzustellen, betrat er einen Friedhof und ...« Robin schüttelte den Kopf. »Ich werde nicht mehr sagen. Eine so schöne Jungfrau sollte nicht der Beschreibung seiner Verderbtheit ausgesetzt werden. Er ist ein Aufschneider ersten Ranges, und ich werde ...«

»Kaffee!«, rief Morrie. Die Glocke läutete, als die Tür ins Schloss fiel.

»Kaffee? Ist das eine Art Zauberei, um diesen krummnasigen Schurken zu vertreiben?«

»Kaffee ist definitiv Zauberei, aber von der wohlwollendsten Art.« Ich legte meinen Arm um Robins Schultern. »Du hast noch viel zu lernen. Der Sherwood Forest liegt nun weiter hinter dir, mein Freund.«

Morrie kämpfte sich mit zwei mit Getränken voll beladenen Pappschalen an uns vorbei. Es kam zu einem Ansturm, als aus allen Ecken des Ladens fiktive Figuren auftauchten. In ihren Büchern war Kaffee für die meisten von ihnen nicht verfügbar gewesen, aber sie hatten schnell eine Sucht dafür entwickelt. Verständlicherweise.

»Okay, ich habe hier einen großen Latte Macchiato mit doppeltem Schuss, Sahne und Karamell für Sokrates ...« Der Philosoph griff sich das Milchgetränk und schlürfte genüsslich.

»Und einen dreifachen Soja-Latte für den geschätzten Dr. Frankenstein ...« Victor nahm seinen Becher entgegen und schlurfte in Richtung Keller davon. Seit seiner Ankunft in

Nevermore vor drei Tagen hatte er, außer für seine nächtlichen Ausflüge auf den Friedhof aus Gründen, nach denen ich lieber nicht fragte, die Dunkelheit kaum verlassen. Als Nächstes reichte mir Morrie mein Getränk und stellte Heathcliffs auf den Schreibtisch.

Der kopflose Reiter schwebte hinter Robin, und Morrie zuckte die Achseln, als er ihm einen Becher reichte. »Ich wusste nicht, was du wolltest, Kumpel, also habe ich dir einen Schwarzen geholt.«

Unser Freund mit dem eingeschränkten Nacken neigte seinen Stumpf in Richtung Becher, richtete sich auf und schüttete das Getränk in die Luft, wo sich sein Kopf befand. Kaffee spritzte in seinen Nacken und verschwand in seinem geisterhaften Körper. Morrie ließ sich in seinen Samtstuhl fallen und führte seinen eigenen Becher an die Lippen, während Robin den von Heathcliff nahm und daran nippte. Seine braunen Augen weiteten sich vor Freude.

UNSER ERSTER KUNDE des Tages war Bernie, ein Rentner aus demselben Altersheim, das Frau Ellis jetzt ihr Zuhause nannte. Bernie kam jede Woche, um in der Erotikabteilung zu stöbern. Wir hatten regelmäßig Typen wie Bernie hier, immer Männer, immer bärtig und immer in Outfits, von denen sie annahmen, dass es sie unsichtbar machte, die sie aber in Wirklichkeit meilenweit als die Art von Kerlen herausstechen ließen, die wöchentlich einen Besuch im Erotikbuchregal brauchten. Bernie begann seine Suche nach skandalösem Lesestoff an derselben Stelle, an der er es immer tat: im Eisenbahnbereich, wo er den Schutzumschlag eines Buches über GWR-Schienenfahrzeuge entfernte und ihn um eine Sammlung antiquarischer lesbischer Lithografien legte. Dann saß er etwa eine Stunde lang mit seinem geheimen Buch in der Ecke. Ich war froh, dass ich mittlerweile nicht mehr so weit sehen konnte, denn ich hatte keine Ahnung, was er dort tat, aber er war ruhig und störte die anderen Kunden nie, und er legte die Schutzumschläge immer wieder zurück, wenn er fertig war, also ließen wir ihn in Ruhe.

Nach Bernie kam eine Gruppe Radfahrer in Lycra-Anzügen herein. Sie steuerten direkt auf den Bereich mit den Karten der Stadtverordnung zu, klappten jede Karte auf und breiteten sie auf dem Tisch aus, um ihre Route zu planen, wobei sie das ausgestopfte Gürteltier umstießen. Nach einem lauten Streit über Nebenstraßen verließen sie den Laden und überließen mir die unmögliche Aufgabe, die Karten wieder zusammenzufalten, während sie weitere zwanzig Minuten damit verbrachten, den Eingang zu blockieren, um an ihren Riemen, Helmen und Trinkflaschen herumzufummeln.

»Das ist das Origami des Teufels«, murmelte ich zu Victor, als er aus dem Keller auftauchte. »Du bist doch gut darin, Dinge wieder zusammenzufügen. Ich wäre für ein wenig Hilfe dankbar.«

»Ich kann nicht. Ich bin gerade mitten in einer sehr präzisen Operation. Ich bin nur nach oben gekommen, um dich an die Klempnerarbeiten zu erinnern.« Victor zog den Saum seiner Hose hoch, und ich sah, dass mindestens drei Zentimeter des Stoffes völlig durchnässt waren. »Es ist furchtbar schwierig, mich auf meine Arbeit zu konzentrieren, wenn der Wasserstand dort unten stetig steigt.«

»Ich kümmere mich darum, Victor. Versprochen.« Seit seiner Ankunft nervte er mich mit dem Leck im Keller. Ich rief Handy Andy an, den Allrounder des Dorfes, und er versprach mir, er würde vorbeikommen, um sich das mal anzusehen, sobald er Zeit hätte, was für Handwerker-Verhältnisse bedeutete, dass ich ihn erst im nächsten Juni sehen würde. In einem Dorf wie Argleton musste man lernen, es gemütlich angehen zu lassen.

Nachdem die Radfahrer gegangen waren, kam Heathcliff die Treppe herunter. Ein Segen, wenn man bedacht, welche Beleidigungen er ihnen normalerweise an den Kopf warf. Er übernahm die Arbeit an der Theke, wo er nach Ladendieben Ausschau hielt und jeden, der so aussah, als wolle er feilschen, mit finsterem Blick bedrohte, damit ich einen kurzen Blick in den Okkultismus-Raum werfen konnte.

Ich betrat den Lagerraum, auch bekannt als Morries provisorisches Schlafzimmer, und schloss die Tür hinter mir. Heathcliff hatte Lichterketten entlang der Regale angebracht, die ich einschaltete, um mich in dem engen Raum zurechtzufinden. Ich fand die Geheimtür zu dem Raum mit den okkulten Büchern, den wir als »Kriegsraum« bezeichneten. Auf einer an der Wand befestigten Tafel hatte Quoth mit im Dunkeln leuchtender Kreide in großer, geschwungener Schrift »Erdkisten« geschrieben, sodass sie für mich leichter zu sehen waren als der normale Kram, auch wenn es mich dadurch irgendwie an Giftmüll erinnerte. Darunter befanden sich zwei Spalten, eine für uns und eine für Sherlock in London, um die Kisten mit dem von uns zerstörten transsilvanischen Dreck zu zählen.

Ich machte einen Strich in unserer Spalte und beugte mich vor, um die Strichliste durchzuzählen. Ich zählte dreimal, nur für den Fall, dass ich einen übersehen hatte. Sherlock hatte fünfzehn in der Umgebung von London und Dartmoor, wo Grey Lachlan mehrere Grundstücke besaß, entfernt, und wir hatten weitere einunddreißig verstreut in Barsetshire und dem nahegelegenen Loamshire gefunden, wo sich der Rest seines Immobilienbestands befand. Ich konnte nicht glauben, dass Grey nicht damit gerechnet hatte, dass wir seine anderen Grundstücke überprüfen würden, nachdem er uns auf einem von ihnen erwischt hatte, aber andererseits hatte er auch versucht, Morrie mit einem ausgeklügelten Plan des Mordes zu beschuldigen, nur um denjenigen aus dem Spiel zu nehmen, den er für seinen stärksten Gegner hielt. Sein Name würde bestimmt nicht auf der Ehrenliste der Königin für Verdienste im Bereich der Intelligenz auftauchen.

Wir hatten sechsundvierzig Kisten mit Erde zerstört.

Wir waren so nah dran. Dennoch mussten wir noch vier weitere Kisten abklappern, bevor wir gegen Dracula vorgehen konnten, und die Zeit wurde knapp. Wir waren jetzt schon seit Monaten dabei und ich war es so leid, ständig über meine Schulter zu schauen. Besonders seit er sich erdreistet hatte, Menschen zu töte und ihnen das Blut auszusaugen, ohne sich darum zu scheren, dass die Polizei die Verbrechen untersuchte. Je mehr er trank, desto stärker wurde er.

Wir wussten, was Dracula und Grey wollten: die Buchhandlung und den Zugang zu dem Wasser des Meles. Grey wusste von dem Tunnel, der sich zwischen unserem Geschäft und dem Keller der alten Wohnung von Frau Ellis erstreckte. Wir hatten ihn verbarrikadiert, und Handy Andy hatte ihn eigentlich zumauern sollen, war aber natürlich noch nicht aufgetaucht, um das zu tun. Zudem hatten wir die Buchhandlung mit Knoblauch und Weihwasser und Kruzifixen in Hülle und Fülle geschmückt. Dracula musste den Laden betreten, um in den Raum für Zeitreisen zu gelangen, aber er konnte unsere Schwelle nicht überschreiten, ohne dass wir ihn hereinbaten. Es sei denn ... die Buchhandlung gehörte uns nicht mehr.

Also hatte Grey versucht, sie uns abzukaufen. Als wir uns geweigert hatten zu verkaufen, hat Grey angefangen, uns mit unaufhörlichem Baulärm rund um die Uhr wahnsinnig zu machen und den Zugang zum Laden von der Butcher Street aus mit seinem Gerüst versperrt, um unseren

Fußgängerverkehr zu unterbinden. Aber wenn er geglaubt hat, dass wir deshalb kleinbeigeben würden, dann kannte er Mina Wilde nicht.

Die erste jährliche Dave Danvers Science-Fiction-Convention in Nevermore hatte eine Menge Geld in die Kassen gespült, und die Social-Media-Präsenz des Geschäfts war so berühmt geworden, dass die Kunden extra zu uns kamen. Wir hatten uns an den Stadtrat gewandt, und dieser hatte Grey vorgeschrieben, das Gerüst zu entfernen, das unsere Eingangstür versperrte.

Ich konnte nicht umhin, mich zu fragen, ob die Vermüllung von Argleton mit den Leichen toter Frauen der nächste Schritt des Plans war. Würde Dracula bald die Macht haben, uns zu nehmen, was immer er wollte?

Ich schickte Sherlock eine kurze SMS, um ihn über unsere aktuelle Gesamtsumme zu informieren. Wir hatten als erbitterte Rivalen angefangen, aber er war gar nicht so übel ... besonders jetzt, wo er in London lebte und einen neuen Freund hatte. Er antwortete nur einen Moment später und wies darauf hin, dass wir laut Morries App jedes einzelne von Lachlans Anwesen überprüft hatten. Wir hatten nicht die geringste Ahnung, wo Grey und Dracula die restliche Erde versteckt hatten.

Na toll.

Ich ließ mich vor dem Sockel nieder und nahm mir die Hinweise, die mein Vater mir hatte zukommen lassen, vor: die Briefe, die gekritzelten Worte auf den leeren Seiten der okkulten Bücher und das Buch über den Froschmauskrieg, das praktischerweise erschienen war, während wir uns mit dem Schrecken von Argleton befasst hatten. Ich faltete seinen neuesten Brief auseinander und las ihn noch einmal.

BRING DEN WEIN MIT

Was versuchst du mir zu sagen, Papa? Warum kannst du nicht ...

»Mina! Deine Mutter ist da!«

Ach du Scheiße.

Es war immer eine schlechte Idee, meine Mutter und Heathcliff allzu lange alleinzulassen.

Ich schlug die Bücher zu, rannte aus dem Zimmer und schloss die Tür zum Lagerraum hinter mir. Unten beugte sich Mama über den Schreibtisch und hielt Heathcliff ein schweres, ledergebundenes Buch mit einem aufgeklebten Kristall auf dem Buchrücken vor die Nase.

»... ich sehe nicht ein, warum ich nicht eine klitzekleine Ecke des Ladens für meinen Bibliomantie-Stand haben kann. Ich werde der Hit des Festivals sein, und die Kunden werden wegen meiner genauen Vorhersagen hierher strömen, und es passt sehr zu eurer *Marke* ...«

Heathcliff kniff seine dunklen Augen zu. »Du willst den Leuten Geld dafür abknöpfen, damit sie zufällig irgendwelche Bücher aufschlagen?«

»Ich möchte dich daran erinnern, dass die Kunst der Bibliomantie seit Jahrhunderten von den Griechen, den Römern und in der muslimischen Welt praktiziert wird. Es gehört viel mehr dazu, als nur ein zufälliges Buch aufzuschlagen und den Text darin zu verwenden, um die Zukunft vorherzusagen. Ich muss die inneren Gedanken der Autoren kanalisieren und die natürliche Geschichte des Universums erfassen. Es ist sehr komplex und erfordert eine tiefe, spirituelle Verbindung. Du kannst das unmöglich verstehen ...«

»Mama, hallo.« Ich schob mich zwischen sie und riss ihr das Buch aus den Händen, bevor sie Heathcliff damit auf den Kopf schlagen konnte. »Was hat es mit dieser Bibliomantie auf sich?«

»Mina.« Sie ignorierte meine Frage und umarmte mich fest. »Ich ärgere mich ein wenig über dich. Hast du mich ignoriert?«

»Ganz und gar nicht. Ich ...«

»Ich mache mir Sorgen um dich. Immer wenn ich anrufe, bist du zu beschäftigt. Du scheinst rund um die Uhr zu arbeiten und warst seit Wochen nicht mehr zum Abendessen da. Es ist nicht gesund, seine Mutter so zu ignorieren.«

»Ich ignoriere dich nicht, Mama. Es war nur viel los hier im Laden und wir mussten uns auf das Halloween-Festival und Quoths Kunstausstellung vorbereiten.«

»Das ist keine Entschuldigung dafür, nicht mit deiner Mutter zu reden. Ich wollte dir das hier geben.« Sie kramte in ihrer Handtasche herum und holte eine Tube mit grünlichem Glibber heraus. »Das ist ein Heilbalsam aus gemahlenen Venusfliegenfallen, der *erstaunliche* Eigenschaften haben soll. Der nette junge Mann, der ihn mir verkauft hat, sagte, es habe den Krebs seiner Frau geheilt.«

»Mama, ich habe keinen Krebs.«

»Ich weiß, Schatz, aber das *repariert Zellen*. Darum geht es doch. Es kann deine Augen reparieren.« Sie warf mir einen triumphierenden Blick zu, während sie mir den Glibber hinhielt, als hätte sie gerade einen epischen Mic-Drop hingelegt und jeden Augenarzt der Welt in Ehrfurcht vor ihrem Genie versetzt.

Seit sich meine Sehkraft verschlechtert hat, war Mama fest entschlossen, das Wundermittel zu finden, das meine Netzhaut wiederherstellen würde. Bisher hat sie mir eine Augenspülung aus Hagebutten und Karotten gegeben und einen ganzen Garten mit bunten Kristallen unter mein Kopfkissen gelegt.

Ich hielt das Gefäß gegen das Licht, aber das Grün sah dadurch nur noch ekelhafter aus. »Wenn es so wunderbar ist, warum ist dann nicht die Frau des netten jungen Mannes in allen Nachrichten und redet über dieses Zeug?«

»Oh, anscheinend ist sie an einem spontanen

Leberversagen gestorben«, winkte Mama ab. »Aber der Krebs war weg.«

»Danke, Mama. Das ist sehr aufmerksam von dir.« Ich ließ den Behälter in meine Handtasche fallen, wo er nie wieder das Tageslicht erblicken würde. »Also, Bibliomantie? Das ist zwar eine schöne Idee für das Festival, aber wir haben nicht wirklich viel Platz im Laden, also denke ich nicht ...«

»Was ist das?« Mama zog das kleine schwarze Kästchen aus meiner Handtasche und öffnete den Verschluss.

»Oh, das ist ein ...« Ich suchte nach einer Antwort, aber mir fiel nichts ein. »Nun, es ist ein Vampirjäger-Set.«

Mama sah mich an, als wäre ich verrückt geworden.

»Es ist nur ein Haufen Knoblauch, Weihwasser und Hostien. Morrie hat es für mich gemacht. Es ist eine Art Scherz. Ich meine ... es ist kein sehr lustiger Scherz, aber es ist schön, dass er sich um meine Sicherheit sorgt. Du hast doch von all diesen Morden im Dorf gehört, bei denen das Opfer durch Einstichstellen im Nacken ausgeblutet ist?«

»Natürlich weiß ich das. Ich war an vorderster Front und habe versucht, die Polizei dazu zu bringen, diese Vampirbedrohung ernstzunehmen.« Mama verschränkte die Arme. »Kannst du glauben, dass Kommissar Hayes die Frechheit besaß, mir zu sagen, dass es keine Vampire gibt? Obwohl die Beweise direkt vor seiner Nase liegen. Wenn sie diese Bedrohung nicht ernstnehmen, muss die Geistersucher-gesellschaft die Angelegenheit selbst in die Hand nehmen.«

Panik erfasste mich. Das Letzte, was wir jetzt gebrauchen konnten, war, dass meine Mutter durch die Stadt stolzierte und jeden umbrachte, der lispelte oder eine Vorliebe für blutige Steaks hat. »Vampir oder nicht, Mama, das ist ein gefährlicher Serienmörder. Du musst die Profis ihren Job machen lassen.«

Wie mich und Heathcliff und Morrie und Quoth.

»Pfft, als ob die bisher so einen tollen Job gemacht hat. Ein drittes Mädchen ist tot und unser geliebter historischer Friedhof sieht aus wie ein Stück Schweizer Käse. Obwohl ich sagen muss, dass ich dankbar bin, dass du diese übernatürliche Bedrohung so ernstnimmst ...« Mama tippte auf die Schachtel und ich konnte sehen, wie sich die Räder in ihrem Kopf drehten. Sie hatte diesen Blick, den sie immer aufsetzte, wenn sie eine Gelegenheit wittert, schnell reich zu werden. Aber was in meinem Vampir-Set könnte ihr die Idee gegeben haben? Ich wollte nicht raten. Sie stellte die Schachtel sehr bewusst ab und klatschte in die Hände.

»Nun, Liebes, ich muss gehen. Ich habe noch etwas zu erledigen.«

»Aber willst du mich nicht von den Vorzügen der Bibliomantie überzeugen ...«

»Ach, warum sollte ich mir die Mühe machen? Ich gehe jetzt besser, ich habe ein Geistersucher-Treffen ...« Mama winkte abwehrend und stürmte aus dem Zimmer.

»Aber du hast dein Bibliomantie-Buch zurückgelassen!«

»Ich brauche es nicht mehr«, rief sie zurück. »Heathcliff hat recht. Das ist alles Unsinn.«

Die Tür schlug hinter ihr zu.

»Hast du das gehört?« Heathcliff lehnte sich in seinem Stuhl zurück. »Sie hat gesagt, ich habe recht.«

Ich nickte. »Von all den schlechten Omen, die wir heute Morgen erhalten haben, macht mir die Tatsache, dass meine Mutter dir zustimmt, am meisten Sorgen.«

5

»Ich glaube, dieses Buch wird Ihnen gefallen.« Ich lächelte meinen fleckigen Kunden an, während ich seinen Einkauf abwickelte. Es war der Tag vor der Eröffnung des Halloween-Festivals, und er gehörte zu einer Gruppe amerikanischer Touristen, die mit dem Bus zu diesem Anlass in dem Dorf Halt gemacht hatten. In seiner durchnässten Kleidung sah er völlig elend aus. Der Himmel hatte die Schleusen geöffnet, nicht der beste Tag, um das idyllische Dorfleben kennenzulernen, aber definitiv ein Vorgeschmack auf das authentische Großbritannien.

»Danke, junge Dame.« Er wrang seine Mütze aus und fügte unserem bereits durchnässten Teppich eine Wasserpfütze zu. »Ich muss sagen, mit Ihnen ist es angenehmer zu verhandeln als mit Ihrem anderen Verkäufer. Er ist ein bisschen ... seltsam. Er hat mir all diese tiefgründigen, persönlichen Fragen gestellt und mir dann eine große Standpauke darüber gehalten, weil ich nicht an die Götter glaube.«

Nicht schon wieder. »Ja, danke. Ich werde mit ihm reden.«

Die Touristen strömten hinaus und schwärmten mit lauter Stimme von jedem noch so kleinen Detail des »guten alten

Englands« und unterhielten sich angeregt über ihr Mittagessen im Pub. Ich drehte das Schild »Mittagspause« an der Tür um, obwohl es erst 10 Uhr war, und machte mich auf die Suche nach meinem »Verkäufer«.

Er war natürlich in der Philosophieabteilung, die Nase tief in Nietzsche vergraben. Er rümpfte die Nase und warf das Buch über seine Schulter, wo es sich einem Stapel zerfledderter Bücher auf dem Boden anschloss. »Was für ein Unsinn.«

»Hör zu, Sokrates.« Ich entriss ihm einen Band von Kants *Kritik der reinen Vernunft*, bevor er sich Nietzsche auf dem Boden anschloss. »Ich weiß, dass du uns helfen willst, aber du musst damit aufhören.«

»Äh?« Sokrates hielt sich eine runzlige Hand ans Ohr.

»Du kannst die Bücher, mit denen du nicht konform gehst, nicht zerreißen, sonst haben wir nichts mehr zu verkaufen. Und sprich nicht mit den Kunden.«

»Ja, danke. Ich mag Gurken.« Sokrates wandte sich wieder dem Buch zu.

»DU DARFST NICHT MIT DEN KUNDEN SPRECHEN.«

»Aber wie soll ich sonst meine Schule des Denkens wieder aufbauen? Aus diesen trüben Vogelhirnen muss ich die Schüler herausfiltern, die am meisten von meiner Unterweisung profitieren werden.« Sokrates warf Kants Buch angewidert über seine Schulter und nahm ein anderes zur Hand. »Ich meine, schau dir diese lächerlichen Vorstellungen an. Was ist denn bitte schön Nihilismus? Das sagt mir gar nichts.«

Ich musste mir auf die Lippen beißen, um nicht zu lachen. »Nihilisten lehnen Religion und Moral ab, weil sie glauben, dass das Leben bedeutungslos ist. Ich glaube, du könntest es eigentlich interessant finden ...«

»Aber keiner dieser sogenannten Denker erkennt jemals an, dass die einzige wahre Weisheit darin besteht, zu wissen, dass wir nichts wissen. Gerade heute Morgen hat mir dein Vogel eine wichtige philosophische Lektion erteilt.«

Ich rieb mir den Kopf. »Du hast Quoth gesehen? Wo ist er? Er ist letzte Nacht wieder nicht nach Hause gekommen.«

»Ich schaute aus dem offenen Fenster, hinauf zu den herrlichen Wolken, und dachte über die Natur des Universums nach, als er über meinen Kopf hinweg nach drinnen flog und mir ins Gesicht kackte. Es ist eine wichtige Lektion, dass alle Philosophen mehr Zeit damit verbringen sollten, das Universum zu hinterfragen, als den Mund aufzumachen, um darüber zu reden.«

»Ja, das ist eine ausgezeichnete Lektion. Aber ich möchte, dass du deine Fragen für *dich* behältst.« Ich nahm seinen Arm und führte ihn aus dem Philosophieraum. »Ich weiß, dass es für dich schwer zu verstehen ist, aber die Welt ist ein ganz anderer Ort als das Athen, das du zurückgelassen hast. Niemand hat Interesse daran, von einem halbnackten alten Mann über den Sinn des Lebens ausgefragt zu werden, während er auf der Jagd nach dem neuesten Jeffery Archer ist, verstanden?«

»Aber was machen dann die Philosophen deiner Zeit?« Sein Kiefer bebte.

»Sie sind in den sozialen Medien.« Ich holte mein Handy heraus und zeigte ihm, wie man durch YouTube scrollt. »Schau, das ist Peter Jordanson; er ist Professor für Philosophie und hat eine halbe Million Follower. Wenn du die Geheimnisse des Universums erforschen willst, dann mach es in einem zehn Sekunden langen Video über den Kampf um unsere verdorbene Jugend.«

Ich ließ Sokrates damit zurück, sich glücklich Peter Jordansons Videos anzusehen, und machte mich auf die Suche nach Quoth. Ich fand ihn zusammengerollt im Bett, die Vorhänge zugezogen, seine langen Wimpern verklebt. Ich schüttelte seine Schulter, aber er rührte sich nicht. Ich ließ ihn schlafen und ging wieder nach unten, gerade als eine Gruppe den Laden betrat. Ich nahm zuerst an, dass es sich um eine weitere Busreisegruppe handelte, da die große Bandbreite an orthopädischen Schuhen darauf hindeutete, aber anstatt sich zu verteilen und sich über die malerischen Leseecken und den Schnickschnack im Laden zu freuen, marschierten sie in militärischer Formation direkt zur Theke. Ich erkannte die Frau an der Spitze als Dorothy Ingram, die hyperreligiöse Matrone, die ich einmal beschuldig hatte, Mitglieder des Clubs der verbotenen Bücher von Argleton ermordet zu haben. Wir hatten Dorothys Namen zwar reinwaschen können, aber sie hatte sich uns gegenüber nie wirklich dankbar erwiesen. Ich glaubte nicht, dass Dorothy Ingram irgendetwas anderes als mürrisch sein könnte.

»Mina.« Dorothys Mund verzog sich zu einer feinen Linie, während sie mit ihrem Stock auf den Boden klopfte. Ihr Tonfall ließ darauf schließen, dass sie erwartet hatte, mich mit Dämonen herumtollen zu sehen, und ein wenig enttäuscht war, dass ich stattdessen neue Ware auspreiste.

»Dorothy, es ist so *schön*, Sie wiederzusehen.« Ich konnte nicht widerstehen, hinzuzufügen: »Freuen Sie sich schon auf das Halloween-Fest?«

»*Wohl kaum.* Mabel hat unser geliebtes Dorf in einen Jahrmarkt der dämonischen Verderbtheit verwandelt.« Dorothy runzelte die Stirn. »Sogar unser lieber neuer Pfarrer, Pater Mosley, ist komplett verdorben. Er hat doch tatsächlich erlaubt, dass morgen ein satanischer Chor in unserer Kirche auftritt! Und das, obwohl auf dem Friedhof die Hölle los ist.«

»Oh ja, ich habe von dem Grabraub gehört. Eine Schande.« Ich versuchte, nicht zusammenzuzucken, als Victor unten im Keller herumpolterte.

»Es geht nicht nur darum, das die Ruhe der Toten gestört wurde! Das arme Mädchen wurde dort ermordet, natürlich von Satanisten. Die Polizei hat in der Nähe der Leiche einen Ziegenschädel gefunden. In Argleton gibt es einen satanistischen Kult, der den Friedhof für seine dunklen Rituale nutzt. Erst letzte Woche hat Hazel einen Mann und eine Frau gesehen, die hinter dem Mausoleum ihren *fleischlichen Gelüsten* nachgekommen sind. Das ist wirklich *verkommen*.«

»Klingt für mich nach einem typischen Samstagabend«, meldete sich Morrie hinter den Gedichtregalen zu Wort.

»Das ist nicht zum Lachen, Herr Moriarty.« Dorothys Wangen waren vor lauter Empörung rot angelaufen. »Ich habe alles über diese satanischen Kulte gelesen: Tieropfer, rituelle Morde, *Nekrophilie*. Das alles dient der Vorbereitung ihres blutigen Samhain-Rituals. Es ist höchste Zeit, dass Maßnahmen ergriffen werden, um die armen Seelen von Argleton vor dem Einfluss des Teufels zu bewahren. Ich würde gerne diese Bücher kaufen.«

Sie schob eine Liste über den Schreibtisch. Ich reichte sie Morrie, der die Titel mit hochgezogener Augenbraue las. »Das *Schlüsselbein Salomons*, das *Buch von Soyga*, der *Saducismus Triumphatus*, der *Rohonc-Kodex* ... Dies sind einige unserer seltensten okkulten Bücher. Haben Sie vor, Beelzebub für ein paar verdorbene fleischliche Gelüste zu beschwören?«

»Wir veranstalten eine Bücherverbrennung.« Dorothy schnaubte. »Wir haben die Mittel für den Kauf dieser Bücher aufgebracht, um sicherzustellen können, dass keine unschuldige Seele Hand an sie legt.«

Wie bitte?

Ich schüttelte den Kopf. »Sie können diese Bücher nicht verbrennen. Einige davon sind wichtige historische Texte ...«

»Das sind abscheuliche Wälzer, die geschrieben wurden, um gute Christen zu verderben. Sie sind das Werk Luzifers und seiner Dämonen und müssen verbrannt werden. Aber da ich weiß, dass Sie beide eindeutig Sympathien für den Teufel haben ...«

Ich nickte. »Das ist ein großartiger Stones-Song.«

»... und ich wusste, dass Sie diese Bücher niemals freiwillig aushändigen würden, haben wir, das Komitee der Tugendwächter gegen Entweihung, Unzucht, Frevel, Ehebruch und Luzifer, ...« sie deutete auf ihre Gruppe, »das Geld für den Kauf aufgebracht. Also reichen Sie sie herüber.«

»Wussten Sie, dass Ihr Komitee das Akronym TEUFEL hat?«, sagte Morrie.

Ich musste laut lachen. Dorothys Gesicht lief so rot an, dass ich hätte schwören können, es würde Dampf aus ihren Ohren kommen.

»Er hat recht, Dorothy«, sagte Cassandra Irons schwach. »Tugendwächter gegen Entweihung, Unzucht, Frevel, Ehebruch und Luzifer ergibt TEUFEL ...«

»Ja, nun, das war eine bewusste Handlung, um die Aufmerksamkeit auf die Wichtigkeit unserer Sache zu lenken.« Dorothy klopfte mit ihrem Stock auf den Boden, um ihren Worten Nachdruck zu verleihen. »Es zeigt, wie Satan in jede Schicht unseres Lebens eingedrungen ist. Sie haben mir immer noch nicht diese Bücher gebracht. Bitte beeilen Sie sich, ich habe nicht den ganzen Tag Zeit.«

»Es tut mir leid«, sagte Morrie liebenswürdig. »Wir haben gerade in dieser Minute jedes einzelne dieser Bücher verkauft.«

»Jedes einzelne?« Dorothy kniff die Augen zusammen.

»Was soll ich sagen?« Er zuckte mit den Schultern. »Das sind die Satansanbeter in dieser Stadt. Sie sind unersättlich nach Wissen.«

»Und Sie heben sie nicht nur für dieses satanische Treffen auf, das Sie geplant haben?« Dorothy hielt mir einen Flyer unter die Nase. Es war eine der Anzeigen, die ich im Schaufenster angebracht hatte, um Werbung für einen Okkultisten zu machen, der im Rahmen des Festivals einen Vortrag über Nekromantic halten würde.

»Natürlich nicht.« Ich klimperte mit den Wimpern. »Dafür habe ich eine ganz neue Ladung böser okkulter Bücher bestellt.«

»Das ist nicht zum Lachen.« Dorothys Stock klopfte auf den Schreibtisch. »Eine unschuldige Frau wurde auf unserem Friedhof von einem verdorbenen Teufelsanbeter getötet, und trotzdem veranstalten wir dieses heidnische Fest, das Luzifer in unsere Mitte einlädt. Merken Sie sich meine Worte, Mina, das Komitee der Tugendwächter gegen Entweihung, Unzucht, Frevel, Ehebruch und Luzifer wird etwas dagegen unternehmen.«

Sie drehte sich auf dem Absatz um und marschierte gefolgt von ihrer Armee missbilligender alter Damen davon.

Ich drehte mich zu Morrie um und konnte mein Grinsen kaum verbergen. »Auf dem Argleton Presbyterian Cemetery werden Satanische Feste abgehalten. Was ist nur aus der Welt geworden?«

»Ich glaube denen keine Minute.« Morrie schüttelte den Kopf. »Jeder Satanist, der etwas auf sich hält, weiß, dass Luzifer es leid ist, Ziegenfleisch zu essen, und viel lieber Pizza bestellt.«

DEN REST des Tages war ich zu beschäftigt mit Kunden, um an Dracula zu denken, bis Sokrates die Treppe herunterkam und mit seinem flatternden, provisorischen Chiton eine Gruppe Jugendlicher verscheuchte. Er hielt mir mein Handy vors Gesicht.

»Es ist von einem Dämon besessen«, schrie er, während eine blecherne Version von ‚God Save the Queen' der Sex Pistols aus den Lautsprechern dröhnte.

»Das ist nur das Geräusch, das es macht, wenn ich eine SMS erhalte.« Ich überflog die Nachricht von meiner Freundin Jo. Sie wollte sich nach der Arbeit im Pub mit mir treffen. Mein Herz setzte einen Schlag aus. Jo war die Gerichtsmedizinerin des Landkreises, was bedeutete, dass sie die Autopsien an Draculas Opfern durchführte. Jo wusste nicht, dass ein echter Vampir im Dorf sein Unwesen trieb, oder dass ich die Tochter des epischen Dichters Homer war, oder dass Heathcliff, Morrie und Quoth tatsächlich zum Leben erweckte literarische Figuren waren. Mir war klar, dass sie über die Arbeit reden wollte, und ich war halb aufgeregt, halb besorgt, was sie herausgefunden haben könnte. Sie war eine der wenigen Personen, die diese Morde mit der Leiche in Verbindung bringen konnte, die man Morrie vor all den Monaten anhängen hatte wollen.

Ich musste herausfinden, was sie wusste.

»Pass auf den Laden auf. Ich treffe mich mit Jo.« Ich warf mir meine rote Lieblingsjacke über die Schultern und zog Oscar sein Geschirr über.

»Wuff!«

»So ist es richtig, Junge. Wir gehen jetzt zu Jo.«

Wir mussten um den Rand des Dorfplatzes herumgehen, denn der ganze Platz war ein einziges Durcheinander aus Kabelsalat, halb aufgebauten Ständen und Kürbishaufen. Frau Ellis stand in der Mitte, umgeben von ihrer Schar temperamentvoller Geisterjäger, und lenkte das Chaos wie eine Dirigentin der Verdammten. Trotz allem, was in meinem Leben vor sich ging, spürte ich ein wenig Aufregung über das Festival. Alles sah fantastisch aus. *New York City kann einpacken. Argleton ist der Ort, an dem es abgeht.*

Ich bemerkte, dass meine Mutter ein Schild an einem Stand anbrachte, aber ich war nicht nah genug dran, um zu lesen, was darauf stand.

Bei Artemis, ich schätze, sie hat einen neuen Plan gefunden. Ich hoffe, dieser endet nicht wieder mit einer Klage oder einer Geldstrafe der Umweltbehörde.

Sobald Oscar und ich den Pub betraten, eilte Richard herbei. »Hallo Mina. Jo sitzt in der Ecknische. Soll ich Oscar seine Wasserschüssel und sein Kauspielzeug bringen?«

»Danke, Richard.« In Argleton dafür berüchtigt zu sein, Verbrechen aufzuklären, hatte seine Vorteile, zum Beispiel, dass ich alle Geschäftsinhaber kannte und sie Oscar gerne aufnahmen. Unternehmen waren gesetzlich verpflichtet, Assistenzhunde auf ihrem Gelände willkommenzuheißen, aber sie mussten darüber nicht glücklich sein. Aber wir, na ja, eher Heathcliff, bescherten Richard so viele Einnahmen und wir lösten so viele Mordfälle im Dorf, dass Oscar eine lokale Legende war. Manchmal bekam ich immer noch Ärger, wenn ich das Dorf verließ, aber ich wurde immer besser darin, für mich selbst einzustehen und meine Rechte einzufordern. Es schadete nicht, dass Oscar total süß war. Ich liebte seine großen Augen und seine Klugheit genauso sehr wie die Jungs.

Ich wies Oscar an, die Nische zu suchen, während Richard hinter der Bar verschwand, um Oscars Sachen zu holen. Falls er das unbekannte Pferd entdeckt hatte, das in seiner Scheune lebte, verlor er kein Wort darüber. Den Göttinnen sei Dank für kleine Gnaden.

Meine Freundin schaute auf, als ich auf den Platz ihr gegenüber rutschte, ihre Augen rot umrandet. Sie hatte geweint.

»Jo, was ist passiert?« Ich streckte die Hand über den Tisch aus, um ihre Hand zu ergreifen. Jemand hatte bereits einen Gin Tonic für mich hingestellt. Selbst wenn sie durcheinander war, dachte Jo noch an mich. Sie war eine großartige Freundin und ich ... ich hatte nie aufgehört, sie anzulügen.

Meine Lügen dienen ihrem Schutz.

Jo schüttelte den Kopf. »Er ... er hat ein weiteres Opfer gefordert.«

Ich wusste, dass sie vom Dracula-Killer sprach. Wir sprachen kaum noch über etwas anderes, seit er Argleton mit Leichen übersäte, was es umso schwieriger machte, die Tatsache zu verschweigen, dass der Dracula-Killer *in Wirklichkeit* Dracula war.

»Das ist schrecklich. Wissen sie ...«

»Es ist Fiona!« Frische Tränen strömten über Jos Wangen.

Mein Herz setzte einen Schlag aus. Jo war seit drei Monaten mit Fiona zusammen, einer schönen, statuegleichen schwedischen Rucksacktouristin. Jo war total verliebt, und es war das Schönste auf der Welt. Ich hatte Fiona ein paar Mal im Pub getroffen, und sie schien genau Jos Typ zu sein: lebhaft und lustig und überhaupt nicht zimperlich, was Leichen anging.

Warum musste Fiona sterben? Warum musste Dracula Jo dieses Glück nehmen?

»Jo, es tut mir so leid. Ich kann nicht glauben, dass sie tot ist. Geht es dir gut? Das ist eine dumme.Frage; natürlich geht es dir nicht gut. Kann ich dir irgendwie helfen? Oh, bei Isis, sie haben dich doch nicht dazu gezwungen, ihre Autopsie durchzuführen, oder?«

Jo schüttelte den Kopf. Hinter ihrem Rücken beleuchtete eine Straßenlaterne auf der anderen Seite des Fensters einen dunklen Schatten. Der kopflose Reiter nickte mir mit seinem Stumpf zu, als er an der Seite des Gebäudes entlang zu den Ställen glitt. »Sie haben das Büro in Loamshire gebeten, sich darum zu kümmern. Es ist nicht erlaubt, an Menschen zu arbeiten, denen wir nahestehen. Und ja, es gibt etwas, das du tun kannst.«

»Alles. Ich bin für dich da.«

»Hör zu, Mina. Hayes ist wegen dieser Morde völlig ratlos,

und Wilson ist so damit beschäftigt, über Frau Ellis‘ Geistersuchergesellschaft zu spotten, dass sie nichts ernstnimmt.« Jo beugte sich über den Tisch. Ihre Finger umklammerten meine wie ein Schraubstock. »Ich bin die Einzige, die glaubt, dass es eine Verbindung zwischen Fionas Tod und der Leiche gibt, mit der Kate ihren Tod vorgetäuscht hat. Du musst mir helfen.«

»Wie soll ich dir denn helfen?«

»Mach dein Ding. Setz dein Mörder-Fang-Mojo ein. Bring Morrie dazu, Gesetze zu brechen, und Heathcliff, Knochen zu brechen, wenn nötig. Das ist mir egal. Ich muss dafür sorgen, dass dieser Mörder seiner gerechten Strafe zugeführt wird, und die Polizei ist dessen nicht fähig. Ich verschaffe dir Zugang zu allen Informationen, die du brauchst. Finde einfach nur den Bastard, der Fiona das angetan hat.«

Ich schluckte. »Jo, dir ist schon klar, dass du in große Schwierigkeiten geraten könntest, wenn sie mich beim Herumschnüffeln erwischen?«

»Das weiß ich. Ich frage dich nicht, weil ich vor Trauer verrückt bin und nicht klar denken kann. Nun, ich bin tatsächlich vor Trauer verrückt.« Jo griff in ihre Tasche und legte eine kleine schwarze Schmuckschatulle auf den Tisch. »Ich wollte ihr auf dem Halloween-Festival einen Antrag machen.«

»Oh, Jo.« Tränen stiegen mir in die Augen.

»Ja, ich wollte es dir heute sagen, und du hättest versucht, es mir auszureden, und mir gesagt, dass es zu früh wäre und das alles noch zu frisch ist, und ich hätte sowas gesagt wie, aber wir lieben uns und was bringt es zu warten, wenn man verliebt ist, aber jetzt *ist sie tot*.« Jo umklammerte mit zitternden Händen ihr Glas. »Ich weiß, dass ich hier meinen Job und meinen Ruf aufs Spiel setze, aber ich weiß auch, dass du

Ergebnisse erzielst, wenn die Polizei es nicht vermag. Du bist nicht an die gleichen Regeln gebunden wie sie ...«

Das kannst du laut sagen. Ich dachte an Quoth, der sich in seine Rabenform verwandelt hatte, um sich durch ein offenes Fenster zu schleichen, als wir Ginny Button untersucht hatten, oder an Morrie, der ein Unternehmen gegründet hatte, um Menschen dabei zu helfen, ihren eigenen Tod vorzutäuschen.

»... und du bist eine gute Freundin und wirst mich beschützen, wenn du kannst.« Jo beugte sich über den Tisch und drückte meine Hand. Ihre Finger zitterten noch immer. Sie tat mir so leid. Wenn einem der Jungs etwas zustoßen würde, wüsste ich nicht, wo mir der Kopf stehen würde. Ich erinnerte mich an die schreckliche Panik, die mich überkommen hatte, als Morrie vor ein paar Monaten über die Klippe gestürzt war, oder als ich gedacht hatte, Quoth sei von Christina Hathaway verletzt worden.

Mir drehte sich der Magen um. Die Wahrheit war, dass wir keine Untersuchung brauchten. Ich wusste, wer der Mörder war: Dracula. Mein Nachbar. Nur konnte ich das Jo nicht sagen.

Ich konnte ihr nie sagen, wer ich wirklich war oder was vor sich ging. Jos Leben war der Wissenschaft gewidmet. Sie glaubte an empirische Beweise und spottete über die geringste Andeutung von gruseligen Vorgängen. Wenn ich versuchen würde, sie davon zu überzeugen, dass Fiona von Dracula persönlich ermordet worden war, würde sie annehmen, ich wäre verrückt geworden oder würde sie verarschen. Sie würde nie wieder mit mir reden wollen.

Wenn wir Zugang zu Jos Autopsieergebnissen und den Polizeiberichten hätten, könnten wir vielleicht ein Muster in den Morden erkennen, herausfinden, wonach er seine Opfer ausgewählt hatte, und ihn womöglich stoppen, bevor er eine weitere Leiche anspült.

»Jo, natürlich werde ich das untersuchen. Ich werde die Jungs auf den Fall ansetzen. Jetzt lass mich dir noch einen Drink ausgeben und du kannst mir alles erzählen, was du über Fiona und die anderen Opfer weißt.«

6

»Ich kann nicht glauben, dass sie nicht mehr da ist ...« Jo stolperte über die Stufen und ruderte mit den Armen, um ihr Gleichgewicht zurückzuerlangen. »Ich ... *hicks* ... weiß nicht ... *hicks* ... wie ich ohne sie leben soll.«

Als ich der verzweifelten und betrunkenen Jo die letzte Stufe zu ihrer Wohnung hinaufhalf, erinnerte ich mich an die kurze Zeit zurück, die wir zusammen gelebt hatten. Jo war eine ... interessante Mitbewohnerin gewesen. Zwischen den Herzen im Kühlschrank und der Heuschreckenplage, die sie im Haus entfesselt hatte, war es nie langweilig gewesen.

Schon beim Eintreten fiel mir ein anhaltender Duft auf: ein blumiges Parfüm, das so gar nicht nach Jos üblicher Rauchmischung roch. Ich schaltete das Licht ein und bemerkte Batikkissen auf dem Sofa, eine Wäscheleine für Reisekleidung, an der noch Outdoor-Kleidung hing, und Polaroid-Fotos von Sehenswürdigkeiten in Barsetshire, die an der Wand befestigt waren, kleine Details aus dem Leben, das Jo und Fiona gemeinsam begonnen hatten.

»Als du Fiona das letzte Mal gesehen hast, war sie also auf dem Weg zum Friedhof gewesen?«

»Ja. Sie ist nach Argleton gekommen, weil ihr Großvater auf dem alten Friedhof begraben liegt und sie etwas auf sein Grab legen wollte. Sie wollte, dass ich mitkomme, aber ich musste zur Arbeit, also habe ich ihr stattdessen gesagt, dass ich sie danach im Rose & Wimple treffen würde. Als sie nicht auftauchte, bin ich zum Friedhof gegangen, um nach ihr zu suchen, und da war sie dann.« Jo presste sich ihre Fäuste in die Augenhöhlen, während ihr erneut Tränen über die Wangen liefen. »Ich verstehe das einfach nicht. Wer würde Fiona töten, nur um eine alte Schachtel mit Erde zu stehlen?«

»Was?«

»Fionas Schachtel war nicht bei ihrer Leiche gewesen. Der Mörder muss sie mitgenommen haben.« Jo holte ihr Handy heraus und scrollte durch die Bilder. Ich hielt das Handy gegen das Licht und blinzelte auf den Bildschirm, um die vage Gestalt von Fiona zu erkennen, die eine kleine Holzkiste mit graviertem Deckel in der Hand hielt. »Hier. Diese Kiste ist mit Erde aus Rumänien gefüllt. Fiona hat dort den alten Bauernhof ihrer Familie besucht, weil ihr Großvater dort immer begraben werden wollte, sie ihn aber verkaufen mussten. Es ist so eine sentimentale Sache, aber so war sie nun mal, weißt du? So fürsorglich ...«

Jo brach in noch mehr Schluchzen aus. Ich nahm ihr das Telefon aus der Hand und starrte in Fionas strahlendes Gesicht. Sie hatte das Aussehen ihrer schwedischen Mutter geerbt, die statuenhaften Züge, das goldblonde Haar, das sonnige Lächeln, das für meine Jo bestimmt war. *Sie hatte so viel, worauf sie sich freuen konnte.*

Dracula hatte sie getötet und diese Schachtel gestohlen, aber das gab uns keinen Hinweis darauf, wo er sie versteckt hatte.

»Erzähl mir von den anderen Opfern.« Ich zog Jo auf die Couch. Meine Finger suchten auf dem Tisch nach einer Packung

Taschentücher. Ich ertastete ein paar leere Weingläser und etwas Weiches, über das ich lieber nichts wissen wollte, aber keine Taschentücher. Ich nahm meinen Schal ab und reichte ihn ihr, und sie putzte sich lautstark die Nase damit. Das war wahre Freundschaft, genau das.

Ich schaltete das Aufnahmegerät meines Handys ein und legte es vor Jo ab. Sie umarmte sich. »Das erste Opfer ist Miriam Bledisloe, eine Büroangestellte und begeisterte Wanderin. Fiona hat sie tatsächlich ein paar Mal bei Treffen der Argleton Streifer getroffen. Miriam war vor ein paar Wochen von einer Wanderung in den Karpaten zurückgekommen und wurde in ihrem Haus ermordet aufgefunden. Es gab keine Anzeichen für einen Einbruch und das einzige offene Fenster war ein winzig kleines, das hoch oben angebracht war und durch das kein Mensch passen würde. Die Polizei nimmt an, dass der Mörder ihr bekannt gewesen war und sie ihn ins Haus gelassen hatte und er die Tür geschlossen hatte, nachdem er gegangen war. Es wurde nichts vermisst, aber Miriam hat allein gelebt, sodass das schwer abzuschätzen ist.«

»Okay.« Sie war also kürzlich in Rumänien gewesen und war an einem abgelegenen Ort wandern gewesen. Sie hätte etwas Erde mit nach Hause bringen können. Aber woher hatte Dracula das wissen können?

Jo fuhr fort. »Das zweite Opfer war Dana Hill, die Archäologin. Sie wurde im Holzschuppen hinter ihrem Haus gefunden. Was in der Zeitung nicht stand, ist, dass sie Artefakte von den Stätten, an denen sie arbeitete, gestohlen und online an private Sammler verkauft hat. Als die Polizei den Holzschuppen durchsucht hat, fand sie allerlei möglichen Münzen und Gegenstände, die von Fundstätten auf der ganzen Welt gestohlen worden waren. Was sie nicht fanden, war ein Schuhkarton, in dem der Schädel eines Osmanen lag, der noch wie vergraben mit etwas Schmuck und Tonscherben, in der

Erde lag, in dem er gefunden wurde. Dana hatte in dieser Woche versucht, ihn online zu verkaufen.«

Ich nickte und nahm mir vor, zu überprüfen, ob dieses Artefakt irgendeine Verbindung zu Rumänien hatte.

»Unser drittes Opfer war Jenna Mclarey. Sie war diejenige, die auf dem Friedhof über einem Grab gefunden wurde, die Arme ausgestreckt wie ein Kruzifix. Sie hat im Dorfladen gearbeitet. Sie ist verheiratet gewesen, aber ihr Mann ist so eine Art Höhlenmensch.« Jo holte schaudernd Luft. »Und dann ist da noch Fiona. Was die Verbindung zwischen den Opfern angeht, sind wir ratlos. Sie kannten sich nicht ... Okay, Fiona kannte Miriam, wie gesagt, nur vage, und Jenna kennt wahrscheinlich jeden im Dorf von ihrer Arbeit, aber es gibt keine tieferen Verbindungen. Sowohl Fiona als auch Miriam sind kürzlich nach Rumänien gereist, aber es gibt keine Hinweise darauf, dass die beiden anderen eine Verbindung zu diesem Land haben. Sowohl Jenna als auch Fiona wurden auf dem Friedhof getötet, die anderen beiden jedoch nicht. Warum? Das Einzige, was auf einen Serienmörder hindeutet, ist die Mordmethode, und das Einzige, was ich bisher in dieser Art gesehen habe, war die Jane Doe in Kate Danvers' Fall ...«

Während Jo weiterredete und ihre betrunkenen Gedanken von einem Ort zum anderen sprangen, schrieb ich Morrie eine SMS, um ihn zu bitten, herauszufinden, ob Dana Hills osmanischer Krieger von einer rumänischen Ausgrabungsstätte stammte. Ich wünschte, ich könnte meiner Freundin sagen, was ich bereits mit Sicherheit wusste: alle vier Opfer waren im Besitz von rumänischer Erde gewesen, und allen vier wurde von einem Monster das Blut ausgesaugt, das Blut der ganzen Welt zu trinken.

Und der Nevermore Bookshop war das Einzige, was ihm im Weg stand. Kein Druck.

7

»Ich glaube, ich weiß, wie wir die restlichen Erdbehälter finden können«, verkündete ich, als ich durch die Tür des Ladens stolperte.

»Wo warst du? Du solltest doch einen von uns anrufen, damit er dich nach Hause begleitet.« Heathcliff packte mich an den Schultern und drückte meinen Körper an sich. »Was, wenn Dracula dich angegriffen hätte?«

Oscar wimmerte beim Klang von Heathcliffs erhobener Stimme. Es war zu dunkel, um sein Gesicht klar zu erkennen, aber Heathcliffs Stimme triefte vor Panik. Seine Finger gruben sich in meine Haut.

»Entspann dich, der alte Reißzahn wird mich wohl kaum auf dem Dorfplatz anspringen, während alle Freunde von Frau Ellis da draußen das Fest vorbereiten. Er wird mich nicht töten, weil er weiß, dass ich Homers Tochter bin.«

»Du raubst mir alle Nerven, Frau«, brüllte Heathcliff, riss seine Hände von mir los und wandte sich ab. »Es gibt schlimmere Schicksale als den Tod. Er könnte dich zu einem Vampir machen. Er könnte dich uns wegnehmen.«

»Ich bin vorsichtig.« Ich zog den Kragen meines roten

Pullovers herunter und zeigte ihm das silberne Kruzifix, das an meinem Hals glitzerte. »Ich habe eine Handtasche voller Weihwasser und Hostien. Ich bin keine Jungfrau in Not, die ständig beschützt werden muss, schon gar nicht von einem Freund, der sich die letzten Monaten so verhalten hat, als wäre ich ihm scheißegal.«

Heathcliff stürmte durch den Raum. Er drehte mir den Rücken zu und klammerte sich an die Seite des Schreibtisches. Die Wut rollte in Wellen von ihm ab und erschütterte den Raum.

»Es ist mir nicht egal.« Er sprach die Worte so leise aus, dass ich sie kaum hören konnte. »Es ist mir so wichtig, dass ich keine Luft mehr bekomme.«

»Dann verhalte dich auch so. Ich brauche niemanden, der mich anschreit. Ich brauche *dich*, Heathcliff. Ich brauche dich an meiner Seite, mit dem Schwert in der Hand. Stattdessen bekomme ich nur diese lauwarme Gleichgültigkeit ...«

Heathcliff brüllte und raufte sich die Haare. »Verstehst du nicht, dass ich ohne dich nicht leben kann? Wenn er dich mir wegnimmt, *uns* wegnimmt, dann nimmt er auch meine Seele mit.«

»Und das soll ich dir glauben, nachdem du mich mit solcher Gleichgültigkeit behandelt hast?«, schoss es aus mir heraus. »Und was ist mit Morrie? Was, wenn Dracula ihn an meiner Stelle zu sich nimmt?«

KRACH.

Heathcliff schlug mit der Faust auf den Schreibtisch. Die altmodische Kasse stürzte über den Rand und verstreute Münzen und Scheine über den Teppich.

»Dann würde meine Seele zweimal sterben.« Heathcliffs ganzer Körper zitterte.

»Heathcliff ...«

Ich griff nach seiner Schulter. Ich wollte, dass er mich

ansah, mir in die Augen blickte und mir sagte, warum er sich so verhalten hatte. Aber bevor ich ihn anfassen konnte, tauchte eine andere Hand aus der Dunkelheit auf und entriss ihn mir.

Ich unterdrückte einen Schrei, als die Gestalt im Schatten über uns auftauchte. Erst einen Moment später nahm ich eine Spur von Morries unverwechselbarem Geruch wahr.

»Hast du das ernstgemeint?«

»Verpiss dich«, knurrte Heathcliff.

Morrie packte Heathcliff fester und schüttelte ihn mit einer Kraft, von der ich nicht gewusst hatte, dass er sie besaß. »Hast du das ernstgemeinst, dass du zweimal sterben würdest, wenn du uns verlieren würdest?«

Die beiden starrten sich finster an, aber mir war klar, dass es nicht Hass war, der zwischen ihnen aufblitzte wie ein Sturm, der gegen die Klippen prallt. »In meiner Brust ist ein Stück Kohle, wo mein Herz sein sollte«, würgte Heathcliff hervor. »Du und Mina seid ohne mich besser dran. Meine Liebe ist Gift. Ich will euch damit nicht auf die Weise verderben, wie ich verdorben wurde.«

»Das ist nicht wahr.« Mir stiegen die Tränen in die Augen. »Es ist die größte Ehre meines Lebens, dich zu lieben und von dir geliebt zu werden. Ich liebe dich so, wie ein Schriftsteller eine Geschichte liebt, die ihm nicht aus dem Kopf will. Ich liebe dich, weil du mich wütend machst und kostbar bist und dich immer gerade außerhalb meiner Reichweite aufhältst. Ich will nicht, dass du mich davor bewahrst, dich zu lieben. Ich möchte mich in dein Feuer stürzen und darin verbrennen. Und weil ich dich liebe, tut das, was du tust, so *weh* ...«

»Hier geht es nicht um uns, meine Hübsche.« Morries Worte trieften vor lauernder Gefahr. »Ich weiß, was hier vor sich geht. Ich hätte nie gedacht, dass ich den großen Heathcliff Earnshaw einmal einen Feigling nennen würde.«

Heathcliff knurrte. Er schlang seine großen Hände um

Morries Hals, und für einen Augenblick fragte ich mich, wie weit er gehen würde, um Morries Geschwätz zu unterbinden.

»Ich habe Angst, euch beide zu verlieren, du Idiot!«, schrie Heathcliff Morrie ins Gesicht. »Verstehst du nicht, dass du und Mina mir mehr bedeutet als ich selbst?«

»Siehst du das, Mina? Sein Herz ist nicht aus Kohle. Es ist aus Papier. Ein Origami-Herz, das an den Rändern zerrissen und zerfranst ist, und er glaubt, er könnte es mit Glas umhüllen, damit es nicht ganz zerrissen werden kann. Er will uns davor bewahren, dass auch unsere Herzen zerrissen werden. Er scheint nicht zu begreifen, dass die Schnitte, Risse und Stichwunden ein Zeichen *für* die Liebe sind. Man kann sein Herz nie ganz sicher bewahren, aber wenn sich unvollkommene Herzen vereinen, dann ...«

Heathcliff unterbrach Morrie mit einem brennenden Kuss, die Art Kuss, zu der kein Mann mit einem Kohleherzen fähig wäre. Durch diesen Kuss wurde alles, was ich über Heathcliff befürchtet hatte, mit einem Schlag über Bord geworfen. Es war nicht so, dass er uns nicht mehr liebte. Er liebte uns *zu sehr*, und der Gedanke, uns wehzutun, falls wir ihn verlieren würden, hatte sich so tief gebohrt, dass er angenommen hatte, das Einzige, was er tun könne, um uns vor diesem Schmerz zu bewahren, sei, dafür zu sorgen, dass er uns gleichgültig wurde. Als ob das jemals möglich wäre.

Heathcliff riss sich von Morrie los, um meine Schultern erneut zu umfassen, nur dass er diesmal seine Lippen auf meine presste. Ich keuchte gegen die Heftigkeit seines Kusses an. Auf seiner strafenden Zunge schmeckte ich die Qual, die er sich in den letzten Monaten selbst zugefügt hatte, im Glauben, er müsse uns dazu bringen, ihn zu hassen, im Glauben, er könne *irgendwas* tun, was uns dazu bringen würde, ihn zu hassen, damit uns der Schmerz, ihn zu verlieren, erspart würde.

Hinter mir drückte Morrie seinen Körper an mich, seine

langen Arme schlangen sich um uns beide. Er vergrub die Finger in Heathcliffs Haaren, während er die Lippen auf die Bartstoppeln auf Heathcliffs Wange drückte.

»Ich verspreche dir Folgendes«, flüsterte er gegen Heathcliffs Haut. »Nichts, was du uns antust, wird jemals schmälern, wer du in unseren Herzen bist.«

Heathcliffs Körper versteifte sich. Seine Lippen lösten sich von meinen, um Morrie zu küssen. Dann küssten sie mich beide und ich küsste sie und alles, was ich wollte, war, meine Lungen mit ihrem Atem zu füllen.

Morrie leckte mit seiner Zunge über meine Lippen, und ich vergrub mein Gesicht in Heathcliffs Haaren. Seine Wildheit zog uns tiefer in seinen Bann. Mit einer riesigen Hand packte er mein Oberteil, während er mit der anderen Morrie festhielt. Er zog uns so fest an sich, dass mir der Atem stockte.

Mit einem Knurren fegte Heathcliff mit seinem Arm über den Schreibtisch. Papiere, Bücher, Stifte und jegliche Utensilien unseres Ladens verteilten sich auf dem Boden. Morries lange Finger gruben sich in meine Schenkel, als er mich nach vorne stieß, sodass meine Oberschenkel am Holz entlangschrammten.

Mein Herz hämmerte gegen meine Rippen. Heathcliffs Brust hob und senkte sich, als wäre er aus den dunkelsten Tiefen des Ozeans aufgetaucht und bräuchte dringend Luft. »Ich will es sehen.« Er knirschte mit den Zähnen. »Ich will euch beide mit euren Papierherzen sehen. Ich will euch ohne mich sehen.«

Ich verstand nicht, was er damit meinte, Morrie hingegen schon. Seine Finger tanzten an meiner Wirbelsäule entlang. »Was sagst du, meine Hübsche? Sollen wir ihm zeigen, dass seine schwarze Seele uns nicht brechen kann, dass in deinem schönen Herzen genug Platz für zwei Schwänze ist?«

Morries Hand schloss sich um meinen Hals und beugte mich nach vorne, bis ich auf dem Schreibtisch lag. »Ich sah, meine Liebe sich über mein traurig Bett neigen«, murmelte er und zitierte ein Gedicht von Swinburne, von dem er wusste, dass ich es liebte. Er krallte seine Finger in mein Haar. »So blass wie die Lilie unter den schattigen Zweigen ...«

Seine freie Hand glitt unter meinen Pullover, zog ihn hoch und legte mein Fleisch mit stiller Ehrfurcht frei. Ich legte meine Wange auf das glatte Holz, der Ort zwischen meinen Beinen feucht und voller Sehnsucht, bereit dafür, dass beide ihren Schmerz in mich ergossen. Aus diesem Winkel fiel das Licht von der Straße durch das Fenster und ließ Heathcliff als Silhouette am Ende des Schreibtisches erscheinen. Er stand aufrecht und wachsam da, der Wolf, der den Ruf des Vollmonds erwartet, die Schultern angespannt, der Körper von Verlangen geplagt.

Morrie trug das Gedicht mit seiner samtenen Stimme vor, während er die Hose meine Schenkel hinunterschob und dem Geist ihrer Berührung mit den Fingern folgte, was einen langen Seufzer aus meinem tiefsten Inneren hervorlockte. Heathcliff sog einen schaudernden Atemzug ein. Sein Blick brannte heißer auf meiner Haut als Morries Berührung.

»So glatt und dunkel mit einer Kehle zum Beißen«, fuhr Morrie fort. »Zu blass zum Erröten und zu warm zum Erweißen....« Seine Finger beendeten ihren fließenden Tanz. Er schien eine Entscheidung getroffen zu haben, denn er drehte sich zu Heathcliff um und zog ihn zu einem Kuss heran, der Berge zum Einsturz hätte bringen können, so voller dunkler Begierde war er. In diesem Kuss steckte alles, was sie einander zu sagen hatten, all die Dinge, die sie seit dem Wasserfall hätten sagen sollen, aber nicht konnten, weil sie beide sture Bastarde waren, und ich liebte sie, ich *liebte* sie, und ich liebte sie zusammen. Ich liebte *uns* zusammen.

»Bitte«, flüsterte ich. Der Schmerz in mir war zu einer Bestie geworden, die knurrte und nach dem Feuer schnappte, das sie am Leben erhielt.

Heathcliff unterbrach den Kuss, um sich um die Vorderseite des Tisches zu bewegen, während Morrie meinen nackten Hintern mit einer Hand knetete und die andere von meinem Nacken glitt, um meine Wirbelsäule entlang zu tanzen. Heathcliff beugte sich tief, um mich erneut zu küssen, diesmal mit einer sanften Ehrfurcht, die ich nie für möglich gehalten hätte.

»Danke«, flüsterte er. »Danke, dass du mich nie aufgegeben hast und dass du mich nicht allein im Abgrund zurückgelassen hast.«

Heathcliff vertiefte den Kuss und benutzte seine Lippen und seine Zunge, um mir zu sagen, wie viel er Angst hatte, mich zu verlieren oder für mich verloren zu sein. Ich hob meine Hand, um meine Finger auf seiner Brust zu spreizen. In diesem Tier von einem Mann lebte ein Papierherz, an den Rändern zwar zerfranst, aber es schlug immer noch für mich, für *uns*.

Hinter mir neckte Morrie meinen Eingang mit seiner Zunge und schürte den Schmerz in mir mit einer flüchtigen Berührung, die ich mit meinen Hüften zu fassen versuchte. Er umkreiste mit einem Finger meine Klitoris und seine Zunge tauchte in mich ein, bis ich mich wand und mit stoßenden Hüften um mehr bettelte.

KLIRR. Morries Gürtelschnalle fiel auf den Boden. Das Geräusch war wie eine Glocke, die das Einstürzen der Mauern einläutete, die wir zum Schutz errichtet hatten, und den Beginn von etwas Größerem. Ich merkte nicht, dass ich die Luft angehalten hatte, bis Morries warmer Schwanz in mich eindrang. Heathcliff fing meinen Seufzer mit seiner Zunge auf und schluckte ihn hinunter, als würde er seine Seele nähren.

Morrie umfasste meine Schulter und hielt mich mit festem Griff fest, während er sich langsam aus mir herauszog, bevor er sich wieder genüsslich in mich hineinschob. »Das fühlt sich fantastisch an«, sagte er mit seinem unbekümmerten Grinsen, und ich wusste, dass die beiden mit ihren Augen ein intensives Gespräch über den Tisch hinweg führten, ein Gespräch, auf das sie drei lange Jahre lang gewartet hatten.

Heathcliffs Finger verstrickten sich in meinen und seine Augen verschlangen mich, als ich meinen Kopf hochhob und meine Lippen öffnete. Er küsste meine Stirn und stand auf. Seine Hose berührte den Boden und einen Moment später schmeckte ich seinen Schwanz auf meiner Zunge.

Über mir hörte ich das Schmatzen ihrer Lippen, die Feuchtigkeit ihrer Zungen, als sie sich küssten, während sie mich teilten, wie sie es sich immer gewünscht hatten, während sie auch ein Stück von sich selbst miteinander teilten.

Es war der schönste Klang der Welt, denn ich wusste, dass Heathcliff in dem Moment, in dem ich die Kontrolle verlor, als mein Orgasmus mich überkam und mein Papierherz im Feuer ihrer Liebe verglühte, nie wieder glauben würde, dass er aus Kohle und Gleichgültigkeit bestand. Wir waren er, und er war wir.

»Das war ziemlich spektakulär.« Morrie küsste mich auf die Wange, während er sein Hemd vom Boden aufhob. »Ich meine, ich war natürlich wie immer brillant, aber ihr zwei wart angemessen. Habt ihr geübt?«

»Hör auf darüber zu reden«, knurrte Heathcliff, während er an den Knöpfen seines Hemdes herumfummelte. »Ich brauche keine Leistungsbewertung.«

Morrie klopfte ihm auf den Rücken. »Warum nicht? 5 Sterne für dich, Grenadier Grummelarsch. Ich würde dich jederzeit wieder vögeln ...«

»Ich würde *alles* dafür geben, dass du jetzt aufhörst zu

reden.« Heathcliff ging zu seiner Schreibtischschublade, um seinen Whisky herauszuholen.

»Alles, sagst du?« Morries teuflisches Grinsen war zurück. »Wie wäre es, wenn ich Sokrates hierher hole, um dir seinen neuesten Tweet zu zeigen?«

»Das hast du nicht getan.« Heathcliff stöhnte. »Sag mir, dass du dem alten Mann nicht gezeigt hast, wie man die sozialen Medien nutzt.«

»Mina war's.« Morrie zog sein Handy aus der Tasche. »Anscheinend hat *jemand* behauptet, dass er Verleumdung nicht gutheißt, also nutzt er es derzeit, um andere Philosophen mit schrecklichen Witzen zu verhöhnen. Für einen tattrigen Großvater, der seinen Schwanz nicht im Laken halten kann, ist er ziemlich clever. Schau dir das an: Wie viele Surrealisten braucht man, um eine Glühbirne zu wechseln? Antwort: einen Pavian.«

»Er hat erst gestern herausgefunden, was eine Glühbirne ist! Du hattest deine Finger im Spiel, und wenn er diesen Laden in eine Art Hipster-Influencer-Treffpunkt verwandelt, wirst du dafür bezahlen, Moriarty. Du wirst dafür bezahlen.«

Ich gähnte und tippte auf mein Handy. Es las die Uhrzeit vor: 1:03 Uhr morgens. Es war spät und wir hatten morgen einen anstrengenden Tag vor uns, aber ich wusste, dass ich, obwohl mein Körper noch von dem unglaublichen Sex brummte, nicht schlafen könnte, wenn wir nicht mit unserer Arbeit beginnen würden. »Würdet ihr beide mal die Klappe halten und mir zuhören? Ich wollte euch zu Hause erzählen, dass es ein viertes Opfer gibt. Es ist Fiona, Jos Freundin. Jo ist völlig am Boden zerstört. Sie möchte, dass wir ermitteln.«

»Jo gibt uns tatsächlich die Erlaubnis, uns in Angelegenheiten einzumischen, die wir besser unseren aufrechten Jungs und Mädels in Blau überlassen sollten?« Morrie beugte sich vor. »Ich bin dabei.«

»Es ist keine große Ermittlung.« Heathcliff schob einen Fuß in seine Hose und hüpfte auf dem anderen Fuß, während er das Hosenbein hochzog. »Wir wissen, wer sie getötet hat. Er wohnt direkt gegenüber. Wahrscheinlich spannt er Morries blassem Arsch durchs Fenster nach.«

»Natürlich schaut er zu. Dieser Arsch ist ein Spukhaus; er bringt die Leute zum Schreien, wenn sie darin sind.« Morrie wackelte mit seinem nackten Arsch vor dem Fenster.

»Der ist eher voller Dämonen und Dingen, die einen umbringen«, murmelte Heathcliff in sein Getränk.

Ich rieb mir die Schläfen und spürte, wie sich Kopfschmerzen ankündigten. »Jo weiß nichts von Dracula, also haben wir die perfekte Ausrede, um Informationen von ihr zu bekommen. Zum Beispiel hat es heute Abend nur drei Gin and Tonics gebraucht, um herauszufinden, dass die getöteten Frauen alle im Besitz von rumänischer Erde gewesen sein könnten. Das sind vier Frauen und vier Behälter mit Erde. Jetzt hat er alles, was er braucht, also müssen wir schnell den Rest seines Vorrats finden und vernichten. Ich weiß auch, dass Fiona ihre Erde in einer verzierten Holzkiste aufbewahrte und ein anderes Opfer, Dana, wahrscheinlich versucht hat, ihre online zu verkaufen. Nun, nicht die Erde, sondern die Artefakte darin. Es ist *verrückt* ...«

»Lass uns das nicht hier unten besprechen. Wir wissen nicht, wer an den Fenstern zuhört.« Morrie sprang auf und deutete auf die Treppe. »Zum Mordzimmer.«

»Sssshhhh.« Ich hielt meine Finger an die Lippen. »Versuch, keinen unserer Gäste zu wecken. Victors Licht brennt noch hinter der Kellertür, und ich habe gesehen, wie der kopflose Reiter sein Pferd besucht hat, aber wir brauchen nicht unbedingt noch Sokrates' und Robins Meinung. Ich werde Quoth aufwecken und ... was?«

Selbst in der Dunkelheit konnte ich den angespannten Blick zwischen Heathcliff und Morrie nicht übersehen.

»Quoth ist im Atelier«, sagte Heathcliff. »Er ist nach dem Abendessen gegangen.«

Seine Worte trafen mich ins Mark. Ich war überglücklich darüber gewesen, dass Quoth sich bereit fühlte, seine Werke der kunstinteressierten Öffentlichkeit zu präsentieren, und ich habe es toll gefunden, mit welchem Elan er sich in die Ausstellung gestürzt hatte, aber ich vermisste ihn. Wenn er hier war, tat er so, als wäre es das Wichtigste auf der Welt, Dracula aufzuhalten, aber wenn die Kreativität zuschlug, vergaß er alles und jeden außerhalb seines eigenen Kopfes, mich eingeschlossen.

Er sollte hier bei uns sein.

Aber das war nicht fair. Quoth brauchte diese Ausstellung. Er musste genauso an sich glauben, wie ich an ihn glaubte. Und ich würde nicht zulassen, dass Dracula Quoths Chance auf Glück zerstörte.

»Ich schreibe ihm eine Nachricht.« Ich schickte ihm eine kurze Nachricht. Wenn Quoth wüsste, was los war, würde er nach Hause kommen und helfen wollen, da war ich mir sicher.

Wir drängten uns in den Lagerraum. Robin Hood steckte seinen Kopf zur Tür herein. »Hörte ich richtig, dass Ihr von Mord spracht? Solltet Ihr Männer von guter Moral brauchen, die an Eurer Seite kämpfen, biete ich Euch meinen Bogen, um diesen Unhold zu fangen.«

»Das ist sehr nett von dir, Robin, aber das ist etwas, womit wir uns im Moment selbst befassen müssen.« Ich war nicht zu stolz, Robin um Hilfe zu bitten, zumal hölzerne Pfeilschäfte im Grunde genommen Pflöcke mit hoher Geschwindigkeit waren. Aber im Moment wollte ich ihn nicht in Gefahr bringen.

»Oh.« Seine Schultern sackten herab. »Natürlich ist mir klar, dass ich in Eurer Buchhandlung nur ein Fremder bin ...«

Er tat mir leid. Es konnte nicht einfach sein, aus einer Abenteuergeschichte, in der man der Held war, der links und rechts die holden Jungfrauen rettete, herausgerissen zu werden, um in der Geschichte eines anderen nur noch eine Randfigur zu sein. Aber ich hatte keine Zeit, gekränkte Egos zu besänftigen. Ich hatte schon alle Hände voll zu tun mit Morrie und Heathcliff. »Ich verspreche, ich sage dir Bescheid, wenn wir deine Fähigkeiten brauchen.«

Ich versuchte, die Tür zu schließen, aber Robin hielt sie mit seinem Lederstiefel auf. »Ich wollte Euch mitteilen, dass ein weiterer Kerl aufgetaucht ist. Er nennt sich Droll und spricht in einer gar seltsamen Sprache. Er sagt immer wieder, dass er mich herumführen wird, durch ein Moor, ein Gebüsch, einen Dornbusch ...«

Ich stöhnte. *Na toll. Genau das, was wir brauchen.* »Danke, Robin. In diesem Fall brauche ich deine Hilfe. Mach Droll ein Bett im Philosophie-Raum fertig. Ich habe dir ja gezeigt, wo wir die Ersatzlaken aufbewahren. Und wenn du morgen mit dem Kopf eines Esels aufwachst, dann, ähm ... keine Panik.«

Robin nickte, den Mund vor Sorge verzerrt. Er öffnete die Tür einen Spalt, um Grimalkin hereinzulassen, und schloss sie dann hinter sich. Ich überprüfte das Schloss zweimal und schob eine schwere Kiste davor, um weitere Unterbrechungen zu vermeiden.

Wir drängten uns in den okkulten Raum. Während Morrie Martinis mixte, denn ein geheimer Mordraum ohne Bar wäre undenkbar, rief ich die Website des Argleton Anzeigers auf und suchte nach Artikeln über jeden der Morde. Während mein Handy die Informationen vorlas und ich die Details hinzufügte, die ich von Jo erfahren hatte, machte sich Morrie Notizen und Heathcliff sah mürrisch drein.

»Ich verstehe nicht, warum wir das auf diese Weise tun müssen.« Heathcliff nahm Morrie einen zweiten Martini aus der Hand. »Wir wissen genau, wer diese Frauen ermordet hat. Wir müssen nur hinübergehen, ihm ein Pfahl ins Herz stoßen und ihm den Kopf abhacken ...«

»Nicht, bevor wir nicht den ganzen Dreck beseitigt haben«, sagte ich. »Wir müssen diese letzten vier Verstecke finden. Wir wissen, wie Fionas Kiste aussieht und ...«

»... und ich kann bestätigen, dass Dana Hills Artefakte von einer rumänischen Ausgrabungsstätte stammen. Ein osmanischer Gelehrter hat sie als vor drei Jahren bei einer Ausgrabung gestohlen identifiziert.« Morrie hielt ein Bild von einem Online-Marktplatz hoch. »Schau dir das an. Ein Trauerspiel. Sie hat sie alle in diese abgenutzte *Pálinka*-Kiste gepackt. Manche Leute haben keinen Respekt.«

Ich verzichtete darauf, darauf hinzuweisen, dass wir gerade respektlos im Privatleben dieser Opfer schnüffelten. »Was ist mit Miriam? Jo sagte, sie wäre in den Karpaten Wandern gewesen, aber das bedeutet ja nicht, dass sie plötzlich einen Rucksack voller Erde mit sich herumgetragen hat.«

»Ein Blick in ihre sozialen Medien und ich habe die Antwort.« Morrie hielt triumphierend sein Handy hoch. »Miriam hat ein kleines Glasgefäß mit Erde von jedem Ort aufbewahrt, an dem sie Wandern gewesen ist. Sie hat eine Wand in ihrem Haus damit gefüllt. Sie hat erzählt, wie sie bei dieser Wanderung versehentlich vergessen hatte, ihr Glasgefäß einzupacken, also hat sie, bevor sie den Wanderweg verließ, ihren Schuh mit Erde gefüllt. Wir suchen also nach einem stinkenden Schuh, der mit Erde gefüllt ist. Herrlich. Das dritte Opfer, Jenna, ist eher schwer fassbar. Ich scrolle gerade durch ihre sozialen Medien und bezweifle, dass sie Argleton jemals verlassen hat, geschweige denn in die nebligen Gefilde des Auslands gereist ist. Ich werde natürlich eine vollständige Hintergrundüberprüfung durchführen.«

»Sie hat den Dreck möglicherweise nicht selbst

gesammelt«, erinnere ich ihn. »Jemand könnte ihr Dreck geschenkt haben, oder ... oder ... vielleicht hat Dracula sie betört, sich etwas davon hierher schicken zu lassen. Die andere Frage, die ich habe, ist, woher Dracula von diesen Dreckverstecken wusste? Jo sagte, Fiona hätte den Inhalt dieser Kiste niemandem sonst gezeigt. Sie sagte, die einzige andere Person, die ihn gesehen haben könnte, sei der Zollbeamte gewesen, der den Inhalt überprüft hat.«

Morrie nahm Heathcliff sein Getränk weg. »Was hat es damit auf sich?«

»Fiona wollte nicht riskieren, dass ihr wegen der Kiste die Einreise am Flughafen verweigert wird«, sagte ich. »Also hat sie sie an sich selbst aus Bukarest geschickt. Anscheinend musste sie nur einen speziellen Biosicherheitsaufkleber besorgen, und alles war in Ordnung.«

»Und was bringt uns das jetzt?« Heathcliff hatte seinen Martini ausgetrunken und warf nun einen Blick auf die Gin-Flasche. »Es ist egal, wie die Kisten hierhergekommen sind, wichtig ist nur, wo sie *jetzt* sind. In der App sind keine neuen Objekte aufgetaucht. Dracula könnte sie also überall versteckt haben.«

»Grey war so damit beschäftigt, ein nerviger Idiot zu sein, dass er vielleicht bisher keine Zeit hatte, diese Objekte irgendwo zu verstecken«, fügte ich hinzu. »Sie könnten nebenan warten.«

Morrie rieb sich das Kinn. »Das ist eine Untersuchung wert.«

»Wie bitte?« Heathcliff blickte finster drein.

»Dracula schläft tagsüber, oder nicht? *Und* wir haben einen Geheimgang unter dem Laden, der uns unbemerkt in sein Versteck bringt. Wir müssen nur eine Ablenkung schaffen, um Grey wegzulocken. Dann können wir uns hineinschleichen, den restlichen Dreck ausfindig machen und ihn neutralisieren, ohne dass sie es überhaupt bemerken.«

»Nein.«

Ich starrte Heathcliff finster an. »Warum nicht? Das ist der einfachste Plan, den wir haben.«

»Du willst direkt in die Höhle der Bestie marschieren? Das ist Selbstmord.«

»Falsch. Selbstmord wäre, hier zu sitzen und den ganzen Gin zu trinken.« Ich nahm ihm die Flasche aus der Hand, bevor er sie sich in den Rachen kippen konnte. »Wir ziehen das durch und wir werden deine Hilfe brauchen.«

8

»Krääääääächz?«

Quoth lag in seiner Rabenform auf dem Boden. Einer seiner Flügel stand in einem unmöglichen Winkel ab und Blut sammelte sich unter seinen winzigen Körper. Sein Kopf war zu mir gedreht, wobei seine orangefarbenen Augen voller Schmerz waren. Er versuchte erneut zu schreien, aber er war zu schwach; alles, was er zustande brachte, war ein keuchendes Geräusch, das ihn erschaudern ließ.

»Nein, nein, nein.« Mein Körper zitterte, als ich Quoth in meine Arme nahm. Er war so leicht wie eine Feder und so entsetzlich kalt. Quoths Kopf kippte nach hinten und entblößte seine Kehle. Meine Finger schlangen sich um ihn, als ich spürte, wie sein Leben durch seine Adern schwand. *Ich habe nicht mehr viel Zeit.*

Ich führte seinen schlaffen Körper an meine Lippen und begann zu trinken. Sein Blut füllte meinen Mund; warm und süßlich mit einem metallischen Geschmack. Ich hatte noch nie etwas so Köstliches gekostet.

Tropf, tropf, tropf. Sein Blut tropfte von meinen Mundwinkeln und spritzte auf den Boden.

Mina ... du kannst ihn retten, Mina. Schließe dich mir an und du kannst für immer bei ihm sein ...

Tropf, tropf, tropf.

Verdammt. Nein!

Ich schrak aus dem Traum hoch, mein Körper schweißgebadet. Ich schluckte schwer, aber ich konnte immer noch die metallische Wärme von Quoths Blut auf meiner Zunge schmecken.

Tropf, tropf, tropf.

Was war das? Ich berührte meine Kleidung und suchte nach Blutflecken. Es konnte nicht wahr sein. Es war nur ein Traum.

Tropf, tropf, tropf.

Nein, es tropfte nicht. Es *klopfte.* Jemand klopfte ans Dachfenster.

Benommen griff ich hinüber und riss den Fensterladen auf. Mit viel Geflatter hüpfte ein großer schwarzer Vogel vom Fensterbrett und verwandelte sich in einen hübschen Jungen.

Quoths Haare fielen mir ins Gesicht, als er sich vorbeugte, um mich mit einem hungrigen Kuss zu verschlingen. Ich legte eine Hand in seinen Nacken und mein Daumen streifte eine Vene. Sein Blut pulsierte unter seiner blassen Haut, warm und gleichmäßig und sehr lebendig. Seine Lippen jetzt zu schmecken, nachdem ich in meinem Traum sein Blut getrunken hatte, fühlte sich besonders pervers an, aber auf eine Art und Weise, die mich dazu brachte, mich noch fester an ihn zu drücken und die Erinnerung an den Traum mit seinen vollen Lippen und verworrenen Wimpern zu vertreiben.

Aber ich hatte nicht vergessen, dass ich immer noch sauer auf ihn war. Widerwillig nahm ich etwas Abstand. »Hast du meine SMS nicht bekommen?«

»Ich bin sofort gekommen, als ich sie gesehen habe.« Er

streichelte meine Wange mit seinen mit Farbe beklecksten Fingern, wobei er sein Gesicht zur Seite neigte und mir diesen Blick zuwarf, weit aufgerissene Augen und unschuldig wie ein Vogel, sodass ich ihm fast sofort verziehen hätte.

Ich deutete auf das Fenster, wo die ersten Sonnenstrahlen über den Horizont lugten. »Es ist Morgen. Du hast die ganze Nacht nicht auf dein Handy geschaut? Obwohl du weißt, dass Dracula Frauen tötet, hast du nicht daran gedacht, dich zu melden? Was ist aus ,Ich werde dich immer beschützen‘ geworden?«

»Du bist stärker als jede andere, die ich kenne.« Quoths Finger strichen über meinen Hals und ließen meine Haut erglühen. »Und du hast Heathcliff und Morrie bei dir. Ich hätte nicht gedacht, dass du mich brauchen würdest. Wenn etwas Ernstes passiert wäre, hättest du es mir gesagt.«

»Wie denn? Du hast meine Nachricht nicht gesehen. Wenn ich angerufen hätte, hättest du s nicht gehört. Du schwebst in einer anderen Welt, wenn du malst, und eigentlich liebe ich das an dir, aber wir haben hier eine ernste Situation und es scheint dich nicht im Geringsten zu kümmern.«

»Es kümmert mich.« Das Bett knarrte, als Quoth sich hinter mich schob. Seine nackte Brust schmiegte sich perfekt an meinen Rücken. Seine Hände umkreisten meine Knie und drückten mich an sich, als wünschte er, er könnte in meine Haut kriechen. Ich berührte seine Haut und spürte die Unebenheiten und Texturvariationen an den Stellen, wo er die Farbe nicht abgeschrubbt hatte.

»Ich vermisse dich.« Ich lehnte mich an seine Schulter und schaute zu ihm auf. Aus diesem Winkel bekam ich eine ganz neue Sicht auf ihn. Ich konnte seine Nasenlöcher und die spitze Linie seines Kinns sehen, die Art und Weise, wie seine Wangenknochen nach hinten abfielen und die dunklen, gefiederten Wimpern an den Augenwinkeln zum Vorschein kamen. Ein Beweis dafür, dass jeder Winkel von Quoth ein guter Winkel war.

Er seufzte. »Du musst es nur sagen, dann verlasse ich die Ausstellung.«

»Das ist es nicht, was ich will.« Ich ergriff sein Kinn und zog sein Gesicht zu mir herunter. »Du verdienst das. Du *brauchst* das. Aber du kannst die Welt nicht im Stich lassen, nur um zu malen. Du kannst nicht die ganze Nacht wegbleiben, wenn wir dich brauchen. Dracula hat Jos Freundin getötet. Wir haben wichtige Hinweise gefunden, um an die letzten vier Kisten mit Erde zu kommen, aber wir brauchten deine Hilfe. Wir brauchen immer noch deine Hilfe.«

Quoth presste seine Lippen auf meinen Hals, direkt über meinem Schlüsselbein. Sein ganzer Körper zitterte. Sein Haar fiel mir ins Gesicht, die Berührung so angenehm. »Es tut mir leid, dass ich dich enttäuscht habe. Und es tut mir leid, dass Jo Fiona verloren hat. Bitte erzähl mir, was passiert ist und wie ich helfen kann.«

Die Augen fielen ihm fast zu, während er mir zuhörte und seine Finger wie Feuer auf meiner Haut tanzen ließ. Ich erzählte ihm alles, was letzte Nacht passiert war, und wie wir Draculas Haus nach dem restlichen Dreck durchsuchen wollten. »Es klingt nicht so, als hättet ihr mich gebraucht. Ihr habt das alles ohne mich herausgefunden.«

Ich drückte seine Hand. »Das stimmt nicht. Als du nicht gekommen bist, habe ich mich ... allein gefühlt. Du *bist* wichtig. Jo hat dich auch vermisst. Sie sagte, sie hätte eine Umarmung von Allan gebrauchen können. Deine Umarmungen sind die besten.«

Er umarmte mich jetzt, so fest und sehnsüchtig und fesselnd. Er war so leicht in meinen Armen, dass ich mich wie so oft fragte, wie er nicht einfach davonschwebte. Wie es kam, dass ich mit diesem wunderbaren, freundlichen Mann zusammen sein durfte, der nichts von mir verlangte, sondern mich bedingungslos liebte. Der mit einer Leidenschaft liebte, die mehr als Liebe war, der so liebte, wie nur ein Kind aus Edgar Allan Poes Feder zu lieben wusste.

»Einmal«, sagte er, sein Gesicht an mein Haar geschmiegt, »bin ich weggeflogen.«

Seine Worte ließen mich erschauern. Ich wusste, dass sich hinter ihnen ein Schmerz verbarg, über den er nur selten sprach. Ich wartete darauf, dass er fortfuhr.

»Heathcliff und Morrie waren unten und stritten sich. Diese Art von Streit, die sie immer führen, bei dem es eher um die Dinge geht, die sie einander nicht sagen, obwohl sie es könnten. Und mir wurde klar, wie sehr sie einander brauchten, dass, wenn einer von ihnen vermisst würde, der andere jede Tür im Dorf eintreten und jeden Stein umdrehen würde, nur um ihn wiederzufinden. Aber ich habe nie das gleiche Gefühl für sie empfunden. Sie waren nett, aber sie hatten ihre Welt und ich hatte meine und unsere Wege kreuzten sich nur in unangenehmen Momenten auf dem Weg zur Dusche. Ich tat so, als würde mir das gefallen, als bräuchte ich keine Freunde, die die Welt für mich in Flammen aufgehen lassen würden, als könnte ich über die Erde fliegen, ohne sie tatsächlich zu berühren, durch jede Lücke schlüpfen und von allem getrennt leben, weil ich nicht dazu gehörte. Aber das stimmte nicht.« Seine Stimme brach. »Ich wollte eine solche Verbindung mehr als alles andere, von jemandem gewollt werden, so wie ich es mir so verzweifelt *wünschte*. Ein Verlangen, das meinen ganzen Körper bis in die Zehenspitzen erfüllte. Nach und nach hat sich das Verlangen in mich hineingefressen, bis ich nur noch eine leere Hülle war, bis ich nichts als Trostlosigkeit war.

»Also flog ich davon. Ich hatte nur noch dunkle Gedanken. Sie wollten mich nicht. Niemand wollte mich. Ich war eine gebrochene Seele, ein verfluchter Elendiger, der nicht mal existieren sollte. Sie wären ohne mich besser dran. Sie würden nicht einmal bemerken, dass ich weggeschlichen war. Ich flog tief in den King's Copse Forst hinein. Ich folgte dem Bach und flog so tief, dass die Spitzen meiner Flügel ins Wasser tauchten. Ich setzte mich auf einen krummen Ast in einer alten Eiche und dachte ...« Seine Schultern bebten. »Hier wäre ein schöner Ort zum Sterben.«

»Nein ...«, flüsterte ich und drückte ihn fest an mich.

»Ich kauerte mich in die Höhlung des knorrigen alten Baumes und dachte, wenn ich meine Augen lange genug schließe, würde ich wieder in die Seiten meines Gedichts zurückkehren und dort zumindest zu meiner wahren Bestimmung zurückkehren: als der grimmige, plumpe, grässliche, hagere und unheilvolle Vogel von einst. Selbst der Überbringer großen Leids zu sein, wäre besser als das, was ich in dieser Welt war: ein Geist, ein verborgenes Ding, ein einsamer, ungeliebter Haufen Elend.«

»Quoth, was ist passiert?«

»Morrie.« Quoth lachte. »Es stellte sich heraus, dass er mir eines Tages, als ich geschlafen habe, einen Ortungschip in den Flügel eingesetzt hatte. Sie sind dem Signal in den Wald gefolgt, bis sie mich gefunden hatten. Gerade noch rechtzeitig. Ich hatte so lange nichts mehr gegessen und es war so kalt in dieser Nacht gewesen, dass die Spitzen meiner Flügel gefroren waren.«

»Quoth ...« Ich drückte ihn an mich und umklammerte seine Arme mit meinen. Ich blickte in diese tiefbraunen Augen mit den schimmernden Rändern, wie ein in Flammen stehender Wald. Sein Haar fiel über seine Schultern, sammelte und reflektierte den Sonnenaufgang, der die Strähnen in flüchtige Farbtöne von Indigo, Lavendel, Kupfer und Gold tauchte.

Tränen liefen mir über die Wangen. Ich konnte mir eine

Welt ohne Quoth nicht vorstellen. Ich wollte nicht, dass er sich jemals wieder so fühlte.

»Danke, dass du mir das erzählt hast«, flüsterte ich. »Du solltest dich nie allein fühlen.«

Quoth drückte seine Nase in mein Haar. »Ich kann sie an dir riechen, beide. Jetzt, da Heathcliff und Morrie die fehlenden Teile ihrer selbst ineinander gefunden haben, passt ihr drei zusammen wie die Teile eines Puzzles. Aber ich passe nicht dazu. Ich werde nie dazu passen. Aber das ist schon okay so, solange ich dich habe.«

Meine Tränen tropften auf die Bettdecke. »Bitte sag das nicht. Du passt dazu. Ich weiß, dass du dazu gehörst, denn allein der Gedanke, dich zu verlieren, lässt mein Herz schwer werden.« Ich schniefte. »Jetzt bin ich an der Reihe, dir eine Geschichte zu erzählen. Ich erinnere mich noch daran, wie ich meine Diagnose bekam. Ich habe mich gehasst. Ich hatte das Gefühl, dass es irgendwie meine Schuld war, dass ich mir das selbst angetan und mein eigenes Leben ruiniert hatte. Ich dachte, mein Leben wäre vorbei, und zu diesem Zeitpunkt war es das auch. Ich hatte das Gefühl, dass die Leute *sehen* konnten, dass ich anders war, sobald ich einen Raum betrat. Ich spürte, wie sie sich von mir abwandten, als wollten sie mein Pech nicht auf sich ziehen. Das habe ich mir nur eingebildet, weil ich Angst hatte und einsam war, aber das jetzt zu wissen, half mir damals nicht weiter.« Ich schüttelte den Kopf. »Es gab eine Party für Marcus' Herbstkampagne, bei der ich mich auf einem Balkon mit Blick auf die Stadt gelandet war, und ich gedacht habe, wie einfach es wäre, jetzt zu springen.«

Quoth drückte mich fest an sich und presste seine Wange gegen meine, sodass sich unsere Tränen vermischten. Ich fuhr fort. »Diese Gedanken verfolgten mich jeden Tag, besonders nachdem Ashley getan hatte, was sie getan hatte. Ich dachte: ‚Wie würde mich jemals jemand lieben können?' Ich wartete weiter auf einen Silberstreif am Horizont, und dann verlor ich meine beste Freundin und es fühlte sich an, als würde mich das Universum treten, während ich schon am Boden lag. Das ist einer der Gründe, warum ich nach Argleton zurückgekehrt bin. Ich musste herausfinden, wer ich ohne meine Sehkraft war. Aber der Punkt ist, dass ich mich schon lange nicht mehr so fühle. Marjorie sagt, dass es die Barrieren, die Einstellungen und die Ausgrenzung der Gesellschaft sind, die uns behindern, nicht unsere Augen oder unsere ... *Federn*. Die Welt ist nicht für Menschen wie uns gemacht, und das kann manchmal einsam machen. Aber wir müssen nicht mehr einsam sein, keiner von uns. Denn wir haben einander, und Heathcliff, und Morrie, und unsere Freunde und unsere Kunst und unser Leben. Es ist wie Heathcliff sagt: ‚Was dich nicht umbringt, verleiht dir ungesunde Bewältigungsmechanismen und einen bösen Sinn für Humor‘.«

Quoth lachte, der Klang so sanft und warm und musikalisch. Wie ähnlich wir uns waren. Nur wir wussten, was der andere brauchte. Ich kuschelte mich an seine Wange und er sich an meine. »Ich kann es kaum erwarten, dir meine Bilder zu zeigen.«

»Zeig sie mir jetzt. Vielleicht fühlst du dich dann besser.«

Er schüttelte den Kopf. Als er wieder sprach, war seine Stimme samtig und dunkel. »Ich bin so müde. Ich habe die ganze Nacht nicht geschlafen. Brauchst du mich jetzt für die Dracula-Jagd oder kann ich ein paar Augenblicke schlafen?«

Ich ließ ihn zurück auf die Kissen sinken. Seine Augenlider flatterten zu und seine unglaublich langen Wimpern verhedderten sich. Ich küsste seine Augenlider. »Schlaf gut, mein Prinz. Ich wecke dich, wenn wir dich zum Einschleichen brauchen.«

9

Das Problem bei der Planung eines heimlichen Angriffs auf das Versteck eines Vampirs am helllichten Tag war, dass wir ein freies Zeitfenster brauchten, in dem wir ein- und aussteigen konnten, ohne dass es jemand bemerkte. Und eine Sache durchkreuzte selbst den besten geheimen Plan: Kunden.

Okay, und fiktive Charaktere. Zwischen Robin, Sokrates, dem kopflosen Reiter und dem frisch aufgetauchten Shakespeare-Elfen Droll hatten wir keine Chance, bei unserem zwielichtigen Vorhaben unentdeckt zu bleiben. Aber ausgerechnet heute waren es die Kunden, die uns einen Strich durch die Rechnung machten.

Die große Eröffnung von Frau Ellis' Halloween-Festival würde heute später mit einer Halloween-Musikaufführung des Dorfchors in der Presbyterianischen Kirche beginnen. Er war übrigens nicht satanisch, wie Dorothy Ingram befürchtet hatte, obwohl ihr Medley aus Cure-Songs teuflisch gut war. Obwohl die Show erst um 13 Uhr begann, wimmelte es schon um neun Uhr im Dorf von Menschen in allen möglichen verrückten

Kostümen. Und aus irgendeinem unbekannten Grund wollten sie alle Bücher kaufen.

Vielleicht lag es an dem 1,20 Meter großen, gespenstischen Schild, das ich für den Eingang der Butcher Street angefertigt hatte, und an den Monsterfußabdrücken, die ich auf den Bürgersteig vor dem Laden gemalt hatte, aber von dem Moment an, als ich das Schild umdrehte, strömten die Leute in den Laden, um sich ihre nächste gruselige Lektüre zu holen.

Heathcliff wollte den Laden für heute schließen, um sich auf unsere Mission zur Suche nach der Erde zu konzentrieren, aber Heathcliff wollte den Laden jeden Tag schließen, und ich weigerte mich, nachzugeben. Da Greys Baustelle die Butcher Street für flanierende Käufer unattraktiv gemacht hatte, brauchten wir so viele Verkäufe, wie wir bekommen konnten. Außerdem hatte ich draußen Grey entdeckt, wie er seine Arbeiter beaufsichtigte. Wir konnten nichts tun, was ihn misstrauisch machen würde, und das Geschäft an einem Tag mit so viel Fußgängerverkehr zu schließen, würde definitiv für Stirnrunzeln sorgen.

Also saß ich hinter dem Tresen fest, während wir auf unsere Chance warteten, zuzuschlagen. Eine Frau in Pelzstola und einem unglaublich engen Bleistiftrock schlenderte zum Tresen und legte ein Farbmuster vor mich hin. Mit einem perfekt manikürten Fingernagel zeigte sie auf eine Farbe namens Himmlisches Weiß. »Ich hätte gerne ein Buch in dieser Farbe, bitte.«

»Sie ... was?«

Sie sah mich über ihre Brille hinweg an, als wäre ich schwer von Begriff. »Ich möchte, dass Sie ein Buch finden, das zu dieser Farbe passt. Ich dekoriere gerade mein Wohnzimmer neu und mag es, wenn die Dinge zusammenpassen.«

Obwohl ich ihn nicht sehen konnte, spürte ich von der

anderen Seite des Raumes, wie Heathcliffs Zorn zu einer schwarzen Wolke anwuchs, die uns alle verschlingen würde.

»Tut mir leid, leider bin ich blind, daher werde ich in der Hinsicht keine große Hilfe sein.« Ich gab ihr die Stoffmuster zurück. »Warum suchen Sie sich nicht einfach ein Buch von unserem Rabatttisch aus und bemalen den Einband in dieser Farbe?«

»Rabatttisch?« Ihre Augen leuchteten auf. »Ich könnte ein ganzes Regal mit Büchern in Himmlisches Weiß haben. Das ist eine hervorragende Idee.«

Während die Frau fröhlich die Stapel von Dan-Brown-Hardcover-Büchern durchsuchte, die wir verzweifelt loswerden wollten, kam Morrie mit einem Stapel Biologiebücher zu mir, die er in den Belletristikregalen gefunden hatte, und einem Flyer mit Werbung für die heutige Aufführung.

»Das ist unser Fenster«, flüsterte Morrie und deutete auf das Papier. »Alle im Dorf werden bei der Aufführung sein. Wir können ein Schild an die Tür hängen, auf dem steht, dass wir auch gehen, aber niemand wird es bemerken, wenn wir nicht in der Menge sind. Es ist der perfekte Zeitpunkt, um uns in Draculas Anwesen zu schleichen und ein wenig herumzuschnüffeln. Wir müssen nur sicherstellen, dass Grey vorher aus dem Haus ist.«

»Und wie machen wir das?« Heathcliff tauchte hinter den Gedichtstapeln auf.

»Ganz einfach.« Ich grinste, als ich eine bekannte rosa Federboa am Fenster vorbeihüpfen sah.

Einen Moment später läutete die Ladenglocke. Der vertraute Hauch von Hyazinthenparfüm kündigte die Ankunft einer meiner Lieblingsbesucherinnen an.

»Mina.« Frau Ellis eilte auf mich zu, gekleidet wie eine waschechte böse Hexe mit einem Spitzenkleid. Es war ihr

Hochzeitskleid. Ich hatte ihr vor ein paar Wochen beim Färben geholfen. Dazu trug sie einen breitkrempigen Hexenhut und einer riesigen Hakennase aus Kunststoff, die an der Spitze ein realistisch aussehendes Geschwür aufwies.

»Hallo, meine Liebe.« Cynthia Lachlan spähte hinter Frau Ellis hervor, die ihr eigenes Hexenkostüm trug, das aus einem Morticia-Addams-Kleid mit tiefem Ausschnitt bestand. Sie musste sich draußen buchstäblich die Brüste abfrieren. Ich ließ sie mir Luftküsse auf die Wangen geben, bis ich ohnmächtig wurde.

Sie waren mit einer dritten Frau zusammen. Als sie zur Seite traten, erkannte ich Deirdre, die Postmeisterin des Dorfes, in ihrer eigenen, passend hexenhaften Kleidung. Sie sah sich im Raum um. »Hallo, Mina. Ist Ihr Ladenvogel hier?«

»Nein, er … isst oben ein paar Beeren.«

»Oh, wie schade.« Sie zog ein Päckchen aus ihrer Handtasche und gab es mir. »Ich wollte ihm diese Vogelleckerlis geben. Unser Rabe liebt sie über alles.«

»Euer Rabe?« Frau Ellis drehte sich zu ihrer Freundin um.

»Ja, habe ich euch das nicht erzählt? Wir hatten einen Vogelfreund zu Besuch im Postamt. Ich habe mich gefragt, ob er vielleicht ein Freund von Ihrem Kumpel ist, obwohl er besser erzogen zu sein scheint. Zumindest hat er noch keinen Kot auf irgendwelche Kunden fallen lassen. Er hüpft nur ein wenig auf dem Fensterbrett in der Poststelle herum und wartet auf seine Leckereien.«

»Oh, na dann, danke.« Ich steckte das Päckchen in meine Tasche. »Ich bin sicher, dass unser Vogel diese Leckereien auch lieben wird.«

»Gefallen Ihnen unsere Verkleidung?« Cynthia kicherte, als sie sich im Kreis drehte. »Die Geistersuchergesellschaft präsentiert sich im Halloween-Stil.«

»Sie sehen alle fantastisch aus!« Ich strahlte. »Obwohl ich

natürlich voreingenommen bin. Wie sieht es drüben in der Kirche aus?«

»Oh, atemberaubend. Dieser neue Pfarrer, Pater Mosley, ist so ein guter Kerl. Er hat uns erlaubt, herbstliche Dekorationen anzubringen, sogar ein paar Kürbislaternen, die die Kirchentreppe säumen. Und er sieht ziemlich gut aus.«

»Blondes Haar und ozeanblaue Augen«, sagte Cynthia verträumt.

»So groß«, schwärmte Deirdre. »Mit diesen breiten *Schultern*. Er könnte für das Cricket-Team des Dorfes bowlen.«

»Und dieser irische Akzent«, fügte Frau Ellis hinzu. »Der macht mich ganz wuschig.«

»Behalten Sie Ihre Hände während des Gottesdienstes einfach bei Ihnen«, warnte ich sie mit einem Lächeln. »Der gute Pater hat sich bereits den Zorn von Dorothy Ingrams neuer Gesellschaft zugezogen. Ich möchte nicht, dass er wegen Unzucht von einem wütenden Mob aus dem Dorf gejagt wird.«

Frau Ellis winkte ab. »Wenn du mich fragst, sollte Dorothy Ingram lieber selbst eine Runde ,Versteck den Bischof‘ spielen, dann würde sie vielleicht nicht immer ihre Nase in die Angelegenheiten anderer stecken. Sie schlägt nur um sich, weil sie Angst vor dem Dracula-Killer hat. Das haben natürlich alle, aber die haben nicht deshalb das Bedürfnis, allen den Spaß zu verderben.«

»Meine Sally hat sich ihrer kleinen Gruppe angeschlossen«, fügte Deirdre hinzu. »Wie heißen sie noch mal?«

»Tugendwächter gegen Entweihung, Unzucht, Frevel, Ehebruch und Luzifer«, warf Morrie ein. »Oder abgekürzt TEUFEL.«

Frau Ellis warf ihren Kopf in den Nacken mit einem wilden, schallenden Lachen. »Ach du meine Güte. Ich wette, Dorothy hat vor Wut getobt, als sie das herausgefunden hat. Hör mal, Mina, wir wollten dich besuchen, weil wir uns gefragt haben …«

»Ja?« *Jetzt kommt's. Ich wusste, dass dies kein bloßer Freundschaftsbesuch ist.*

»Ich weiß, dass du morgen schon einen Stand auf dem Halloween-Markt hast und der liebe Allan seine Ausstellung hat, aber ich habe mich gefragt, ob du in Betracht ziehen würdest, die Geistersucher mit einer kleinen paranormalen Untersuchung des Ladens im Rahmen des Festivals zu beauftragen.«

»Oh, na ja, also ...«

»Bitte, bitte, mit einem sexy Pfarrer obendrauf?« Frau Ellis faltete die Hände. »Bei all den Vampirmorden in dieser Gegend sind wir mit Aufträgen von einheimischen Familien völlig überlastet. Aber wir sind bereit zu expandieren. Größer zu werden! Wir wollen für *Strictly Come Ghosting* vorsprechen.«

»Was?«

»*Strictly Come Ghosting*. Das ist die heißeste neue Reality-TV-Show, Liebes«, sagte Cynthia. »Wir würden in verschiedenen paranormalen Herausforderungen gegen verschiedenen Geisterjägerteams aus dem ganzen Land antreten. Wir sind fest davon überzeugt, dass die Geistersucher den Hauptpreis gewinnen und Argleton bekanntmachen könnten.«

»Aber wir brauchen einen Ort, an dem wir unser Bewerbungsvideo drehen können«, warf Deirdre ein. »Wir müssen unsere Fähigkeiten bei einer echten, live durchgeführten paranormalen Untersuchung unter Beweis stellen. Alles, was Sie tun müssen, ist, uns über Nacht im Laden bleiben zu lassen. Wir werden unsere Ausrüstung aufbauen und unser Ding durchziehen. Sie würden kaum bemerken, dass wir hier sind.«

Moment mal, was? »Oh ... ähm ...« Ein orangefarbenes Licht flackerte vor meinen Augen. Ich spürte, wie eine Migräne aufkam, aber ich glaubte nicht, dass das etwas mit meinen

Augen zu tun hatte. »Was ist mit Lachlan Hall? Der Ort ist uralt. Da oben müssen doch mit Sicherheit ein paar Geister herumspuken.«

»*Also bitte.* Jedes andere Team wird irgendeine alte, verkrustete Villa untersuchen.« Frau Ellis fuchtelte mit den Händen herum. »Wir wollen anders sein. Wir wollen uns *abheben.* Und schau dir diesen Ort an: er ist ein Unglücksleuchtfeuer für übernatürliche Wesen, merk dir meine Worte. Ich habe ein wenig recherchiert und herausgefunden, dass es auf diesem Gelände seit dem Domesday Buch eine Buchhandlung gibt! Und bei all den grausamen Morden, die hier geschehen sind, muss es doch einige interessante paranormale Aktivitäten zu entdecken geben. Und wir haben vor, sie zu entdecken.«

Ich trat von einem Fuß auf den anderen. »Ich bin mir da nicht so sicher. Wir haben im Moment ein paar Probleme mit der Wasserleitung, und bis die behoben sind, könnte es gefährlich sein, Ihnen nach Ladenschluss freien Lauf im Laden zu lassen. Gesundheits- und Sicherheitsvorschriften, Sie wissen schon.«

Und dann wäre da noch die Kleinigkeit, dass der Laden literarische Figuren zum Leben erweckt, und es den Raum für Zeitreisen im Obergeschoss gibt. Oh, und der blutrünstige Vampir, der auf der anderen Straßenseite wohnt und versucht, an die Magie von Nevermore zu kommen. Alles wichtige Gesundheits- und Sicherheitsaspekte.

Wie aufs Stichwort ertönte ein Knall aus dem Keller, gefolgt von einem tiefen Stöhnen. Frau Ellis grinste mich an, als wollte sie sagen: *Ich habe es dir ja gesagt.*

»Keine Sorge, wir sind auf alles vorbereitet.« Frau Ellis holte aus ihrer Teppichtasche einen Stapel Papiere hervor. »Wir haben alle Unterlagen: Verzichtserklärungen,

Baustellensicherheit, Haftpflichtversicherung. Alles vom Gemeinderat genehmigt.«

»Wir haben einen Kurs besucht«, fügte Deirdre hinzu. »Furchtbar langweilig, aber der Dozent war ein Traum.«

»Und wir verwenden nur die neuesten wissenschaftlichen Methoden zur Geisterjagd«, fügte Cynthia hinzu. »Wir haben alle Geister-Technologien, die wir brauchen: EMF-Messgeräte, Infrarot-Thermometer, Geigerzähler, Ultraschall-Bewegungsmelder. Wir nehmen unsere Arbeit sehr ernst. Tatsächlich haben wir bereits eine Todesfee aus dem Argleton Arms Hotel verbannt und einem lästigen Poltergeist im Puzzle-Raum des Altenheims den Garaus gemacht. Und jetzt, wo Ihre Mutter und Sylvia dem Team beigetreten sind, steckt noch mehr spirituelle Kraft hinter unseren Ermittlungen.«

Ich hätte wissen müssen, dass meine Mutter der Anziehungskraft der Geistersuchergesellschaft nicht widerstehen können würde. Das war das Letzte, was wir brauchten, aber mir fiel keine Ausrede ein, um sie mir vom Hals zu schaffen. Außerdem brauchte ich Cynthia auf unserer Seite.

Ich seufzte. »Na gut, Sie können gerne in der Buchhandlung eine paranormale Untersuchung durchführen.«

Heathcliff warf die Hände in die Luft und stapfte nach oben.

»Danke, Mina.« Frau Ellis fiel mir um den Hals. »Ich wusste, dass wir auf dich zählen können.«

Ich wandte mich Cynthia zu. »Sie müssen das mit Ihrem Mann klären, ob er nicht arbeitet. Der Lärm kann schrecklich sein, sogar nachts. Ich möchte nicht, dass er Ihre wissenschaftlichen Geräte während der Liveübertragung stört.«

Sie verzog das Gesicht. »Das werde ich. Es tut mir so leid, meine Liebe. Mein Mann ist ein Perfektionist. Er wird nicht ruhen, bis dieser bescheuerte Wohnblock verkaufsbereit ist, und verdammt seien alle, die ihm im Weg stehen. Seine

Gesundheit leidet bereits darunter. Sie haben ihn ja bestimmt schon mal gesehen haben, Mina. Es geht ihm nicht gut. Er kommt nachts nicht einmal mehr nach Hause, sondern bleibt auf dieser schmutzigen Baustelle.«

Oder liegt in einem Sarg neben seinem Herrn, dachte ich, sagte es aber nicht.

Ich lächelte sie an. »Ich finde, Sie sollten Grey zum Konzert schleppen. Er braucht dringend eine Pause.«

»Ja, Cynthia, das ist eine wunderbare Idee.« Frau Ellis drückte die Hand ihrer Freundin. »Grey sollte sich doch eine Stunde freinehmen können, um mit dir das Konzert zu sehen. Er hat dich lange genug ignoriert.«

»Aber Grey interessiert sich nicht dafür ...«

»Es geht nicht um die Musik.« Ich schob sie zur Tür. »Präsentieren Sie ihm das als Gelegenheit, Sie in diesem hübschen Kleid zu begaffen. Oder vielleicht sollten Sie ein bisschen mit dem gutaussehenden Herrn Pfarrer flirten, ihn eifersüchtig machen. Kommen Sie schon, akzeptieren Sie kein Nein als Antwort.«

»Sie haben vollkommen recht. Danke, Mina.« Cynthia winkte Frau Ellis und Deirdre zum Abschied und eilte über die Straße, um ihren Mann zu überraschen.

Sobald der Rest der Geistersucher zur Kirche hinübergetrottet war, drückten Morrie und ich uns unsere Nasen an der Scheibe platt. Einen Moment später tauchte Cynthia wieder aus der Baustelle auf und zog einen protestierenden Grey hinter sich her, der sich einen riesigen, breitkrempigen Strohhut tief ins Gesicht gezogen hatte, zweifellos um seine empfindliche, vampirähnliche Haut vor der schlaffen britischen Sonne zu schützen.

»Heathcliff, Schatz«, rief Morrie von oben. »Es ist Zeit.«

Heathcliff stapfte murrend die Treppe hinunter. Wir überprüften, ob der Laden leer war, dann ging Morrie nach oben, um einen verschlafenen Quoth zu holen, während Heathcliff das Schild umdrehte und ich an die Kellertür klopfte.

»Victor, wir brauchen für eine Weile den Keller.«

»Ähm ...«, rief eine abgelenkte Stimme zurück. »Die Sache ist die: Ich bin gerade mitten im kritischsten Teil meines Experiments. Hey, lass mich los.«

»Raus mit dir, Streber«, sagte Heathcliff und zog Victor am Kragen aus dem Keller. »Du auch, grüner Mann«, schnauzte er Robin Hood an, der über dem Balkon hing und uns beobachten, während er einen Pfeilschaft in den Fingern drehte. »Und nehmt den Elf, die Insta-Hure und den Schweigsamen mit.«

Nacheinander verließen unsere fiktiven Bewohner den Laden durch die Eingangstür. Als Droll an Heathcliff vorbeiging, spottete er ihm ins Gesicht: »Herr, meine Fürstin liebt ein Ungeheuer....«

»Nein.« Ich schob ihn zur Tür. »Heathcliff wird nicht in einen Esel, ein Walross oder ein Rittersporn verwandelt. Niemand wird in irgendetwas verwandelt, oder ich lasse dich das Bett mit Sokrates teilen. Verstanden?«

Der Elf streckte mir die Zunge heraus, während er den anderen hinterherhüpfte.

Wenigstens sind sie angemessen gekleidet.

Morrie schaltete das Kellerlicht ein, aber die schwache Glühbirne durchdrang die Dunkelheit kaum. Quoth ließ sich auf meiner Schulter nieder. Seine Krallen fühlten sich beruhigend scharf auf meiner Haut an. Morrie ging voran, und ich folgte ihm, wobei ich eine Hand auf seine Schulter legte und die andere an der Steinmauer entlangführte. Ich hatte Oscar oben in seinem Hundebett gelassen. Auf keinen Fall würde ich sein Leben in Draculas Versteck riskieren. Auch wenn ich ihn jetzt sehr vermisste, während ich blind in die Dunkelheit hinter Morrie trat. Oscar war kein Haustier, er war mein Augenlicht, und ich hasste es, wie hilflos ich mich ohne ihn fühlte.

Nein, ich bin nicht hilflos. Ich kann in diesem Keller Dinge sehen, die Morrie nicht bemerkt, nur auf eine andere Art und Weise. Zum Beispiel …

»Schau dir das an.« Mein Fuß trat gegen ein Verlängerungskabel, das ich hochhielt, damit Morrie es sehen konnte. Das Kabel fühlte sich feucht an. »Dieser freche Kerl hat den Strom des Ladens für seine Experimente genutzt. Da die Rohre undicht sind, könnte er hier unten ein Feuer entfachen.«

»Wenn die Gewerbeaufsicht jemals den Laden inspiziert, machen sie uns mit Sicherheit dicht.« Morries Fuß landete im Wasser, das den Kellerboden überflutete. »Victor hat mit dem Wasser nicht übertrieben. Das wird meine Lieblings-Budapester ruinieren.«

Selbst meine undurchlässigen Docs füllten sich mit etwas eiskaltem Wasser, als ich hinter Morrie über den überfluteten Boden watete. Er hielt die Taschenlampe seines Handys hoch, und ich konnte gerade noch eine klumpige Form auf einem Tisch in der Ecke erkennen, bedeckt von einem meiner guten weißen Bettlaken und umgeben von seltsamen Maschinen. Ich hatte kein Interesse daran, mir anzusehen, was darunter war.

Morrie und ich schoben die Stapel von Stühlen und alten Bücherregalen beiseite, mit denen wir den Eingang zum Geheimgang verbarrikadiert hatten, und lösten dann die Sperrholzplatten, die Heathcliff vor Monaten festgenagelt hatte. Wir ließen den Knoblauch und die magischen Siegel an Ort und Stelle, für den Fall, dass uns etwas durch den Geheimgang zurückfolgen wollte.

Morries Finger glitten in meine. Quoth drückte seine Stirn gegen meine Wange. Ich drückte ihm einen Kuss auf seine Federn, als er seine Flügel ausbreitete und in die Dunkelheit davonflog. Ein paar Augenblicke später kehrte er zurück, ließ sich auf meiner Schulter nieder und nickte mit dem Kopf. »Krächz.«

Der Tunnel ist leer. Ich werde auf die Straße gehen, um Heathcliff bei der Wache zu helfen. Sei vorsichtig, Mina.

»Du auch.« Ich streichelte seinen Kopf. Er *krächzte* noch einmal und flog dann die Kellertreppe hinauf.

Morrie und ich wateten durch den Tunnel und achteten darauf, die niedrigen Bögen, die das Dach stützten, zu meiden. Unsere Füße plätscherten und schmatzten durch das Wasser, das flacher wurde, je weiter wir uns von der Buchhandlung entfernten. Der Boden musste leicht ansteigen. Wir erreichten die Treppe am anderen Ende und stiegen sie so leise wie möglich hinauf. An den Wänden wurde der Stein von Holz abgelöst. Wir befanden uns zwischen den Wänden in Frau Ellis' alter Wohnung.

Dracula wusste von diesem Tunnel. Deshalb hatte Grey Lachlan das Anwesen überhaupt erst gekauft. Ich wusste, dass er die Magie des Nevermore Bookshop in die Finger bekommen wollte, aber wie genau er sie nutzen wollte, war uns noch unklar, da niemand von uns wusste, warum der Laden tat, was er tat. Jetzt, da Dracula ernsthaft Blut trank, würde er bald stärker sein als je zuvor. Stark genug, um den Schutz zu durchbrechen, den wir zum Schutz des Ladens eingesetzt hatten? Ich wollte es lieber nicht herausfinden.

Morrie blieb stehen, und einen Moment später hörte ich ein Klicken, gefolgt von einem langsamen *Knarren*, als die Geheimtür nach außen schwang. Ich drückte Morries Arm, als wir einen kleinen Raum betraten.

Als wir das letzte Mal in diesem Raum gewesen, war er für Frau Ellis' Nichte Jonie hergerichtet gewesen worden. Sie hatte die Wände gelb gestrichen und mit Postern, ihrer Kleidung und Stapeln von Weihnachtsgeschenken, die sie vom Weihnachtsbaum der Wohltätigkeitsorganisation des Dorfes gestohlen hatte, bedeckt. Jetzt war der Raum fast vollständig leer. Statt in Gelb waren die Wände in einem kühlen

Mitternachtsblau gestrichen, das das Licht von Morries Taschenlampe verschluckte. In der Ecke stand ein eiserner Kerzenleuchter mit drei langen Kerzen, die einen schwachen Schimmer in den Raum warfen, gerade hell genug, dass ich das dunkle Objekt in der Mitte erkennen konnte.

Ein glänzender Mahagonisarg.

IO

Ich schluckte. Ich konnte die Bösartigkeit, die auf der anderen Seite des Deckels wartete, *spüren.*

Dracula ist da drin.

Ich befinde mich in einem Raum mit einem echten Vampir.

Bisher hatten wir unserem Feind noch nicht zu Gesicht bekommen. Wir kannten ihn nur als schwarze Fledermaus, die im Fenster gegenüber hing, oder als den bedrohlichen Schatten, den mein Vater in seinen Briefen beschrieben hatte und der sich hinter dem gruselig verfallenden Gesicht von Grey Lachlan verbarg. Ich musste Dracula nicht sehen, um ihn zu kennen, denn als Teenager hatte ich Bram Stokers Buch geliebt. Zudem suchte mich seine Bösartigkeit jede Nacht in meinen Träumen heim und brachte mich dazu, den Menschen, die ich liebte, schreckliche Dinge anzutun.

Aber der Sarg machte alles *real.* Wir befanden uns wirklich im Versteck der schlummernden Bestie.

»Ich könnte ihn jetzt öffnen.« Morrie hielt den Holzpflock hoch, den er mitgebracht hatte. »Alles wäre in wenigen Augenblicken vorbei. Wir könnten warten, bis Grey zurückkommt und ihn findet, und dann sehen, wo er die Erde versteckt hat.«

Ein Teil von mir wollte den Deckel anheben und dem Monster, das meine Gedanken seit so vielen Monaten plagte, ins Gesicht sehen. Diesem Unhold ein Gesicht zu geben, würde ihn entzaubern und besiegbar machen. Er würde sich in seinem Tagesschlaf befinden, tot für die Welt und unfähig, unsere Anwesenheit zu spüren.

Ich schluckte und entfernte mich vom Sarg. »Es ist zu riskant. Wir würden unseren Vorteil, dass sie nicht wissen, was wir wissen, verlieren. Wir sind so nah dran. Lass uns uns an den Plan halten.«

Ich drückte meinen Rücken gegen die Wand, während wir um den Sarg herumgingen. Ich wollte keine Sekunde länger mit ihm in einem Raum sein.

Eine schmale Wendeltreppe führte in den ersten Stock. Sie mündete in der Frühstücksecke. Frau Ellis hatte den Eingang normalerweise mit einem gehäkelten Wandbehang bedeckt gehalten, wenn nicht gerade Jonie zu Besuch gewesen war. Wir betraten die Ecke und sahen die schmale Küche und das Wohnzimmer auf der anderen Seite des Flurs. Da Frau Ellis' Nippes nicht jede Ecke füllte, hallten unsere Schritte durch den Raum. Durch die Fensterabdeckungen drang genug Licht in das Gebäude, sodass ich einen kleinen Tisch und ein paar Stühle erkennen konnte, auf denen Werkzeuge, Baupläne und Lunchboxen für die Bauarbeiter gestapelt waren. Auf einem hohen Regal in der Küche standen ein paar einzelne Gegenstände.

Morrie zog eine Trittleiter heran und griff nach oben auf das Regal. »Kommt dir das bekannt vor?« Morrie reichte mir einen Gegenstand hinunter.

Das Licht war zu schwach, um richtig sehen zu können. Aber ich fuhr mit den Fingern über die Oberfläche und spürte das Holz, in welches ein wirbelndes Muster eingraviert war. »Das ist Fionas Kiste. Öffne sie.«

Der Riegel klickte, als er aufsprang. »Da ist Dreck drin«, flüsterte Morrie und reichte sie mir zurück.

Ich klemmte die Schachtel unter meinen Arm. »Was ist mit den anderen Gegenständen?«

»Ein Schuh ... auch mit Erde gefüllt.« Morrie ließ ihn auf die Theke fallen. »Es riecht absolut *herrlich*. Definitiv der Schuh von jemandem, der durch die Karpaten gewandert ist. Und da ist ein Schuhkarton, der mit Erde gefüllt ist und ... etwas, was verdächtig nach winzigen Knochen und Münzen und Schmuck aussieht.«

Ich sammelte die Gegenstände von Morrie ein und rümpfte die Nase. Er hatte recht. Miriams Schuh hatte definitiv noch den Geruch ihrer letzten Wanderung an sich. »Was ist da oben noch? Was ist mit Jennas Gegenstand? Er muss ihr etwas weggenommen haben.«

»Da ist nichts.« Morrie sprang herunter und begann, die Deckel von den Kaffee- und Teekanistern zu ziehen. Ich bemerkte die alte kuhfleckige Keksdose von Frau Ellis am Ende der Arbeitsplatte.

»Es muss hier irgendwo sein ...«

»Oh, Mina Wilde.« Grey Lachlans Stimme rief von der Vorderseite des Hauses. »Mäuschen, Mäuschen, piep einmal. Ich weiß, dass du hier bist. Ich glaube, wir beide müssen uns mal über Hausfriedensbruch unterhalten.«

II

Scheiße.

Meine Finger flogen zu meiner Handtasche und tasteten nach meinem Vorrat an Weihwasser und Hostien. Ich wusste nicht, was Grey mit uns vorhatte, aber ich würde den Dreck vernichten, bevor er die Chance dazu hatte.

»W-w-wie sind Sie Ihrer Frau entkommen?«, rief ich in die Dunkelheit. Morrie stellte sich vor mich, um mich mit seinem Körper zu schützen. Meine Finger schlossen sich um die Weihwasserflasche und ich schob meine Nägel unter den Korken, um sie zu lösen.

Bitte, bei Hera, lass das funktionieren ...

»Cynthias plötzliches Interesse an diesem faden Halloween-Festival hat mich misstrauisch gemacht.« Grey torkelte auf uns zu. Er schaltete das Licht ein. Ich konnte ihn hinter Morrie nicht sehen, aber ich konnte die Freude in seiner Stimme hören, weil er uns beide im Versteck seines Meisters gefunden hatte. »Zum Glück bin ich rechtzeitig zurückgekommen, um Sie beim unbefugten Betreten zu erwischen. Ich hätte große Lust, die Polizei zu rufen, aber ich denke, wir können das unter uns regeln. Ich bekomme bitte jetzt mein Eigentum zurück.«

»Es gehört Ihnen nicht.« Ich wandte mich von ihm ab. Der Korken flog von der Flasche. *Jaa!*

»Ich hab's gefunden.« Greys schicke Schuhe klapperten auf dem blanken Holzboden, als er näher kam. Morrie bewegte sich mit ihm und hielt seine Schutzposition aufrecht. »Ihre Besitzer brauchen sie nicht mehr, aber mein Meister kann sie gebrauchen. Sie sollten Ihre Bemühungen jetzt aufgeben. Es gibt keine Möglichkeit, all unsere Erdverstecke zu finden. Ich habe sie zu geschickt versteckt.«

Wir haben unsere Spuren gut verwischt. Er weiß nichts von den Häusern, die Sherlock in London gefunden hat, oder den anderen, die wir in der Nähe von Argleton zerstört haben. Er weiß nicht, dass Draculas Dreck inzwischen nutzlos ist.

Bis auf die restlichen vier Kisten. Ich schob meine Nägel unter den Deckel von Fionas Kiste und versuchte, sie aufzuhebeln. *Komm schon, komm schon ...*

Ich wagte einen Blick nach oben zu Grey. Er kam mit ausgestreckter Hand auf uns zu, nichts als kalte Grausamkeit in seinem gebrochenen Gesicht. Aus der Nähe sah ich, dass es ihm noch schlechter ergangen war. Seine Kleidung war zerrissen und mit Baustaub bedeckt, seine Augen blutunterlaufen, sein Zahnfleisch von den Zähnen zurückgezogen. »Geben Sie sie mir, Mina. Und ich werde in Betracht ziehen, Ihr Leben zu verschonen.«

»Lassen Sie sie in Ruhe.« Morrie schwang seinen Pflock. Grey duckte sich mit Leichtigkeit, aber Morrie holte etwas anderes aus seiner Tasche und hielt es Grey unter die Nase. Ein silbernes Kruzifix. Grey taumelte zurück. Er schlug mit den Händen nach seinem Gesicht, als Morrie das Metallkreuz in seine Haut drückte. Während Grey vor Schmerz aufheulte, besprenkelte ich den Schuh mit Weihwasser, ließ ihn auf den

Boden fallen, nahm den Deckel vom Schuhkarton und erledigte auch das. Hinter mir hörte ich Grunzen und Krachen, während Morrie und Grey kämpften. Der Riegel von Fionas Kiste klemmte immer noch. Ich riss daran, aber er ließ sich nicht öffnen. *Scheiße Scheiße* Scheiße! »Morrie, lass uns gehen.«

Es gab einen weiteren Aufprall. Morries Finger schoben sich in meine und legten meine Hand in seine Armbeuge. »Folg mir, meine Hübsche.«

Irgendwo auf dem Boden hinter uns stöhnte Grey. Ich blieb nicht stehen, um zu sehen, was Morrie ihm angetan hatte.

Wir rannten die Treppe hinunter und wichen dem Sarg aus. Hinter uns fluchte Grey, während er sich aufrappelte und die Treppe hinunterstolperte. Morrie zerrte mich um den Sarg herum in den Tunnel. Wir stürzten die Stufen hinunter. Meine Stiefel platschten ins Wasser, als wir den Tunnel betraten. Ich schrie auf, als meine Arme an den nackten Ziegelwänden entlangschrammten, aber ich blieb nicht stehen und schaute nicht zurück. Hinter uns klatschten Schritte im Wasser. Es war dicht hinter uns und kam immer näher.

Mit einem triumphierenden Schrei betrat Morrie den Keller und half mir durch den Tunneleingang. Ich drehte mich um und sah unseren Verfolger. Morrie richtete seine Taschenlampe auf den Tunnel. Greys Gesicht tauchte im grellen Licht auf, seine Züge im flackernden Licht noch furchterregender. »Grey, Sie sehen schrecklich aus. Wann waren Sie das letzte Mal zu Hause? Cynthia vermisst Sie schrecklich.«

Grey blieb kurz vor dem Tunneleingang stehen. Bildete ich mir das ein oder verzog sich sein Gesicht bei der Erwähnung seiner Frau? »Sie versteht es nicht, und es ist ihr auch egal, was ich hier tue, dieses Imperium, das ich für meinen Meister aufbauen werde. Sie sollte sich von mir fernhalten, damit ich nicht ...«

Seine Worte verstummten. Bevor ich die Gelegenheit hatte,

mich zu fragen, was er gerade sagen wollte, stürmte Grey mit einem Schrei nach vorne. Er versuchte, durch den Tunneleingang in unseren Keller zu gelangen, aber als er sein Bein an unseren Schutzzaubern vorbeischob, knisterte es.

Grey heulte auf. Der Geruch von verbranntem Fleisch stieg mir in die Nase.

»Seine Haut brennt«, sagte Morrie. »Es gibt quasi gegrillten Bauherrn, aber ich muss zugeben, dass ich meine Bauherren so am liebsten mag. Dracula muss auch von Grey trinken. Der Knoblauch wird ihm eine schöne Farbe verleihen.«

Grey taumelte zurück in den Tunnel, hielt sich an den Wänden fest und atmete schwer. Mir fiel auf, dass er seinen anderen Fuß nicht mehr belastete. »Glauben Sie wirklich, dass mir ein bisschen Schmerz etwas ausmacht?«, keuchte er. »Ich würde alles tun, um meinem Meister zu dienen. *Alles.*«

Mit einem Schrei stürmte er erneut vorwärts und rammte seinen Körper in den Eingang. Seine Glieder zuckten, als der Knoblauch ihn abwehrte, aber anstatt zurückzuweichen, knurrte und grunzte er und bahnte sich seinen Weg nach vorne. Das Geräusch von bratendem Fleisch knisterte in der Luft, und der Geruch von Schweinefleisch vom Grill brachte mich zum Würgen. Ein schrecklicher Schrei entrang sich Greys Kehle, während er über den Boden kroch, eine Hand über der anderen, als würde er sich durch Treibsand ziehen. Das Wasser durchnässte seine Kleidung und spritzte ihm in den Mund, sodass sein nächster Schrei von einem Prusten erstickt wurde. Er schaffte es. Zentimeter für Zentimeter kroch er in den Keller.

»Na, das ist auf jeden Fall ein beeindruckender Anblick.« Morrie drückte uns gegen die gegenüberliegende Wand. Mit einer Hand drückte ich Fionas Kiste an meine Brust, während die andere Hand die Ziegel abtastete. Meine Finger berührten Victors Verlängerungskabel. Mir kam eine verzweifelte Idee. Ich löste meine Hand von Morries und folgte dem Kabel an der

Wand entlang, um den baumelnden Stecker zu finden. Als ich ihn fand, bückte ich mich, um das andere Ende aufzuheben. Es war im Wasser mitgeschleift worden. Ich wischte es an meinem T-Shirt trocken. *Bitte, lass uns das nicht alle umbringen.*

»Morrie«, schrie ich. »Komm aus dem Wasser raus.«

»Ihr entkommt mir nicht.« Durch Greys Masse schwappten große Wellen kalten Wassers nach oben, als er auf uns zu kroch. Jetzt, da er den Knoblauch hinter sich gelassen hatte, schien er an Kraft zu gewinnen, auch wenn immer noch Dampf von seiner rauchenden Haut aufstieg. Er packte die Kante von Victors Tisch und hielt sich daran fest, während er versuchte, sich aufzurichten.

Morrie tauchte neben mir auf. »Toast ihn, meine Hübsche«, flüsterte er.

Ich drückte die Stecker zusammen. Über uns flackerte ein Licht, als eine Welle von Elektrizität auf Victors Maschine traf. Funken flogen durch den Raum. Ich schrie und fiel auf die Knie, während Morrie seinen Körper über meinen beugte, um mich zu schützen.

Am Rand des Tisches gingen Lichter an und ein surrendes, brutzelndes Geräusch übertönte Greys Schreie. Während ich entsetzt und wie gebannt zusah, schoss der Klumpen auf dem Tisch in die Höhe, das Laken fiel herunter und gab den Blick auf eine menschenähnliche Gestalt frei.

Er sah genauso aus, wie ich mir Frankensteins Monster in Fleisch und Blut vorgestellt hatte und furchterregender, als es je ein Horrorfilm hätte darstellen können. Alles an ihm war *falsch*, von der breiten, flachen Stirn, der schlecht sitzenden Stupsnase und den wulstigen Augen bis hin zu den Stellen, an denen das Fleisch nicht vollständig über Knochen und Organe gespannt war. Von den sauberen Reihen von Stichen, die seine Flickenteppichhaut durchzogen, bis hin zu den beiden riesigen Bolzen, die aus seinem Hals ragten.

»Was ist das?« Grey starrte das Monster an. Das Monster drehte sich zu Grey um, seine Knopfaugen rollten und wirbelten und richteten sich mit einer Art naiver Neugier auf Grey. Es streckte seine Hände aus wie ein Traktor und packte Grey an den Schultern.

»Bitte«, flehte Grey. Er kam nicht dazu, seine Bitte vollständig zu formulieren.

Mit einem Brüllen schleuderte das Monster Grey durch den Raum. Er krachte mit dem widerlichen Knacken von brechenden Knochen gegen die Wand.

»Gute Idee, meine Hübsche.« Morrie schob mich in Richtung Treppe. »Jetzt lauf!«

Ich kletterte die Stufen hinauf, warf mich aus dem Keller und über den Teppich, während das Monster hinter uns brüllte. Morrie schlug die Kellertür zu und schob den Riegel vor. Er lehnte sich mit dem Rücken gegen die Tür und seufzte hörbar, während Krachen, Knurren und Bitten um Gnade den Laden erschütterten.

»Mein Geschöpf!«, schrie Victor und fiel auf die Knie. »Ihr habt ihn geweckt, bevor er bereit war. Was habt ihr getan?«

»Mina hat uns allen den Arsch gerettet.« Morrie sank auf die Knie und umklammerte seinen Bauch. In diesem Moment sah mein Napoleon des Verbrechens nicht besonders selbstsicher aus. Unten schrie Grey und ich hörte das Brüllen des Monsters, das ihn den Tunnel entlang zurückjagte.

Victor starrte mich wütend an. »Ihr habt ihn auf das Dorf losgelassen. Er ist nicht zu kontrollieren.«

»Ein weiteres Monster hier macht auch keinen Unterschied mehr.« Ich lockerte meinen Griff um Fionas Kiste und ließ sie in meinen Schoß fallen. Ich holte tief Luft, dann noch einmal, um mein rasendes Herz zu beruhigen. Meine Finger fummelten am Verschluss herum, aber jetzt, ohne dass die Panik meine Finger taub machte, ließ er sich leicht öffnen und enthüllte eine dünne

Schmutzschicht auf dem Boden. Heathcliff warf mir eine frische Flasche Weihwasser zu, und ich besprengte den Boden damit.

»Es ist vollbracht.« Ich lehnte meinen Kopf an Morries Schulter, während Heathcliff und Quoth sich neben mich setzten. »Wir müssen nur noch eine Kiste Erde finden, dann können wir Dracula ein für alle Mal vernichten.«

Argleton Anzeiger

FREMDER IN FRANKENSTEIN KOSTÜM VON DER POLIZEI FESTGENOMMEN

Am frühen Abend wurde ein Fremder von Polizeibeamten aufgegriffen, während er über die Autobahn schlurfte, wo der Verkehr ihm auswich. Glücklicherweise wurde niemand ernsthaft verletzt, und der Mann wurde zu seiner eigenen Sicherheit von der Autobahn eskortiert.

Aufgrund der filmreifen Maske und Kostümierung und der realistisch aussehenden Bolzen, die aus seinem Nacken ragten, schloss die Polizei, dass der Fremde auf dem Weg zum Halloween-Festival in Argleton war.

Es stellte sich heraus, dass der Mann, bei dem die Polizei davon ausgeht, dass es sich um einen Ausländer mit einem Sprachfehler handelt, ein Gast von Heathcliff Earnshaw ist, der im Nevermore Bookshop in der Butcher Street 22 wohnt. Es überrascht wahrscheinlich niemanden, dass der Buchhandlungsinhaber so seltsame Gesellschaft führt. Der Fremde wurde nach Hause zurückgebracht und Herr Earnshaw von der Polizei mündlich verwarnt, nicht noch einmal zuzulassen, dass seine Hausgäste gegen die Gemeindeverordnung verstoßen.

12

»Ich nehme dieses Buch, danke.« Eine mürrisch aussehende Frau reichte mir ein Exemplar von *Die North Staffordshire Eisenbahn während der LMS Zeit, Band 2.* »Können Sie es als Geschenk verpacken? Es ist für die Ruhestandsfeier meines Mannes. Er ist ein begeisterter Eisenbahnfan.«

»Natürlich.« Ich rechnete ihren Einkauf ab und rollte das lilafarbene Geschenkpapier auf dem Schreibtisch aus. Das Verpacken von Geschenken war eines dieser kleinen Extras, die ich eingeführt hatte und die Heathcliff auf die Palme brachten. Der Service war sehr gefragt, solange ich ihn anbot. Heathcliff bewarf jeden, der nach Geschenkpapier fragte, mit Büchern, und Morrie versteckte gerne kleine Geschenke darin: normalerweise Notizen mit mysteriösen und vage bedrohlichen Botschaften, über die die Leute sich Gedanken machen konnten. Quoth war in menschlicher Gestalt ausgezeichnet, aber im Laden zog er seine Rabenform vor, und Raben können zwar vieles, aber Geschenke einpacken gehörte nicht dazu.

Außerdem ist Quoth nicht hier, um zu helfen. Ich versuchte, den negativen Gedanken zu verdrängen, während ich die

Papierkanten umschlug. Quoth war wieder die ganze Nacht unterwegs gewesen. Er war erst kurz vor Sonnenaufgang hereingeflogen und oben eingeschlafen. Immerhin war er gestern hier gewesen, als Morrie und ich in Draculas Haus eingebrochen waren. *Ich kann es kaum erwarten, bis die Ausstellung vorbei ist und wir wieder zur Normalität zurückkehren können. So normal, wie es hier überhaupt möglich ist ...*

Die Frau wippte ungeduldig mit dem Fuß. Gerade als ich die Schleife gebunden hatte, hörte ich ein vertrautes »Krächz«, das mir das Herz erwärmte. Einen Moment später stürzte ein schwerer Vogel die Treppe hinunter und setzte sich auf meine Schulter.

Ich bin verletzt. Verwundet. Zutiefst beleidigt. Quoth hob die Kante des Papiers an und versuchte, es mit seinen Krallen zu falten. *Ich bin ein hervorragender Geschenkeverpacker.*

Seine Kralle durchstach das Papier und zog einen langen Riss durch die Mitte. Die Frau schnaubte. Ich schob das Buch aus der Verpackung und schnitt ein neues Stück Papier ab.

Okay, okay, vielleicht hast du recht, ertönte Quoths Stimme in meinem Kopf. *Ich kann nicht lange bleiben. Ich muss ins Studio. Aber ich wollte dich überraschen, bevor ich gehe.*

Das ist die beste Überraschung, dachte ich zurück. *Jetzt hör auf, mir dabei helfen zu wollen, damit wir dieses mürrische alte Weib hier rausschaffen können.*

»Sie sollten keine Vögel in den Laden lassen«, sagte die Frau, als ich ihr das Paket reichte. »Was ist, wenn er auf die Kunden kackt?«

Macht sie dir Ärger, Mina? Quoth hob ein Bein und wedelte drohend mit den Krallen. *Ich habe vorhin ein paar leckere Beeren gegessen. Ich kann ihr ein kleines Geschenk hinterlassen, damit sie sich an mich erinnert.*

»Schönen Tag noch.« Ich drückte der Dame das Paket in die Hand. Zum Glück verließ sie hastig den Laden, bevor Quoth sein Versprechen einlösen konnte. Ich streichelte den Raben, der sich im Laden umsah. Als er sah, dass wir allein waren, da Heathcliff sich in seinem Privatbüro eingeschlossen hatte, hüpfte er durch den Raum und zog die Vorhänge mit seinem Schnabel zu. Er hüpfte auf die Kasse und verwandelte sich. Einen Moment später beugte sich ein sehr nackter, sehr schöner Mann über den Schreibtisch und presste seine Lippen auf meine.

»Überraschung«, flüsterte er, und sein Atem war warm auf meinen Lippen.

Mhmmmm, und was für eine schöne Überraschung. Ich schlang meine Arme um Quoth und zog ihn an mich, um diesen gestohlenen Moment zwischen uns zu genießen. Es war einer dieser traumhaften Küsse, bei denen unsere Münder perfekt zusammenpassten und unsere Zungen genau wussten, was zu tun war, um ein Stöhnen, Keuchen oder Seufzen hervorzurufen.

Es fühlte sich auch ... gar nicht wie Quoth an. Trotz der geschlossenen Vorhänge war der Laden noch immer geöffnet. Jeden Moment konnte ein Kunde hereinkommen oder einer unserer fiktiven Bewohner. Unten im Keller hämmerte Victor wieder wie wild und Robin und Droll waren gerade oben und tauschten Geschichten über magische Wälder und holde Jungfrauen aus. Ganz zu schweigen davon, dass Heathcliff und Morrie irgendwo in der Nähe waren, und wenn sie uns erwischten, könnte es laut und gefährlich werden ...

Quoth war nicht wie Morrie. Er fand keinen Gefallen daran, schmutzige Dinge am helllichten Tag zu tun, es sei denn, er war in seiner Vogelgestalt und beobachtete uns von einem sicheren Ort aus.

Ich weiß nicht, was diese gefährliche Ader in ihm ausgelöst hatte, aber ich sehnte mich nach mehr davon.

»Möchtest du, dass ich mir etwas anziehe?« Quoths Finger glitten den Saum meines Rocks hinauf.

»Quoth, ich ...« All meine Fragen erstarben unter seinem intensiven Blick.

Er drückte seine Lippen auf meine. Seine Finger neckten meine Klitoris durch mein Höschen. *Bei Isis, wir sollten das nicht tun. Jeden Moment könnte jemand hereinkommen. Ich sollte ihn aufhalten. Ich werde ihn aufhalten. Jeden Moment.*

Ja, ich werde das beenden.

Jetzt sofort.

Genau.

Jetzt.

Ja ... ähm ...

Quoth küsste eine Spur entlang meines Halses. Seine Zähne kratzten über meine Haut, während seine Finger in mir arbeiteten, und ich vergaß darüber völlig, die Sache zu beenden, als sich ein Orgasmus am Rande meines Bewusstseins ankündigte ...

»Mina, bist du da drin?« Jos Stimme hallte durch den Laden. »Ich muss wirklich mit dir reden.«

»Au.« Ich zuckte zusammen, als Quoth überrascht zubiss. Wir sprangen auseinander wie zwei Teenager, die beim Knutschen hinter dem Fahrradschuppen erwischt worden waren. Quoth warf sich hinter den Schreibtisch. Sein süßer blasser Hintern ragte empor, als er die Schubladen aufriss, um nach der Ersatzkleidung zu suchen, die er genau zu diesem Zweck hier unten aufbewahrte.

Ich rieb mir den Zahnabdruck an meinem Hals und strich meinen Rock glatt, als Jo hineinwankte. »Jo, ist alles in Ordnung? Du klingst aufgebracht.«

»Ich ... ich ... ich ...« Jos Worte lösten sich in einem kläglichen Schluchzen auf.

Ich rannte zu ihr. Quoth fluchte, während er sich in seine Hose zwängte, aber Jo schien ihn nicht einmal zu bemerken. Ich führte sie zum Ledersofa unter dem Fenster und ließ mich neben ihr nieder. Quoth zog sich ein Blood-Lust-Tour-T-Shirt über den Kopf und ließ sich in die Kissen auf ihrer andere Seite fallen. Dann schlang er die Arme um sie, um ihr die Umarmung zu geben, von der er wusste, dass sie sie brauchte. Jo legte ihren Kopf auf seine Schulter.

Morrie steckte seinen Kopf herein, warf einen Blick auf Jos verzweifeltes Gesicht und machte sich mit dem Verständnis eines wahren britischen Gentlemans auf den Weg nach oben, um Tee zu holen.

Jos Glieder zitterten und sie versuchte immer wieder zu sprechen, aber sie schien die Worte nicht zu finden.

»Lass dir Zeit. Ich bin hier.« Ich verflocht meine Finger mit ihren. »Du musst es mir nicht sagen, wenn du nicht willst.«

»Es ist nicht so, dass ich nicht ...« Jo schauderte. »Es ist so, dass ich es nicht einmal erklären kann. Ich war gerade zu Hause und habe einige von Fionas Sachen zusammengepackt, um sie ihrer Familie zu schicken, als das Büro mich anrief. Ich dachte, es würden die Ergebnisse der Autopsie sein, aber ... es war der Gerichtsmediziner aus Loamshire, der meine professionelle Meinung zu dem Tod hören wollte. Er sagte, er habe einen Schnitt in Fionas Brust gemacht und sie sei vom Tisch gesprungen.«

Nein. Oh nein.

»Ich verstehe das einfach nicht. Ich war diejenige, die sie gefunden hat. Ich habe alle ihre Lebenszeichen überprüft. Sie war *tot*, Mina. Die Rettungssanitäter haben es bestätigt. Wie hat sie also Dr. Spencer zur Seite stoßen und mit einem Skalpell in ihrer Brust aus der Leichenhalle gehen können?«

»Ähm ...« Wie sollte ich meiner besten Freundin sagen, dass ihre Freundin ein Vampir war? »Haben sie sie schon gefunden?«

Haben sie sie festgenommen?

Jo schüttelte den Kopf. »Sie haben auf Video, wie sie in den King's Copse Forst rennt. Die Polizei durchsucht die Gegend nach ihr. Ich bin hierhergekommen, für den Fall, dass sie ... Ich dachte, wenn sie nach mir sucht, kommt sie vielleicht zu dir ...«

Der kopflose Reiter wählte diesen Moment, um durch die Wand zu schweben, direkt vor mir und Jo quer durch den Raum zu treiben und in dem Moment durch die Tür zum Büro zu verschwinden, in dem Heathcliff sie aufstieß.

Jos Hände flogen zu ihrem Mund. Sie stieß einen erstickten Laut aus.

»Dieser Mann ... dieser Mann hat keinen Kopf.«

13

»Heathcliff, schaff ihn hier raus«, zischte ich. Ich drückte Jo an mich, während Heathcliff seinen Besen aufhob.

»Geh. Los, verschwinde.« Heathcliff schob den kopflosen Reiter ins Kinderbücherzimmer und schlug die Tür zu.

»Mina.« Jos Brust hob und senkte sich, während sie tief einatmete. »Warum hatte der Typ keinen Kopf?«

Ich tat so, als würde ich lachen. »Du machst dich nur selbst verrückt. Das ist offensichtlich sein Halloween-Kostüm.«

»Das ist kein Kostüm.« Jos Brust hob und senkte sich. »Und das weißt du. Der Typ *ist durch die Wand gekommen* und läuft ohne Kopf durch den Laden, als wäre er mit diesem Ort vertraut, als wäre er einer von Heathcliffs verrückten Kumpels. Aber das ist unmöglich.«

Auf der anderen Seite von Jo zuckte Quoth unbehaglich. Er nahm seinen Arm von Jos Nacken, als ein paar schwarze Federn durch die Luft wirbelten. *Er ist gestresst, und wenn er gestresst ist, wird er schnell federig.*

Scheiße.

129

Quoth, du kannst dich jetzt nicht verwandeln. Bitte, Jo ist so schon völlig durch den Wind.

Ich sah ihm in die Augen und flehte ihn an, stark zu sein. Er konzentrierte sich so sehr, dass ich seine Stimme in meinem Kopf nicht hören konnte.

Quoths Lippen öffneten sich. Das Wort »Entschuldigung« hatte sich bereits gebildet, bevor es ihm von den Lippen gerissen wurde, als diese sich zu einem harten Schnabel verlängerten. Als Nächstes verschwanden seine Arme, die Finger streckten sich und die Ellbogen verdrehten sich auf eine Weise, wie es kein menschlicher Ellbogen tun sollte. Schwarze Federn drückten sich durch seine Haut, als seine Knochen knirschten und sein Körper in sich zusammenschrumpfte, wobei seine hastig angezogene Kleidung zu einem Haufen auf dem Boden wurde.

Jo starrte mit vor Schreck weitaufgerissenen Augen auf den Mann, der sie getröstet hatte und nun in einem Wirbel schwarzer Federn explodierte.

Einen Moment später hüpfte ein Rabe über den Tresen und blickte Jo mit neugierigen, feuerumrandeten Augen an.

»Krächz?«

Man musste Jo zugutehalten, dass sie nicht schrie. Sie starrte Quoth nur schockiert an. Ihr Kopf wippte auf und ab, während sie wieder und wieder und wieder schluckte.

Heathcliff seufzte, als er sich in Richtung Flur bewegte. »Ich werde das Schild umdrehen. Ich schätze, wir werden für einige Zeit geschlossen sein.«

Auf dem Weg zurück zog er eine Flasche Scotch aus seiner Schreibtischschublade und schenkte großzügig ein. Als er Jo das Glas hinhielt, riss sie ihm die Flasche aus der Hand.

»Hey! Das ist meine.«

»Danke.« Jo saugte am Flaschenhals, als wäre es ein Schnuller. Quoth hüpfte auf ihren Schoß und sie streichelte seine Federn. Selbst in Vogelgestalt hatte er die Kraft, sie zu beruhigen.

Obwohl ... vielleicht lag das eher am Whisky.

Als Jo die Flasche wieder absetzte, war ein beträchtlicher Teil davon verschwunden. Sie drehte sich zu mir um, und ich musste nicht gut sehen können, um zu erkennen, dass sie kurz vorm Durchdrehen war. »Ich nehme an, du erklärst mir jetzt lieber, was los ist.«

»Ich ... ich ... weiß es nicht. Quoth hat sich gerade in einen Vogel verwandelt. Das ist verrückt! So etwas habe ich noch nie gesehen.«

»Mina.« Heathcliff blickte traurig auf seine rasch schrumpfende Whiskyflasche. »Du musst Jo die Wahrheit erzählen.«

»Ja. Ich weiß.« Ich holte tief Luft und breitete die ganze Geschichte vor ihr aus: wie die Buchhandlung fiktive Figuren zum Leben erweckte, wie Quoth zwischen Raben- und Menschenform wechselte und dass ich die Tochter von Homer war und irgendwie für alles verantwortlich war. »Die Morde, die wir im letzten Jahr aufgeklärt haben, waren nur die Spitze des Eisbergs. Es gibt ein viel größeres Rätsel, das uns alle beherrscht: der Nevermore Bookshop und die Frage, warum er fiktive Charaktere zum Leben erweckt.«

Jo starrte Heathcliff finster an. »Du bist also Heathcliff Earnshaw, dieser trotzige, Skelette umarmende Bastard aus *Sturmhöhe*?«

Heathcliff nickte. Sie drehte sich zu Morrie um. »Und du bist James Moriarty, der Napoleon des Verbrechens aus *Sherlock Holmes*.«

Morrie verbeugte sich tief. »Zu Diensten.«

»Und Quoth ist ...«

»Krächz?« Quoth legte den Kopf zur Seite.

»Der Rabe aus Poes Gedicht«, sagte ich mit leiser Stimme.

»Wir haben keine Ahnung, warum er seine Gestalt verändern kann. Aber ich bin dankbar dafür.«

Jo deutete auf Sokrates, der oben an der Treppe auftauchte und Eis direkt aus dem Karton aß, während er die Moderatoren auf BBC One obszön beschimpfte. »Und diese Witzbolde da oben sind ...«

»... Figuren aus der klassischen Literatur, die der Laden im letzten Monat zum Leben erweckt hat«, antwortete ich achselzuckend. »Es gab auch noch andere. Erinnerst du dich an Lydia? Sie stammt aus *Stolz und Vorurteil*. Und Morries alter Freund Sherlock ...«

»Richtig.« Jo schluckte erneut. »Der Laden erweckt fiktive Figuren zum Leben. Und du sagst, dass Fiona ...«

»... wurde von Bram Stokers *Graf Dracula* gebissen, damit er die rumänische Erde stehlen konnte, die sie in ihrer Schachtel aufbewahrte. Ja, das meine ich damit.« Ich streckte die Hand aus, um meine Freundin zu umarmen, aber sie wich zurück. »Es tut mir so, so leid, Jo.«

Jo lachte auf. »Ich meine, ich kann nicht sagen, dass es eine völlige Überraschung ist.« Sie neigte die Flasche in Richtung Heathcliff. »Ich kann mir gut vorstellen, dass du der berühmte Heathcliff bist, und die Art und Weise, wie der Rabe immer reagiert, wenn jemand Poe zitierte ... und Morrie und Sherlock, ich meine, jeder Fanfiction-Autor hat die beiden zusammengepackt, seit die Geschichten zum ersten Mal gedruckt wurden. Ich komme mir so dumm vor, dass ich es nicht selbst herausgefunden habe.«

»Fühl dich nicht dumm. Du bist der klügste Mensch, den ich kenne.«

»Hey!«, protestierte Morrie. Ein Blick von mir genügte, und er hielt den Mund.

Jo sah zu mir auf, und ich las den Schmerz hinter der Angst in ihren Augen. »Du hättest es mir sagen sollen, Mina.«

»Ich weiß. Ich wollte es dir so oft sagen, aber ich hätte nicht gedacht, dass du mir glauben würdest. Und ich wollte deine Freundschaft nicht verlieren.« Ich starrte meine Freundin nervös an. Ich hasste all die Lügen, die ich ihr im letzten Jahr hatte erzählen müssen. »Ich habe mein ganzes Leben damit verbracht, zu beobachten, wie die Leute meine Mutter ansehen, als wäre sie verrückt. Was sie auch ist. Aber ich könnte es nicht ertragen, wenn du mich so angesehen hättest.«

»Wenn du Gerechtigkeit für meine Fiona erwirken kannst, ist es mir egal, ob du die Königin von Saba bist.« Jo ballte die Fäuste an ihren Seiten. »Dieser Blutsauger hat meiner Liebsten wehgetan. Er stirbt heute Nacht.«

»So einfach ist das nicht. Da fällt mir ein, wir haben Fionas Kiste gefunden. Ich glaube, sie würde wollen, dass du sie bekommst.« Ich nickte Heathcliff zu. Er kramte hinter dem Schreibtisch herum und holte die Schachtel aus irgendeiner Ritze, in der er sie versteckt hatte, und gab sie Jo. Ihre Finger zitterten, als sie sie entgegennahm, und an der Art, wie ihre Schultern bebten, wusste ich, dass sie wieder kurz davor war, in Tränen auszubrechen.

»Danke.« Sie streichelte das eingelegte Muster. »Das bedeutet mir die Welt. Aber was meintest du über den Bastard, der ihr das angetan hat?«

So kurz und knapp wie möglich fasste ich den Inhalt des Buches zusammen und erinnerte sie daran, dass wir jede einzelne der fünfzig Kisten mit Erde zerstören mussten, bevor wir uns dem Vampir zuwenden konnten. Wir mussten immer noch die Erde finden, die er Jenna Mclarey entwendet hatte.

»Was ist, wenn er mehr als fünfzig Kisten zusammengetragen hat?«, fragte Jo.

»Die Idee ist uns auch schon gekommen, aber wir glauben nicht, dass er das tun würde. Draculas Gewohnheiten sind durch Jahrhunderte des Lebens zwischen den Seiten tief verwurzelt. Er wird nicht von der Handlung abweichen und plötzlich Dinge ändern, nur weil er in unserer Welt ist. Außerdem hat Grey Lachlan uns verraten, dass sie nicht wissen, dass wir den ganzen anderen Dreck vernichtet haben. Er wird davon ausgehen, dass fünfzig mehr als ausreichend sind.«

Jo ließ sich in ihrem Stuhl zurückfallen. »Was sollen wir also tun?«

»Wir haben Jennas Dreck nicht bei den anderen in Draculas Haus gefunden und wissen nicht einmal, in welchem Gefäß er aufbewahrt wird. Wenn wir herausfinden könnten, woher sie ihn hat, wären wir einer Antwort näher ...«

»Ich meine, wegen Fiona.« Jos Lippen zitterten. Richtig, natürlich. In dem Chaos, nachdem Jo unser Geheimnis entdeckte, hatte ich fast vergessen, warum sie überhaupt hergekommen war. Ihre Freundin war von den Toten auferstanden und irrte durch die Wälder. »Wie sollen wir sie finden?«

»Ganz einfach«, sagte Heathcliff, als ein Krankenwagen mit heulenden Sirenen durch das Dorf raste. »Wir folgen der Spur der Zerstörung.«

14

»Diese Schlampe ist total durchgedreht.« Wilson hustete. »Sie war völlig zugedröhnt, aber ich habe noch nie erlebt, dass Drogen solch eine Wirkung auf einen Menschen haben.«

»Was hat sie getan?« Ich reichte Wilson das Glas Wasser auf dem Nachttisch. Jo und ich waren dem Krankenwagen ins Krankenhaus gefolgt, während die anderen in den Wald gefahren waren, um zu sehen, ob Quoth Fiona ausfindig machen konnte. Als ich hörte, dass es Wilson war, die von Fiona verletzt worden war, hatte ich nicht erwartet, dass sie uns empfangen würde. Aber ich muss mich bei ihr beliebter gemacht haben, als mir klar gewesen war. Oder, was wahrscheinlicher war, sie und Jo waren durch die Arbeit befreundet und Wilson wollte sie vor ihrer mörderischen untoten Freundin warnen.

»Fiona hatte diesen wilden, verrückten Gesichtsausdruck. Sie bewegte sich unglaublich schnell. So etwas habe ich noch nie gesehen. Sie warf sich in die Büsche und riss ein Kaninchen heraus. Und dann biss sie ihm einfach so den Kopf ab! Sie hat mich angesehen, während Kaninchenblut ihr das Kinn runtertropfte. Das kann nicht gut für sie sein. Hayes und ich haben versucht, sie zu bändigen, und die verrückte Schlampe hat mich *gebissen*.« Wilson hielt ihre Hand hoch. »Ich wurde schon angeschossen, erstochen und mit einer Machete verfolgt. Aber noch nie gebissen.«

»Es tut mir so leid.« Jo hielt ihre Hand.

»Das sollte es auch.« Wilson lächelte. Sie versuchte, mir das Glas abzunehmen, zuckte aber vor Schmerz zusammen und ließ mich den Strohhalm für sie halten. Sie sah aus, als wäre sie von einem Bus angefahren worden, mit einem Verband über dem Auge und Schürfwunden und Schnitten am ganzen Körper, ganz zu schweigen von den Verbänden, die die Wunde an ihrem Hals bedeckten. »Dein ganzer Job besteht darin, herauszufinden, wie Menschen gestorben sind. Ich weiß nicht, wie du eine Lebende übersehen konntest.«

»Das war ein Fehler.« Jo bemühte sich, ihre Stimme ruhig klingen zu lassen. »Du würdest dich wundern, wie oft das passiert. Also ist sie immer noch irgendwo im Wald?«

»Soweit wir wissen. Wir haben jeden Beamten im Landkreis auf die Suche nach ihr angesetzt. Wir wollen nicht, dass sie jemand anderem oder sich selbst etwas antut. Oder das Kaninchen von jemandem frisst.« Wilson tätschelte Jo den Arm, zuckte bei der Berührung jedoch erneut zusammen. »Wir werden sie finden, das verspreche ich.«

»Genau davor habe ich Angst«, murmelte Jo leise, während Wilsons Augenlider zufielen. Wir ließen die Polizistin schlafen. Im Flur packte Jo meinen Arm. »Was sollen wir tun, Mina? Wenn die Polizei Fiona vor uns findet ... Ich will nicht, dass noch mehr Menschen verletzt werden. Und was ist mit Wilson? Wird sie sich auch in einen Vampir verwandeln?«

»Wilson wird es gut gehen. Um jemanden in einen Vampir zu verwandeln, muss Blut ausgetauscht werden. Fiona ist noch nicht erfahren genug, um ihren Hunger zu kontrollieren, und kann daher niemanden verwandeln.« Ich drückte Jos Hand. »Was Fiona betrifft, so werden sie sie dort draußen nicht finden. Sie ist Draculas Tochter. Sie braucht sein Blut, um zu überleben. Sie wird sich auf den Weg zu ihm machen. Und dort werden wir sie abfangen.«

»Sᴏᴋʀᴀᴛᴇs, nimm deinen stinkenden Fuß von meiner Hand.«

»Sag mir, welchen Anreiz würdest du mir nennen, damit ich von deiner Hand runtergehe?«

»Weil ich dich sonst umbringen werde?«

»Ist das deine endgültige Antwort?«

»Ist dein Arschloch eifersüchtig auf all den Scheiß, der aus deinem Mund kommt? *Geh von meiner Hand runter.*«

»Ich gehe von deiner Hand runter, wenn du meine Frage beantwortest: Warum *sollte ich von deiner Hand runtergehen?*«

»Weil dein knochiger Fuß meine Finger zerquetscht und es wehtut.«

»Ah, aber was *ist* Schmerz eigentlich?«

»Du wirst Schmerz gleich kennenlernen, wenn mein Stiefel Bekanntschaft mit der Innenseite deines Hodensacks macht, wenn du nicht *deinen verdammten Fuß weg...*«

»Ssssh.« Morrie hielt Heathcliff eine Hand vor den Mund. »Da ist sie.«

Ich schaute blinzelnd die Butcher Street hinunter, aber in der Dunkelheit konnte ich nichts erkennen, und ich kam nicht näher ans Fenster heran, weil ich von allen Seiten von fiktiven Figuren umringt war. Alle Bewohner des Nevermore Bookshops hatten beschlossen, sich mir und Jo bei unserer Mitternachtswache anzuschließen, und das Fenster mit der besten Aussicht auf die Butcher Street befand sich in Quoths Dachgeschosszimmer, in dem nicht gerade viel Platz war.

Das galt für alle Bewohner, außer Quoth, der nach seinem Flug über den Wald früher ins Atelier zurückgekehrt war. Aber er hatte auf meine SMS mit einem Fledermaus-Emoji geantwortet. Das war also immerhin etwas.

Ich hörte das *Klapp-Klapp-Klapp* von Absätzen auf dem Kopfsteinpflaster, die auf Greys Wohnung zugingen. Alle rückten näher zusammen. Robins Ellbogen knallte gegen mein Ohr. Oscar stellte sich auf die Hinterbeine und kratzte am Fenster.

»Das ist sie.« Jos Stimme zitterte. »Das ist meine Fiona.«

Sie sprang auf die Füße und rannte zur Treppe. Morrie befreite sich aus Sokrates' Laken. »Ich gehe zur Sicherheit mit ihr. Mina, wage es nicht, den Raum hier zu verlassen.«

Ich streckte ihm die Zunge heraus. Heathcliff schubste Sokrates vom Bettende, und ich lehnte mich aus dem Fenster und versuchte zu hören, was auf der Straße unten vor sich ging. Fiona hämmerte gegen Grey Lachlans Tür und schrie kaum verständlichen Kauderwelsch. Eine andere Tür ging knarrend auf und Jos zitternde Stimme rief: »Fi?«

Fiona ignorierte sie.

»Hey, Fi, ich bin's, Jo. Komm zu mir ins Warme.«

Rums-rums-rums

»Hast du mich gehört, Fi?« Jos Stimme zitterte. »Ich bitte dich *herein*.«

Fionas Gestalt wich einen Schritt von der Tür zurück. Sie stieß einen Schrei aus, während ihre Arme in beide Richtungen zuckten. Sie sah aus, als würde sie mit sich selbst kämpfen.

»Fiona, bitte. Ich möchte, dass du hier reinkommst.«

»Nein«, sagte Fiona fest und warf sich von Jo weg. Sie rannte die Straße hinunter, wobei sie ganz komisch lief, als würde sie immer noch mit ihrem Körper darum kämpfen, Jos Einladung anzunehmen.

Scheiße. Scheiße. Wie kann es sein, dass sie unsere Einladung nicht annimmt?

Es folgte ein Höllenlärm. Heathcliff warf Sokrates aufs Bett und eilte zur Treppe. Robin spannte einen Pfeil und erklärte, er könne sie von hier aus zu Fall bringen, während Droll ihm eine protestierende Grimalkin auf den Kopf setzte und vor Freude herumtanzte. Ich rannte die Treppe hinunter, hinter Heathcliff her, Oscars Leine fest in meiner Hand.

Jo hielt mir die Tür auf, ihr Gesicht ernst.

»Sie wollte nicht reinkommen«, sagte sie und schlang meinen freien Arm um ihren Ellbogen. »Sie hat mich direkt angesehen, aber ihre Augen waren … nicht ihre Augen. Aber ein Teil von ihr war noch in ihr. Ich glaube, sie hat gewusst, dass sie mir wehtun würde, wenn sie hereinkäme, und sie hat versucht, mich vor sich selbst zu schützen.«

»Das glaube ich auch. Hast du gesehen, wo sie hingegangen ist?« Wir rannten die Straße hinauf, wobei meine Tasche voller Pflöcke gegen meinen Oberschenkel schlug.

»Zum Pub.«

Natürlich. In einem größtenteils dunklen Dorf war der Pub so hell erleuchtet wie ein Weihnachtsbaum. Ich konnte hören, wie die Dorfbewohner drinnen eine Karaoke-Version von »The Monster Mash« sangen. Für einen frischgebackenen Vampir war das Rose & Wimple quasi ein Frühstücksbuffet. Wir gingen auf den Eingang zu, aber dann musste Jo etwas gesehen haben, denn sie zog mich und Oscar in die Gasse. »Sie ist hier langgegangen.«

»Arf!«

Wir bogen um die Ecke, als ich Morrie fluchen hörte. Ich fand ihn auf den Knien auf dem Kopfsteinpflaster, während hastige Schritte zwischen den Nebengebäuden verschwanden.

»Ich bin über einen Mistkübel gestolpert«, Morrie rappelte

sich auf und klopfte sich den Staub von der Vorderseite seines Blazers. »Ich habe nicht gesehen, wo sie hin ist.«

Sie war *schnell*. Nicht einmal Morries lange Beine konnten mit ihr mithalten. *Jetzt werden wir sie nie einholen. Wir ...*

Ein Schatten flog um die Ecke. Fiona schrie so laut, dass das Glas in den Fenstern des Pubs zersprang. Sie rannte auf uns zu, wild um sich schlagend, ohne Rücksicht auf die Tatsache, dass wir auf sie warteten. Sie blickte über die Schulter zurück auf den dunklen Schatten, der sie verfolgte ...

... der kopflose Reiter.

Er bäumte sich auf und sein schwarzer Umhang zeichnete sich gegen den Mond ab, als er ihr die Flucht versperrte. Das Pferd schnaubte. Rauch quoll aus seinen aufgeblähten Nüstern. Fiona krabbelte von dem Schatten weg. Ihre Jacke flatterte, als sie auf uns zu kroch.

»Hab ich dich.« Heathcliff ließ sich vom Dach des Stalls fallen. Fiona wirbelte herum und versetzte ihm einen Schlag ins Gesicht, während er ihr ein Kruzifix ins Gesicht hielt.

Fiona zischte. Es war ein unmenschliches Geräusch, das Jo zum Schluchzen brachte. Sie taumelte und wankte rückwärts. Morrie warf ihr einen Sack über den Kopf. Heathcliff drückte ihr das Kruzifix auf die Brust, um sie ruhig zu halten.

»Fiona, es tut mir so leid«, schluchzte Jo, während sie Heathcliff und Morrie half, die Frau auf den Rücken des Pferdes zu hieven. Der kopflose Reiter glitt vor uns her, die Zügel fest in seiner geisterhaften Hand. Fiona trat und brüllte, aber das schien das Pferd nicht wirklich zu stören.

Als wir über die Wiese zurück zur Butcher Street trabten, tauchte Frau Ellis hinter dem immer größer werdenden Freudenfeuer auf dem Platz auf.

»Mina!« Sie stemmte die Hände in die Hüften. Heute Abend trug sie ein gelb-schwarz gestreiftes Strickkleid und ein Paar runde

Flügel. Eine Hummel. Wie passend, da sie im Begriff war, unserer Vampirentführung einen Stich zu versetzen. »Wo sind denn eure Kostüme? Richard lässt euch ohne Kostüm nicht auf die Bühne.«

»Heute Abend steht kein Karaoke für uns auf dem Plan, Frau Ellis«, erklärte ich stammelnd. »Wir haben nur, ähm ...«

»Das Pferd von Heathcliffs Cousin ausgeführt«, warf Morrie ein. »Es braucht regelmäßige Bewegung, sonst fängt es an, die Bücher zu fressen.«

»Genau.« Ich schubste Heathcliff in Richtung des Pferdes. Er stolperte über den Bordstein und landete irgendwie im Hinterteil des Pferdes. Er brüllte protestierend, was glücklicherweise Fionas Schreie übertönte. »Und wir haben am Pub angehalten, um uns den ganzen Spaß anzusehen, aber Sie wissen ja, wie die Earnshaw-Männer in Bezug auf Alkohol sind ...«

»Du hast mir gar nicht gesagt, dass Herr Heathcliff Besuch von einem Cousin hat. Ich habe ein Bild von deinem anderen Hausgast in der Zeitung gesehen, und er hatte ein Gesicht wie ein Sack voller Schraubenschlüssel, aber dieser Kerl hier hat das Earnshaw-Gen für groß, dunkel und gutaussehend ...« Frau Ellis tätschelte dem Pferd den Hals, als würde sie nicht bemerken, dass ihre Hand direkt durch das Knie des Reiters ging. »Sie sehen in diesem Kostüm auf Ihrem mächtigen Ross besonders schneidig aus, junger Mann, sogar ohne Kopf. Nun Mina, vergiss morgen nicht deinen Stand auf dem Hexenmarkt. Ich habe dich neben ...«

»Ja, ja. Es tut mir leid, Frau Ellis, wir müssen wirklich gehen. Wir sollten die beiden besser aus dem Pub schaffen, bevor er am Ende nicht nur kopflos, sondern auch beinlos ist. Bis morgen.«

Der kopflose Reiter trieb sein Pferd an, das in einem mächtigen Galopp davonritt, während Heathcliff immer noch über seinem Hinterteil hing. Wir holten sie ein, als der Reiter vor dem Laden anhielt.

»Die Cousin-Sache hat's gerade noch mal rausgerissen«, funkelte Heathcliff Morrie an, als er vom Pferd rutschte. »Weißt du, du bist Sokrates unheimlich ähnlich.«

Morrie legte die Hand aufs Herz. »Ich bin der weiseste Mann weit und breit?«

»Nein. Du gehst allen auf die Nerven.«

»Könnt ihr euch entweder ein Zimmer nehmen oder mir mit dieser Leiche helfen?« Jo packte Fiona am Knöchel.

Heathcliff warf sich Fiona über die Schulter und trug sie hinein. Robin erschien auf dem Treppenabsatz, einen Pfeil im Anschlag. »Soll ich ihr einen zwischen die Augen jagen, Mylady?«

»Nein!« Jo warf sich vor Fiona.

»Ich möchte, dass du mir aus dem Weg gehst.« Heathcliff schwang sich die Treppe hinauf. Fiona trat um sich und stieß dabei eines von Quoths Gemälden zu Boden.

Victor steckte seinen Kopf durch die Kellertür. Seine Hose war bis über die Knie nass. »Mina, du bist zurück. Gut, gut. Ich glaube, ich habe jetzt, wo mein Monster zurück ist, alle Probleme gelöst. Hattest du schon Gelegenheit, mit dem Klempner zu sprechen? Hier unten wird es langsam ein bisschen sintflutartig.«

»Nicht jetzt, Victor!« Bücher stürzten auf uns herab, als Fiona ihren Körper gegen die Regale schleuderte. Morrie drückte ihr das Kruzifix auf die Stirn. Sie heulte und krallte sich an seinen Fingern fest, um es von sich zu lösen, aber es hielt sie davon ab, den Laden zu zerstören.

»Bring sie in mein Schlafzimmer«, sagte ich. »Wir brauchen Morries Fesseln.«

Während wir sie in die Wohnung schleppten, trat Fiona ein Loch in die Wand. Heathcliff hielt Fionas Arme fest, während

Morrie sie mit seiner besten Bondage-Ausrüstung am Bett festband. Sie zappelte und ruckte, aber die Fesseln hielten.

»Wenn Dracula sich wirklich von ihr ernährt hat, müssen wir sicherstellen, dass er nicht hereinkommt, um sich noch mehr Blut zu nehmen«, sagte ich. »Ich hätte gerne eine zusätzliche Schutzschicht. Wir müssen diesen Raum vampirfest machen.«

»Zum Glück haben wir noch Vorräte.« Morrie verschwand in der Küche und kam mit einer Schachtel Knoblauch zurück. »Ich wollte diese Woche eigentlich mein berühmtes Knoblauch-Brathähnchen zubereiten, aber wir werden stattdessen einfach Curry bestellen müssen.«

Während die Jungen hin und her rannten, den Raum mit Knoblauchgirlanden schmückten und Kruzifixe ans Fenster klebten, vergrub Jo ihr Gesicht an meiner Schulter. »Ich kann es nicht ertragen, sie so zu sehen.«

»Ich bin sicher, dass alles gut wird. Wir werden einen Weg finden, das, was er ihr angetan hat, rückgängig zu machen.« Aber selbst als ich die Worte aussprach, wusste ich, dass keiner von uns beiden daran glaubte. Wir hatten beide den Roman gelesen. Wir wussten beide, was mit den Opfern geschah, die Draculas Blut tranken. Fiona war von den Toten auferstanden. War sie jetzt ein vollständiges Monster oder war noch ein kleiner Teil ihrer Menschlichkeit übrig?

15

Zwischen Fionas Kreischen, bei dem sich mir der Magen umdreht, und einer Jo, die alle Decken für sich beanspruchte, tat ich in dieser Nacht kaum ein Auge zugetan. Ich liebte meine beste Freundin, aber was ich nicht liebte waren ihre knochigen Ellbogen in meinem Brustkorb. Quoths Bett war viel zu klein für zwei Menschen, die kein Liebespaar waren, aber es war die einzig vernünftige Option. Ich weigerte mich, in Heathcliffs Bett zu schlafen, weil es unmöglich war, unter dem Haufen Müll in seinem Zimmer einen Platz zum Schlafen zu finden, und die Wände in Morries Abstellraum waren so dünn, dass wir die ganze Nacht von Sokrates' philosophischen TikToks wachgehalten worden wären.

Es half auch nicht, dass Quoth wieder nicht nach Hause gekommen war. Ich rief ihn an und schrieb ihm eine SMS, um ihm zu erzählen, was passiert war, und alles, was er tat, war, mir ein GIF von *Buffy – im Bann der Dämonen* zu schicken.

Ich wollte keine süßen Pop Culture-GIFs. Ich wollte meinen Vogel *zu Hause* in meinen Armen halten. Ich wollte, dass er zu Hause sein *wollte*.

Als ich schließlich einschlief, war es zu schnell und zu tief, um einen meiner Dracula-Träume zu erleben. Was auch gut so war. Ich glaubte nicht, dass ich es ertragen hätte, eine weitere Nacht damit zu verbringen, das Blut meiner Freunde oder Liebhaber auf meiner Zunge zu schmecken.

Als ich am Morgen nach Fiona sah, war sie in einen unruhigen Schlaf verfallen. Mein Zimmer roch wie ein italienisches Restaurant.

»Kaffee.« Morrie tauchte neben mir auf und hielt ein Tablett mit einer Unmenge an Pappbechern in der Hand. Er sah nicht so aus, als hätte er viel besser geschlafen.

Ich nahm mir einen Becher. »Schade, dass du mir den nicht intravenös geben kannst.«

Unten packte ich unsere Buchauswahl für unseren Hexenmarktstand zusammen: lustige Kinderbücher wie *Meg und Mog*, einige klassische Horrorromane, gruselige Kurzgeschichtensammlungen, Emily Strange-Romane ... alles, was zum Thema Halloween passte. Ich stapelte eine Kiste in Oscars Wagen, und Morrie half mir, die restlichen Kisten über den Dorfplatz zu tragen. Rundherum bauten die Händler ihre Stände auf, während in der Mitte das riesige Freudenfeuer stand, das erst am letzten Abend des Festivals angezündet würde. Auf dem Holzstapel hatte jemand aus Weidenruten eine grobe Männerfigur gefertigt. Es war leicht beunruhigend, aber das Verbrennen von Weidenfiguren war Teil der britischen Folklore, und ich wusste, dass die gerösteten Marshmallows fantastisch schmecken würden.

Während ich unseren Tisch vorbereitete, flatterte Quoth vom Baum herab und ließ sich in einer der Kisten nieder. »Krächz?«

»Ja, mir geht es gut, danke.« Ich knallte einen Stapel Bücher auf den Tisch. »Warum bist du letzte Nacht nicht nach Hause gekommen? Jo hat dich gebraucht.«

Ich habe dich gebraucht, dachte ich, erinnerte mich dann aber daran, dass er meine Gedanken hören konnte.

Es tut mir leid. Ich dachte wirklich, du wolltest nur, dass ich dir eine SMS schreibe. Professor Sang hat mir diese neue Pinseltechnik gezeigt. Wenn du mich gebeten hättest, nach Hause zu kommen, wäre ich gekommen, aber du hast nicht gefragt. Das stand wahrscheinlich zwischen den Zeilen, aber ich war zu müde und abgelenkt, um es zu bemerken. Es tut mir wirklich leid.

Ich seufzte. Ich konnte Quoth nicht böse sein, vor allem nicht, nachdem er sich so aufrichtig entschuldigt hatte. *Es ist auch meine Schuld. Ich hätte mich klarer ausdrücken sollen. Für zwei Menschen, die telepathisch kommunizieren können, müssen wir echt mal an unseren Kommunikationsfähigkeiten arbeiten.*

Es ist meine Schuld, Mina. Ich bin so müde, dass ich nicht klar denken konnte. Das wird nur noch ein paar Tage so weitergehen, bis zur Eröffnung. Dann wird alles besser, versprochen.

»Ich weiß. Ich liebe dich und bin so stolz auf dich.« Ich hielt die Klappe der Kiste offen. »Warum kommst du nicht zu mir in die Sonne? Ich bin sicher, die Dorfbewohner würden dich gerne sehen.«

Quoth schüttelte den Kopf und vergrub sein Gesicht unter seinem Flügel. *Kann ich nicht einfach hier ein bisschen schlafen? Ich möchte in deiner Nähe sein, aber komme gerade nicht damit klar, falls Leute wieder dieses Gedicht zitieren.*

»Abgemacht.« Ich stellte die Kiste in den Schatten. Oscar kam herübergelaufen, legte sich daneben und spähte zu seinem Freund hinein.

»Wau.«

»Stör Quoth nicht. Er schläft.« Ich tätschelte Oscars Kopf und kehrte zum Aufbau meines Standes zurück. Als ich die Kanten meiner schwarz-orangefarbenen Tischdecken begradigte, drang eine vertraute und furchtbare Stimme an meine Ohren.

»... mit Unterstützung der Geistersuchergesellschaft von Argleton bieten diese einen tragbaren Schutz vor dem Dracula-Killer. Das funktioniert garantiert oder es gibt das Geld zurück ...«

Bei Isis, rette uns alle.

Ich setzte mein bestes, geduldigstes Lächeln auf und drehte mich zum nächsten Stand um. »Mama, was machst du da?«

»Mina!« Mama strahlte, als sie eine Reihe von Kisten auf dem Stand neben meinem aufstellte. »Du bietest doch keine Bibliomantie an, oder? Ich glaube nicht, dass du viel Kundschaft bekommen würdest. Heathcliff hatte recht, das ist im Grunde Quatsch ...«

»Ähm, nein, ich betreibe keine Bibliomantie.« Ich wies Oscar an, mich zu ihrem Tisch zu führen, wo ich bunte Schuhkartons bemerkte, die hinter ihrem Stand gestapelt waren und den Kofferraum ihres Autos füllten. »Ich würde nicht im Traum daran denken, dir Konkurrenz zu machen. Was ist das? Tarotkarten?«

»Wirklich, Mina, ich dachte, du hättest mehr Geschäftssinn. Es wäre doch albern, Karten zu verkaufen, die meine eigenen Dienste überflüssig machen. Ehrlich gesagt, bin ich die ganze Wahrsagerei leid. Niemand will vage Vermutungen über die Zukunft, wenn es einen Mörder in unserer Mitte gibt. Mir wurde klar, dass ich den guten Leuten von Argleton etwas Besonderes anbieten musste, etwas, auf das kein gesetzestreuer Bürger verzichten sollte.« Mama zog das Tuch weg, das das Schild ihres Standes verdeckte, und ich schnappte nach Luft.

HELEN WILDES VAMPIR-VERSCHWINDESETS

»Mama, was …«

»Genial, oder? Du und Morrie habt mich auf die Idee gebracht.« Mama hielt einen Schuhkarton hoch, den sie schwarz lackiert und mit silbernen Sternen und Kreuzen verziert hatte. Sie hob den Deckel an, um mir den Inhalt zu zeigen. Auf einem Bett aus getrockneten Knoblauchzehen lagen ein paar dünne Holzpflöcke, die nicht so aussahen, als könnten sie eine Taube aufspießen, eine kleine Glasflasche mit einem Korken, auf der »Weihwasser« stand, ein paar hölzerne Kruzifix-Ketten und eine silberfarben bemalte Kugel. »Ich war die ganze letzte Nacht auf, um die Kugeln zu besprühen und die Schachteln zu dekorieren. Ich habe alle möglichen Farben und Designs für jeden Geschmack gemacht. Schau mal.« Sie hielt eine Dose hoch, die vollständig mit Katzen beklebt war. »Ist sie nicht süß?«

»Sie ist …« Mir fehlten die Worte. Stattdessen tippte ich auf das Fläschchen mit Wasser. »Woher hast du das Weihwasser?«

Musstest du in eine katholische Kirche einbrechen und musste Quoth sich dabei von Pater O'Sullivan einen Vortrag über

Büßerhemden anhören, um ihn abzulenken, während du aus dem Tabernakel stiehlst?

»Oh, das war einfach. Pater O'Sullivan war mein bester Kunde, als ich noch Diät-Shakes verkauft habe ... oder waren es die Flourish-Pflaster? Jedenfalls musste ich nur die Badewanne füllen, ihn zu Tee und Scones einladen und ihn dazu bringen, die Wanne für mich zu segnen. Ich habe genug Weihwasser, um das ganze Dorf vampirfest zu machen.«

»Du ... hast die Badewanne segnen lassen?«

»Mina, *bitte*.« Mama schob mich zurück zu meinem Stand. »Nicht so laut. Ich möchte nicht, dass meine Konkurrenten meine Geheimnisse erfahren. Sie glauben wahrscheinlich, dass man das Weihwasser aus dem Tabernakel in der Kirche stehlen muss.«

»Aber man darf keine gesegneten Gegenstände verkaufen. Das ist schon seit dem Mittelalter so. Wenn man Weihwasser verkauft, entfernt man den Segen und dann nützt es nichts mehr gegen einen Vampir.«

Mama gab mir noch einen Schubs. »Pater O'Sullivan hat mir von einem Schlupfloch verraten. Technisch gesehen bezahlen meine Kunden für den Behälter, und ich habe keine zusätzlichen Kosten für das Weihwasser berechnet. Jetzt gehst du aber lieber zurück zu deinem Stand. Ich möchte nicht, dass die Leute denken, ich wäre Teil deines verstaubten alten Bücherverkaufs.«

Sie wandte sich ab, um sich mit ihren Vampir-Verschwindesets zu beschäftigen, und ließ mich völlig perplex zurück.

Die nächsten paar Stunden versuchte ich, Mama zu vergessen und mich auf meine Kunden zu konzentrieren. Der Hexenmarkt war ein Riesenerfolg. Es schien, als wäre das ganze Dorf verkleidet hier versammelt, tränke dampfende Cocktails aus kesselförmigen Bechern und kaufe Hexen-Schnickschnack an den Ständen. Ich winkte meiner Freundin Maeve zu, die aus Crookshollow angereist war, um ihrer Freundin Clara bei der Betreuung eines Verkaufsstands für ihren Kristall- und Hexenladen zu helfen.

Allerdings kaufte niemand Bücher. Ein paar Leute blieben stehen, um zu plaudern, aber die meisten interessierten sich mehr für die Halloween-Spiele oder Richards Apfelweinzelt, was ... verständlich war.

Mama hingegen hatte einen regen Betrieb. Die Schlange der Dorfbewohner reichte von ihrem Stand bis zur Hälfte des Marktes. Sie strahlte, als sie Richard einen Schuhkarton überreichte, den sie für ihn mit kleinen Bierflaschen verziert hatte. Sie war ausverkauft, bevor der Morgen durch war und nahm Bestellungen entgegen. Sie versprach jedem, dass sie eine individuelle Box für seine Persönlichkeit erstellen würde.

»Das ist doch nicht zu fassen.« Ich verschränkte die Arme. »Sie verdient Geld mit den Ängsten der Leute. Dracula ist da draußen und tötet Menschen und alles, was meine Mama sieht, sind Pfund-Zeichen.«

»Du bist eifersüchtig.« Heathcliff hatte Morrie die Verantwortung übertragen, die fiktiven Figuren von uns fernzuhalten, und war vorbeigekommen, um mir einen von Olivers Scones und einen dampfenden Kaffee zu bringen. »Die Gestaltung von maßgeschneiderten Vampirjäger-Sets ist die „Mina Wilde"-mäßigste Geschäftsidee, die mir je untergekommen ist.«

Ich boxte ihn in den Arm, aber ich musste zugeben, dass er nicht ganz Unrecht hatte. Mir gefiel nicht, wie Mama sich an den Ängsten der Dorfbewohner bereicherte. Aber im Gegensatz zu buchstäblich jedem anderen Plan, mit dem sie schnell reich werden wollte, war dieser hier tatsächlich irgendwie lustig. Und die Sets waren cool. Sie wären tatsächlich etwas, das ich in Betracht ziehen würde, im Laden zu führen ... wenn das nicht zu gefährlich wäre, um es meiner Mutter vorzuschlagen.

»Mina, beeil dich«, rief Morrie von irgendwo auf der anderen Seite des Marktes. Er klang außer Atem. »Er ist ausgebüchst.«

»Was sagt Morrie da?« Ich beugte mich vor und band meine Schnürsenkel neu.

»Das musst du dir ansehen. Morrie ist mit aufgeknöpftem Hemd nach draußen gerannt.« Heathcliff unterdrückte ein Lachen. Ich wollte nicht aufschauen, denn wenn der Napoleon des Verbrechens *so* nervös war, musste es schlimm sein.

»Hallo, Mina«, rief Frau Ellis. »Dieser nackte Herr möchte mit dir sprechen.«

Ich wagte es, den Kopf zu heben, gerade als Sokrates über den Rand des Freudenfeuers sprang, wobei sein Bettlaken wild herumflatterte. Er schob Marktbesucher aus dem Weg, als er auf mich zustürmte und triumphierend mein Handy in die Luft hielt. »Er hat mich retweetet«, rief er vor Freude. »Peter Jordanson hat mich retweetet.«

»Du solltest doch drinnen bleiben.« Morrie stützte sich auf seine Beine und ließ den Kopf hängen, während er nach Luft rang. »Ich bin nicht für körperliche Anstrengung geschaffen. Deshalb lautet die erste Regel für ein kriminelles Genie auch: Heuere Handlanger an.«

»Mina muss sich das ansehen.« Sokrates hielt mir das Handy unter die Nase, aber er war so aufgeregt, dass er es nicht ruhig halten konnte, damit ich es mir ansehen konnte. »Schau, genau da. Ich habe bereits über 700 neue Follower.«

»Na los, zeig uns diesen Tweet.« Morrie beugte sich vor, um auf das Telefon zu schauen. »Oh, der ist gut. Dem stimme ich zu.«

»Ermuntere ihn nicht auch noch.« Heathcliff funkelte Morrie an. »Was steht da?«

»Wie nennt man einen Dinosaurier, der all meinen Lehren gefolgt ist?« Ich nahm Sokrates das Telefon ab und las den Tweet laut vor. »Einen echten Philosoraptor.«

»Das ist doch wohl kaum ein Witz«, sagte Heathcliff. »Das ergibt nicht einmal Sinn. Und die Pointe ist schwach.«

Sokrates riss mir das Handy aus der Hand und richtete es auf Heathcliff. »Dann sag mir, mein gelehrter Herr, was ist eine Pointe für dich?«

»Eine Pointe ist der lustige Teil am Ende eines Witzes.«

»Ist es eine Pointe, nur weil sie am Ende steht?«

»Ähm, ich denke nicht.« Heathcliff klang misstrauisch, als hätte er das Gefühl, in eine Falle zu tappen. »Es muss etwas Unerwartetes sein. Ich werde dir jetzt nicht *erklären*, was Humor ist …«

»Aber wenn du weißt, dass die Pointe gleich kommt, wie kann sie dann unerwartet sein?«

»Dann kann es wohl bei keinem Witz eine Pointe geben, da die Pointe immer erwartet wird.« Heathcliff verschränkte die Arme. »Bist du jetzt zufrieden?«

»Genau richtig.« Sokrates wedelte mit dem Finger in der Luft. »Gestern Abend kam deine Mutter genau zum selben Schluss, während wir Geschlechtsverkehr hatten.«

Morrie fiel lachend ins Gras. Aus der Kiste hörte ich das *Nyah-nyah-nyah* von Quoths verdorbenem Kichern.

»Hast du …« Ich betrachtete unserem in Laken gehüllten Philosophen mit neu entdecktem Respekt. »Hast du Heathcliff Earnshaw gerade mit einem ‚Deine Mutter‘-Witz erwischt?«

»Jaaaaa.« Sokrates machte einen Siegestanz, bei dem mehrere Mütter die Augen ihrer unschuldigen Kinder zuhielten. »Du wurdest von Sokrates ausgetrickst. Und ich habe alles auf Video. Mach dich bereit, viral zu gehen. Peter Jordanson wird meinen Staub fressen.«

Er führte einen Tanz auf dem Dorfplatz auf und trat mit seinen riesigen Füßen in alle Richtungen aus.

»Beachtet ihn nicht«, rief ich den verstörten Marktbesuchern zu. »Das ist nur ... äh, Heathcliffs Urgroßvater. Ja, Heathcliff hat Familienbesuch aus dem Norden, und die sind alle ein bisschen ... exzentrisch.«

»Sie sind nicht exzentrisch. Sie sind vom Teufel besessen, genau wie er. Ihr alle seid es!«

Ich wirbelte herum und hörte den Klang aufrichtiger Empörung. Ich war nicht überrascht, Dorothy Ingram und die Mitglieder von TEUFEL vor dem Kirchentor stehen zu sehen. Sie starrten finster den Hexenmarkt an, als glaubten sie, dass sich jeden Moment ein Loch in der Erde öffnen und wir alle vom Höllenfeuer verschlungen werden würden.

»Glaubt nicht, dass Gott nicht zusieht«, rief Dorothy und zeigte mit zitterndem Finger auf die fassungslosen Dorfbewohner. Sie trug ihre beste Sonntagskleidung, darunter einen beeindruckenden Hut mit einem Arrangement aus getrockneten Blumen und Früchten. »Er sieht dieses gottlose Fest, das von einer bekannten Hure und ihren Freundinnen veranstaltet wird, die die Geister aus ihrer Ruhe aufschrecken. Er sieht die Buchhandlung mit ihren blasphemischen Büchern und ihrer Buchhändlerin, die sich von nicht weniger als drei Männern begatten lässt. Er sieht den Alkohol, den ihr an seinem Sabbat trinkt, und dieses Götzenbild, das ihr anstelle der Anbetung in seinem Haus errichtet habt. Er sieht alles. Die Sünder werden bestraft ... was ist das für ein Knirschen ... argh!«

Sie wirbelte herum und riss ihren Hut aus dem Maul eines monströsen schwarzen Pferdes, das sich scheinbar aus dem Nichts angeschlichen hatte, um an den Früchten zu knabbern. Auf dem Rücken des Rosses beugte sich ein kopfloser Reiter in schwarzer Kleidung nach unten, um die Mähne des Pferdes zu streicheln.

»Cooles Kostüm!«, rief jemand.

»Darf ich auf deinem Pferd reiten?« Ein Kind versuchte, dem Reiter am Ärmel zu ziehen, aber seine Hand ging direkt durch. »Wow, cooler Effekt.«

Dorothys Gefolgsleute stoben vor Schreck davon, als das Pferd ihr den leckeren Hut von ihrem Kopf riss und die Krempe durchkaute, während Frau Ellis einen unkontrollierbaren Lachanfall bekam. Das war der Tropfen, der das Fass zum Überlaufen brachte, und die nun hutlose Dorothy marschierte auf Frau Ellis zu und fuchtelte mit ihrem Finger vor Frau Ellis' Gesicht herum. »*Du bist es*, die diesen Mörder in unser Dorf gebracht hat, Mabel. Du hast mit deinem dämonischen Fest die Pforten der Hölle geöffnet, um unsere Kirche zu entweihen und unschuldige Frauen zu verfluchen. Und ich werde es beweisen.«

Sie drehte sich auf dem Absatz um und stürmte davon.

Ich lief zu Frau Ellis. »Was für eine schreckliche Frau. Sie versuchen doch nur, dem Dorf nach diesen grausamen Morden ein bisschen unbeschwerten Spaß zu schenken, und sie *wagt es*, Ihnen die Schuld zu geben ...«

»Mach dir keine Sorgen, mein Schatz.« Frau Ellis tätschelte meinen Arm. »Ich habe keine Angst vor Dorothy Ingram.«

Ich dachte an das bedrohliche Zittern in Dorothys Stimme und erinnerte mich daran, wie weit sie das letzte Mal zu gehen bereit war, als sie in ein Verbrechen in diesem Dorf verwickelt gewesen war. »Vielleicht sollten Sie das aber.«

16

Nachdem der Dorfplatz sich geleert hatte und der Großteil des Dorfes zur Party ins Rose & Wimple weitergezogen war, packte ich meinen Stand zusammen. Quoth war gerade weggeflogen, als die Sonne unterzugehen begann, und hatte gekrächzt, dass er mich im Laden wiedersehen würde. Ich freute mich darauf, wieder mit ihm zu sprechen und zu versuchen, etwas von unserem Vertrauen wieder aufzubauen. Ich schaffte es, alle restlichen Bücher in eine Kiste und Oscars Wagen zu packen, aber die Bücher waren trotzdem schwer, und wir kehrten nur schleichend nach Nevermore zurück.

Als ich an Draculas Haus vorbeikam, schauderte es mich unwillkürlich. Der Ort hatte eine so *starke Ausstrahlung* von bedrückender Gefahr, dass ich nicht wusste, wie Dorothy Ingram noch nicht auf die Idee gekommen war, die Tür einzutreten und den Grafen auszutreiben.

»Ich bin wieder da«, rief ich, als wir den Laden betraten. »Wie geht es unserer Patientin?«

»Hä?« Sokrates beugte sich um die Flugzeugregale herum und drehte sein Ohr in meine Richtung.

»WIE GEHT ES FIONA?«

Sokrates sah mich besorgt an. »Warum bei Zeus' Hoden willst du nach Mazedonien? Ein übler, schmuddeliger Ort.«

»Ich will nicht nach Mazedonien! Ich will etwas über …« Ich winkte ab, als ich ein Krachen im Stockwerk über uns hörte. »Schon gut.«

Ich hängte Oscars Geschirr auf und stieg die Treppe hinauf. Ich zuckte zusammen, als es erneut laut krachte, gefolgt von einem ohrenbetäubenden Heulen.

Droll kam mir oben an der Treppe entgegen. »Bist du sicher, dass du mein Angebot nicht annehmen willst, sie in einen Esel zu verwandeln?«

»Noch nicht, danke.« Ich stieß die Tür zu unseren Privatgemächern auf und schlug sie Droll vor der Nase zu, bevor er einen drastischeren Zauberspruch vorschlagen konnte, den ich tatsächlich in Betracht ziehen könnte.

In unserer Wohnung war der Lärm ohrenbetäubend. Fionas Schreie ließen die Wände erzittern. Oscar wimmerte, ließ sich auf den Teppich fallen und hielt sich die Ohren mit den Pfoten zu. Grimalkin saß kerzengerade vor dem Feuer, und als ich meinen Mantel fallen ließ, verwandelte sie sich augenblicklich in ihre menschliche Gestalt, um mich finster anzustarren.

»Wie soll ich bei diesem Lärm die 27 Stunden Schlaf bekommen, die für eine gesunde Katze empfohlen werden?« Sie warf einen beiläufigen Blick auf ihre Nägel, die bis in die Spitzen perfekt maniürt waren. »Wenn das so weitergeht, habe ich keine andere Wahl, als ihr die Augen auszukratzen, damit sie einen Grund zum Weinen hat.«

»Das wirst du nicht tun«, warnte ich sie. »Wir müssen nur herausfinden, wie wir rückgängig machen können, was Dracula ihr angetan hat, und dann können wir sie befreien. Warum machst du dich nicht nützlich und schleichst dich in Jenna

Mclareys altes Haus, um herauszufinden, warum sie einen Vorrat an rumänischem Dreck hatte?«

»Und mich dem Schleimbeutel eines Ehemanns aussetzen? Nein danke.« Grimalkin leckte sich die Finger und rieb sich dann das Ohr. »Ich habe ihn im Pub auf einer meiner nächtlichen Streifzüge kennengelernt. Er war so damit beschäftigt gewesen, eine schöne junge Frau anzubaggern, dass er nicht einmal bemerkt hat, wie ich den Schaum von seinem Bier geleckt habe. Aber wenn sie auch nur mit einem anderen Mann gesprochen hat, ist er wie ein eifersüchtiger Kater in Rage geraten.«

»Danke für diese unnütze Information. Und jetzt geh.« Ich zeigte zur Tür. Grimalkin schmollte, verwandelte sich aber wieder in eine Katze und stolzierte mit hoch erhobenem Schwanz zur Tür hinaus.

Ich streckte meinen Kopf ins Schlafzimmer und atmete eine Wolke aus Knoblauchdämpfen ein. Heathcliff saß auf dem Stuhl neben dem Bett, die Nase in einem Buch, während Fiona sich wand und gegen ihre Fesseln schlug. Ich hielt mir die Ohren zu, um ihr Wehklagen auszublenden. »Wie kannst du nur den Lärm ertragen?«

Heathcliff knallte das Buch zu. »Ich habe jahrelang das unaufhörliche Geschwätz der Kunden ertragen.«

»Heute Morgen war sie noch nicht so laut.«

»Wir vermuten, dass sie mit der Zeit eine Toleranz gegenüber dem Knoblauch entwickelt hat. Wir haben versucht, mehr zu bekommen, aber deine Mutter hat den ganzen frischen Knoblauch im Markt gekauft. Ich habe Morrie nach Barchester geschickt, um zu sehen, ob er im Sainsbury's etwas finden kann.«

Er stand auf und breitete die Arme aus. Ich ließ mich in sie fallen, legte meinen Kopf auf das Revers seines dicken Mantels und atmete den würzigen Moschusduft ein, der mit dem Duft von Torf und dem frischen Moos der Moore, die Heathcliff Earnshaw ausmachten, durchsetzt war. »Was sollen wir nur tun?«

»Wir könnten den Laden für ein paar Tage schließen. Wenn jemand fragt, sag, wir hätten eine Heimsuchung durch Todesfeen gehabt.« Heathcliff zuckte zusammen, als Fiona einen besonders hohen Schrei ausstieß.

»Wir können es uns nicht leisten, so viel Geschäft zu verlieren. Außerdem werden die Geistersucher in zwei Nächten hier sein.«

»Du könntest ihnen einfach sagen, dass sie nicht kommen sollen?« Heathcliff klang hoffnungsvoll.

»Hast du Frau Ellis schon mal gesagt, dass sie etwas nicht tun soll? Und was ist mit meiner Mutter?« Ich vergrub mein Gesicht tiefer in seiner Jacke und wünschte, ich könnte in ihn hineinkriechen und mich für immer verstecken. »Wo ist Quoth? Er meinte, er würde mich hier treffen.«

Heathcliff grunzte.

Das war alles, was ich hören musste. Widerwillig zog ich mich zurück, drehte mich auf dem Absatz um und stapfte zurück ins Wohnzimmer.

»Mina, was machst du da?«

Ich griff nach meinem Mantel und winkte Oscar heran. »Ich gehe zu Quoth.«

»Ich komme mit.«

»Das geht nicht. Jemand muss hierbleiben und auf Fiona aufpassen.«

»Lass Robin das machen. Dieser nervige kleine Schwätzer will unbedingt eine Aufgabe haben und wäre für alles dankbar, um Droll zu entkommen. Diese verflixte Elfe hat seinen Bogen in eine Banane verwandelt.«

Ich musste unwillkürlich lächeln. Heathcliff knurrte. »Das ist nicht lustig. Er hat auch meinen Lieblingswhisky in saure

Milch verwandelt und trotz all meiner Drohungen hat er ihn noch nicht in seinen früheren, köstlicheren Zustand zurückverwandelt.«

Nachdem Robin als Fionas Aufpasser eingesetzt worden war, gingen wir nach draußen, um eine Mitfahrgelegenheit zu nehmen. Als wir über den Dorfplatz zu unserem Fahrer gingen, bemerkte ich eine Gruppe von Menschen, die sich am Rande des Kirchhofs versammelt hatten und mit gesenkten Köpfen flüsternd miteinander redeten. Ich warf Heathcliff einen Blick zu. »Wer ist das?«

»Dorothy Ingram und die Mitglieder von TEUFEL. Ich frage mich, was sie planen.«

»Zweifellos weitere Unterbrechungen des Festivals.« Ich wies Oscar an, auf den Rücksitz des Ubers zu klettern. Als der Fahrer meinen Hund sah, schlug er jedoch die Tür zu. »Keine Tiere im Auto.«

»Er ist ein Assistenztier und Sie sind gesetzlich verpflichtet ...«

»KEINE TIERE.« Der Fahrer raste so schnell davon, dass die Reifen durchdrehten.

Diese frustrierende Situation kam oft genug vor, dass ich darüber nachdachte, Morrie zu zwingen, seinen Führerschein zu machen, damit wir ein eigenes Auto haben konnten. Die meisten Mitfahrgelegenheitsfahrer kannten die Gesetze zu Assistenztieren nicht und wollten keine Hundehaare in ihren Autos haben. Es gab ein paar örtliche Fahrer, die mich kannten und Oscar gerne mitnahmen, aber mit der App konnte man nicht immer garantieren, wen man bekam. Nur ein weiteres total lustiges Beispiel dafür, dass etwas, das eigentlich einfach sein sollte, für einen blinden Menschen nicht wegen seiner Sehkraft, sondern wegen der Gesellschaft erschwert wurde.

Unnötig zu erwähnen, dass ich ziemlich genervt war, als wir endlich einen Fahrer gefunden hatten, der Oscar mitnahm und uns an Quoths Schule absetzte. Als wir aus dem Auto stiegen, hörte ich das aufgeregte Winseln eines anderen Hundes. Im Licht der Scheinwerfer eines Taxis stand eine Frau, die ihren eigenen Blindenhund hatte. Ich eilte zu ihr hinüber.

»Marjorie, hallo. Ich bin Allans Freundin Mina Wilde und das ist mein neuer Blindenführhund Oscar.«

»Oscar? Oh, Mina, ich freue mich so, dass du jetzt deinen eigenen Hund hast.« Wir verbrachten ein paar Minuten damit, die Hunde einander vorzustellen und sie aneinander schnuppern zu lassen, dann fragte ich Marjorie, ob sie mir das Studio zeigen könnte, in dem Quoth arbeitete.

Ihr Gesicht verzog sich vor Sorge. »Allan ist nicht hier. Ich habe gerade erst mein Büro verlassen und die Ateliers überprüft, bevor ich abgeschlossen habe.«

»Hat er einen eigenen Schlüssel? Er hat in letzter Zeit oft bis sehr spät im Atelier gearbeitet und die ganze Nacht durchgemacht, um sich auf die Ausstellung vorzubereiten.«

Sie schüttelte den Kopf. »Das ist nicht möglich. Wir geben keine Schlüssel an Studenten aus und erlauben ihnen nicht, sich nach 20 Uhr in den Ateliers aufzuhalten. Das gehört zu unseren Sicherheitsbestimmungen. Er könnte ein privates Atelier gemietet haben. Einige der Studenten tun das, wenn sie nach Feierabend einen großen Raum zum Arbeiten an ihren Werken benötigen.«

»Oh, okay. Danke.« Ich sah ihr nach, als sie in ihr Taxi stieg und davonfuhr, während mein Herz in meiner Brust hämmerte. Quoth hatte mir erzählt, dass er jeden Abend im Kunststudio war, aber er war nicht hier. Er war *nie* hier gewesen.

Was zur Hölle treibt Quoth?

17

Quoth kam auch in dieser Nacht nicht nach Hause. Ich schickte ihm mehrere SMS und bat ihn, mich zu wecken, wenn er nach Hause kam, damit wir reden konnten. Aber ich konnte nicht schlafen. Ein Grund dafür war, dass ich keinen weiteren von Draculas Träumen haben wollte, aber die Anwesenheit des Grafen drängte sich mir trotzdem von allen Seiten auf und erinnerte mich daran, dass auf der anderen Straßenseite ein Mann lauerte, der jedem, den ich liebte, etwas antun konnte.

Aber als ich die im Dunkeln leuchtenden Sterne und Vögel an Quoths Decke beobachtete, deren Lichter bunte Kringel vor meinen Augen tanzen ließen, machte mich verrückt, der Versuch, Quoths Lügen zu verstehen, verrückt. Er hatte mich noch nie angelogen, *niemals*. Ich wusste nicht einmal, dass er überhaupt lügen konnte.

Aber er konnte es. Und er tat es.

Und es tat weh. Es tat mehr weh, als eine Wunde, die nicht von einem Messer oder einer Waffe rührte, jemals wehtun sollte. Es schmerzte so sehr, als würde seine Lüge mir die Haut abziehen. Es ließ mich an jedem schönen Moment zweifeln, den wir je geteilt hatten, an jedem Kuss, den er so andächtig auf meine Lippen gehaucht hatte, an jedem traurigen und schönen Wort, das er je zu mir gesagt hatte.

Tränen liefen mir über die Wangen. Es war mir sogar egal, wo er war. Es war nicht länger wichtig. Ich dachte, wir hätten etwas Besonderes gehabt. Ich dachte, wir wären Seelenverwandte. Aber wenn er mich trotz allem belügen konnte, dann wusste ich nicht, was ich glauben sollte.

Als Quoth schließlich durch das Fenster flatterte, fielen die ersten gesprenkelten Sonnenstrahlen durch die Bäume. Ich schrak auf und meine Fäuste ballten sich vor unterdrückter Emotion. »Wo warst du?«

Er hüpfte aufs Bett und verwandelte sich in seine menschliche Gestalt. Ich schaltete das Licht ein. Ich wollte sein Gesicht sehen, wenn ich ihn zur Rede stellte. Er blickte durch einen Vorhang aus schimmerndem Haar zu mir auf. Seine feuerumringten Augen wirkten eingefallen und blutunterlaufen. Er brauchte Schlaf.

Tja, Pech gehabt. Ich brauchte Antworten.

Quoth wollte meine Hand nehmen, aber ich entriss sie ihm. »Ich bin gestern Abend zur Schule gefahren, um dich zu sehen, aber sie war abgeschlossen, aber ich habe auf dem Parkplatz mit Marjorie gesprochen. Sie sagte, du hättest noch nie bis spät in die Nacht in der Schule gearbeitet. Nach 20 Uhr dürfen sich nämlich keine Schüler mehr auf dem Campus aufhalten. Wo bist du also all diese Nächte hingegangen?«

Quoths Augenlider flatterten. Er presste die Lippen zusammen und seine Gesichtszüge spiegelten so viel Traurigkeit und Bedauern wider, dass ich fast dahinschmolz. »Es tut mir leid«, flüsterte er.

»Es braucht dir nicht leid tun. Für eine Entschuldigung ist es längst zu spät. Ich will eine Erklärung. Wo *warst* du? Ist es ein anderes Mädchen? Eine andere ... Familie? Du hättest nicht so gelogen, es sei denn ...« Mir wurde erst klar, wie viel Angst mir die Worte machten, als sie schon aus meinem Mund waren.

Er schüttelte den Kopf. »Nein, nein, ich würde dich nie betrügen, weder mit einem Menschen noch mit einem Vogel. Professor Sang hat mir einen Ort gemietet, damit ich die zusätzlichen Stunden nutzen kann, um die Stücke fertigzustellen. Ich habe es dir nicht gesagt, weil ... es mir peinlich war, dass er das für mich bezahlt. Ich wusste, dass du es seltsam finden würdest, und ich wollte dich nicht um Geld dafür bitten, wo der Laden doch in Schwierigkeiten steckt ...«

»Du hättest fragen *sollen*. Wir hätten eine Lösung gefunden. Ganz zu schweigen davon, wie gefährlich es ist, zu sagen, dass du in der Schule bist, wenn du eigentlich ganz woanders bist. Was wäre, wenn heute Nacht ein Notfall gewesen wäre und ich versucht hätte, dich zu finden, aber du nicht da gewesen wärst? Und es *ist* seltsam, dass dieser Professor einfach so für deinen Atelierraum bezahlt. Wenn du nach Feierabend einen Arbeitsplatz brauchst, warum kannst du es nicht einfach mit nach Hause nehmen? Dann wüsste ich wenigstens, wo du bist, und müsste mir nicht solche Sorgen um dich machen.«

Quoth nickte in Richtung Treppe, wo Fionas klagender Wehschrei durch den Dachboden hallte, begleitet von Heathcliffs und Morries Gezänk und gelegentlichen Schlägen und Schreien, die ... absolut alles bedeuten konnten, jetzt, wo Droll hier wohnte.

»Okay, gut. Ich verstehe schon. Hier herrscht das reinste Chaos. Aber du hast mich *angelogen*.« Ich unterdrückte das Schluchzen, das mich zu überwältigen drohte. »Wie soll ich je noch irgendetwas glauben, was du sagst?«

Quoths Unterlippe zitterte. »Mina, ich ...«

Ich hob meine Hand. »Ich kann mich jetzt nicht darum kümmern. Ich muss mir um Dracula Sorgen machen. Fiona ist unten. Jo ist völlig durcheinander. Jeden Tag tauchen neue fiktive Charaktere auf. Ein Haufen Okkultisten kommt morgen zu einem Vortrag und Heathcliff und Morrie sind ... Heathcliff und Morrie. Ich hätte nicht gedacht, dass ich das alleine überstehen muss, aber du hast mehr als deutlich gemacht, wo du stehst. Also geh, Quoth. Geh einfach *weg*.«

Er sagte nichts. Seine Schultern zitterten, als er den Kopf senkte und sich in seine eigenen Gedanken zurückzog, um sich vor der Schärfe meiner Stimme zu schützen, aber er bewegte sich nicht vom Bett weg. Ich schnappte mir meine Kleidung vom Boden und stürmte zur Tür. Ich hasste es, ihm wehzutun. Ich hasste jeden Schritt, mit dem ich mich von ihm entfernte, aber er musste wissen, dass er auch mir wehgetan hatte.

»Entschuldigung.« Eine weißhaarige Dame starrte mich finster an. Sie kam mir vage bekannt vor, obwohl ich mir sicher war, dass ich noch nie jemanden bedient hatte, der so wütend aussah. »Ich möchte dieses Buch zurückgeben. Und ich verlange eine Rückerstattung plus eine zusätzliche Entschädigung für die entstandenen Schäden. Tatsächlich werde ich Sie wegen seelischer Grausamkeit verklagen.«

»Ähm, sicher, das können Sie natürlich versuchen. Wo liegt denn das Problem?« Ich warf einen Blick auf das Buch der North Staffordshire Eisenbahn, das für mich völlig in Ordnung aussah.

»Ich habe dieses Buch als Geschenk zum Ruhestand für meinen Mann gekauft. Aber sehen Sie sich den Dreck an, den ich darin gefunden habe.« Sie schlug den Einband auf und warf das Buch auf die Theke, als würde sie sich die Finger verbrennen, wenn sie es noch länger in der Hand halten würde.

Ich beugte mich vor, um zu sehen, worüber sie sich so aufregte. Ich schluckte, als die Bilder sichtbar wurden. Anstelle von malerischen Fotos von LMS-Schienenfahrzeugen wurden mir Holzschnitte von nackten Frauen präsentiert, die in den *akrobatischsten* Stellungen miteinander verschlungen waren.

»Mein Mann musste diesen *Schmutz* vor all seinen Freunden öffnen«, schrie sie. »Was müssen die jetzt von uns denken? Pater O'Sullivan war da und ist direkt in die Custard Creams gefallen. Sie haben die Ruhestandsfeier meines Mannes ruiniert und ich *verlange* eine Entschädigung.«

Oh nein. Bertie musste vergessen haben, die Umschläge wieder zurückzutauschen. »Natürlich. Das Missverständnis tut mir sehr leid. Wenn Sie einen Moment warten, kann ich das eigentliche Buchinnere für Sie finden ...«

Ich griff nach dem beanstandeten Band, aber sie entriss ihn mir. »Ich werde nicht zulassen, dass Sie andere Unschuldige dieser Erniedrigung aussetzen. Ich werde dieses Buch Dorothy Ingram geben und sie wird es zusammen mit den anderen verbrennen.«

»Welchen anderen?«, rief ich aus, aber die Frau stapfte bereits zur Tür und rannte Jo in ihrer Eile, meiner verdorbenen Anwesenheit zu entkommen, fast um.

»Was war denn ihr Problem?« Jo reichte mir eine Sausage Roll zum Frühstück. »Hat sie den Fehler gemacht, den Raben zu zitieren?«

Ich erzählte Jo, was Bertie getan hatte. Sie verschluckte sich vor Lachen fast an ihrem Kaffee. »Von deinen Kunden zu hören, macht mich immer glücklich. Meine sind so ruhig und wohlerzogen. Naja, bis auf Fiona ...«

Sie verstummte und ihr Blick wanderte zur Decke, wo Fionas Schreie von oben herabtönten. Jo versteifte sich.

»Es tut mir leid.« Ich drückte ihre Schulter. »Zumindest ist sie hier sicher. Wir erzählen den Kunden, dass es ein gruseliger Halloween-Soundtrack ist.«

»Richtig.« Jo schluckte. »Bist du bereit für eine kleine Tatort-Nachstellung?«

»Ich brauche etwas mehr Kontext.«

Jo hielt einen Stapel Papiere hoch. »Ich habe hier den unrechtmäßig in meine Hände gewanderten Polizeibericht über den Mord an Jenna Mclarey. Er enthält eine Karte mit dem genauen Fundort der Leiche sowie den Bericht der Spurensicherung und die Aussagen aus den Polizeiverhören. Alle Freundinnen von Jenna sagen, dass ihr Ehemann Connor ein Widerling war, der es mit jeder von ihnen mindestens einmal versucht hat, aber dass er äußerst eifersüchtig war, wenn sie einmal mit anderen Männern sprach. Klingt nach einem echt duften Kerl, auch wenn uns das nicht viel weiterhilft. Aber *das hier* tut es.« Jo zog ein Blatt Papier hervor und wedelte damit vor mir herum. »Ich dachte, wir könnten heute Abend mit dieser praktischen Tatortkarte zum Friedhof gehen und sehen, ob uns irgendwelche genialen Ideen kommen.«

»Liebend gerne, aber vielleicht solltest du stattdessen Morrie mitnehmen. Du weißt, dass ich nachts nicht so gut sehe und ...«

»Unsinn. Mina, wenn ich dabei bin, mitten in der Nacht auf einem Friedhof herumzuschleichen und zu versuchen, einen Vampir zu jagen, dann will ich meine beste Freundin an meiner Seite haben.« Jo grinste. »Ich hole dich nach Ladenschluss ab. Zieh deinen besten Catsuit an, und dann werden wir ja sehen, ob wir diese Maus fangen können.«

18

»... Sieben, acht, neun ... hier ist es.« Jo blieb stehen. »Hier wurde Jenna getötet.«

Ich nahm meine Hand von Jos Arm und beugte mich hinunter, um das Grab zu inspizieren. Ich musste meine Nase gegen den kalten Stein drücken und mein Handy direkt neben mein Gesicht halten, um den Namen zu lesen:

GEORGE HACKSTONE
ICH KAM OHNE ABSPRACHE UND GEHE OHNE
ZUSTIMMUNG.

»Klingt, als wäre der alte George der Mittelpunkt jeder Party gewesen. Nicht mit ihr verwandt?«

»Nicht, soweit ich das beurteilen kann«, sagte Jo. »Ich glaube nicht, dass es eine Rolle spielt, dass die Leiche an diesem Grab gelegen hat. Jennas Mord war nicht wie die anderen. Sie wurde zuerst getötet, danach hat er ihr Blut getrunken. Der Dreckskerl hat auch einiges auf dem Rasen hinterlassen.«

»Was?« Ich stand auf und klopfte mir den Staub von den

Händen. Oscar schnüffelte am Grabstein. »Das stand aber nicht in der Zeitung.«

»Bei Serienmördern versuchen wir, bestimmte Informationen zurückzuhalten. Manchmal wollen wir nicht, dass der Mörder weiß, was wir wissen.«

»Also ist sie nicht an Blutverlust gestorben?«

»Nein. Sie wurde durch einen Schlag auf den Hinterkopf getötet; mit einem stumpfen, flachen Gegenstand. Hier an der Ecke war ein Blutfleck.« Jo tippte mit dem Fingernagel auf den Stein. »Die Polizei hat angenommen, dass der Mörder sie gestoßen hat und sie sich den Kopf angeschlagen hat. Das ist zwar im Bereich des Möglichen, aber ...«

»Aber nicht, wenn Dracula unser Mörder ist.« So arbeitete er nicht. Dracula kontrollierte die Leute. Er war stolz auf seine Fähigkeiten, die Gedanken der Menschen zu manipulieren. Er schubste keine Leute auf Friedhöfen herum.

»Genau. Und es gab noch ein paar andere seltsame Dinge. Sie war extrem aufgedonnert: 15-cm-Absätze, rotes Kleid, sexy Spitzenhöschen. Definitiv nicht die übliche Kleidung für nächtliche Friedhofsbesuche. Ich würde sagen, sie war mit amourösen Absichten gekommen, um jemanden zu treffen.«

Ich erinnerte mich an etwas, das eine der Damen von TEUFEL gesagt hatte. »Glaubst du, sie könnte die Frau gewesen sein, die sich zwischen den Grabsteinen ,vergnügt' hat? Vielleicht hat Dracula sie verführt und sie überredet, ihn dort mit dem Dreck zu treffen? Aber das verrät uns immer noch nicht, woher sie ihren Dreck hat oder wie der Behälter aussehen könnte ...«

Ich verstummte, als ich bemerkte, dass Jo mit gerunzelter Stirn über meine Schulter spähte. »Mina, schau mal.«

Ich drehte mich um und versuchte, mich auf den Lichtstrahl ihrer Taschenlampe zu konzentrieren, aber natürlich konnte ich nicht erkennen, was ihr aufgefallen war. Ich legte meine Hand wieder auf ihren Ellbogen, und sie führte mich und Oscar zu einem niedrigen Gebäude, vermutlich der Wartungsschuppen. Neben der Tür stapelte sich ein Haufen altes Holz. Jo bückte sich und begann, die Bretter zu sortieren. Sie hielt eines hoch.

»Ich kann nicht glauben, dass Hayes und Wilson hier nicht gesucht haben.« Sie deutete auf das Ende des Holzes. Alles, was ich sehen konnte, waren ein paar verbogene Nägel, die aus dem Ende herausragten. Jo stieß mit dem Daumen gegen das Holz. »Ich werde das zur Überprüfung ins Labor bringen, aber ich würde meine signierte Black-Sabbath-Platte darauf verwetten, dass dieser dunkle Fleck hier ein Blutfleck ist und ich die Mordwaffe in der Hand halte.«

19

Quoth sprang mir in dem Moment auf die Schulter, als Jo und ich durch die Eingangstür stapften. *Ich habe dir eine heiße Schokolade gemacht. Sie steht oben auf dem Herd.*

Ich wusste, dass er sich entschuldigen wollte, aber es war meine x-te späte Nacht in Folge und ich hatte nicht die Kraft, mich jetzt mit ihm über meine Gefühle auszulassen. Ich verbarg meine Gedanken, als ich die Treppe hinaufstapfte. Fionas Knallen und Kreischen drang aus meinem Schlafzimmer, und Victor stapfte durch den Laden und hinterließ eine feuchte Spur im Teppich, während er über den unterdurchschnittlichen Service unseres örtlichen Handwerkers murrte, der immer noch nicht aufgetaucht war. Jo rannte vor mir ins Haus, begierig darauf, sich an Fionas Seite zu setzen. Ich musste dringend pinkeln und brauchte einen starken Drink, der keine bittere Entschuldigungsschokolade war.

Mina, bitte rede mit mir. Quoth flatterte hinter mir die Treppe hinauf. *Ich will ...*

»Ich schlafe heute Nacht bei Morrie«, schnappte ich und schlug ihm die Badezimmertür vor der Nase zu.

AM NÄCHSTEN TAG machte sich Jo früh auf den Weg zur Arbeit, um das Blut auf dem Holzbrett zu untersuchen, das wir auf dem Friedhof gefunden hatten. Heathcliff hatte Frau Ellis versprochen, beim heutigen Halloween-Bastelmarathon im Gemeinschaftsraum des Dorfes für Sicherheit zu sorgen, nur für den Fall, dass TEUFEL irgendeine Sabotage plante. Sokrates hatte Morrie überredet, in einem Video mitzuspielen, in dem die sokratische Methode demonstriert wurde, und mein Meisterverbrecher hatte noch nie der Gelegenheit widerstehen können, seine geistigen Fähigkeiten unter Beweis zu stellen, also filmten sie oben, während Robin seine Fertigkeiten in Schuss hielt, indem er auf einige alte Bücher schoss, die er entlang des Treppenhauses aufgereiht hatte. Droll stand dabei hinter Robin und schnippte mit den Fingern, um die Bücher Ringelreihen spielen zu lassen, sodass Robins Pfeile immer daneben flogen. Wenn Droll nicht aufpasste, würde er von Pfeilen durchlöchert werden wie die Shakespeare Version vom Heiligen Sebastian.

Der Laden war heute herrlich leer. Alle im Dorf waren drüben beim Bastelmarathon. Ich verbrachte ein wenig Zeit damit, durch Jenna Mclareys Social-Media-Konten zu scrollen, auf der Suche nach einer möglichen Verbindung zu Rumänien oder Dreck, wurde aber nicht fündig. Die tote Frau lächelte mich von jedem Foto an und erinnerte mich daran, dass nicht zulassen durfte, dass ihr Tod ungesühnt blieb. Irgendetwas an unserem Friedhofsbesuch gestern Abend ließ mir keine Ruhe, aber ich konnte den Finger nicht drauf legen, was es war.

Ich wusste, dass es keinen Sinn hatte, nach der Nadel im Heuhaufen zu suchen. Unsere beste Chance auf einen Hinweis würde sich aus Jos Analyse der Mordwaffe ergeben. Ich schaltete Facebook aus und öffnete eine geheime Datei.

Mein Roman.

Es war eine fiktionale Darstellung des ersten Mordes, den ich aufgeklärt hatte, meine Ex-beste Freundin Ashley Greer, und die Begegnung mit den Jungs. Ich hatte, wann immer ich Zeit dafür fand, heimlich daran gearbeitet. Ich hatte den Jungs immer noch nicht erzählt, dass ich daran schrieb, auch wenn ich nicht wusste, warum. Ich vermutete … dass ich das vorerst nur für mich selbst haben wollte. Ich hatte vorgehabt, es zuerst Quoth zu erzählen. Er, das wusste ich, würde es verstehen. Er mochte es nicht, wenn ich seine Arbeit sah, bevor sie fertig war, aber er liebte es, mit mir über seine Bilder zu sprechen, über seinen Schaffensprozess, seine Entscheidungen für Komposition, Medium und Farben, seine existenzielle Angst, wenn die Dinge nicht nach seinem Plan liefen. Zumindest, als ich noch mit ihm geredet hatte.

Im Moment hatte ich Quoth gar nichts mehr sagen.

Meine Finger verharrten über den Tasten. Ich klickte auf die Schaltfläche, um meine Worte noch einmal zu hören. In der Stille der verlassenen Buchhandlung, umgeben von den Werken all meiner Lieblingsautoren, klang alles, was ich schrieb, schrecklich. Klischeehaft. Durchsetzt mit Fehlern, Tautologien und blöden Adverbien.

Ich beugte mich über den Schreibtisch und stützte den Kopf in die Hände. *Wem mache ich hier etwas vor? Ich bin eine Buchhändlerin, keine Buchautorin.*

Wer hätte gedacht, dass es so viel schwieriger ist, über Morde zu schreiben, als sie aufzuklären?

Aber dann fiel mir ein, dass es mir in Bezug auf Mode so ähnlich ging. Immer wenn ich ein Kleidungsstück entwarf, begann ich mit einer Idee, die mich begeisterte, aber sobald ich das Muster entwarf und mit dem Zuschneiden begann, überkam mich eine Welle existenzieller Angst. Ich spürte in meinen Knochen, dass ich dabei war, einen schrecklichen

Fehler zu machen, aber in der Schule und bei der Arbeit für Marcus hatte ich gelernt, dass ich diese Angst überwinden musste, bis ich meine Vision aus dem Chaos auftauchen sah.

Die einzige Lösung war, durchzuhalten.

Ich legte meine Finger wieder auf die Tasten. *Du kannst das, Mina. Du hast diese Geschichte selbst erlebt. Schreib einfach auf, was passiert ist. Später kannst du alles in Ordnung bringen.*

Ich holte tief Luft und erinnerte mich an den ersten Tag, an dem ich den Nevermore Bookshop betreten hatte. Der Geruch staubiger Regale und ledergebundener Seiten und Heathcliffs torfiger, würziger Duft. Quoths Stimme war in meinen Geist gedrungen, als wäre er schon immer ein Teil von mir gewesen. Meine Finger flogen über die Tasten und mein Herz schlug höher, als die Worte aus mir herausströmten ... bis der Computer ein trotziges *PLOPP* von sich gab und sich abschaltete.

Alle Lampen im Laden flackerten und erloschen.

»Victor!«, schrie ich.

Einen Augenblick später öffnete sich die Kellertür und Victor Frankenstein *schmatz-schmatz-schmatzte* über den Teppich. »Du hast gerufen?«

»Wegen dir ist die Sicherung rausgesprungen.«

»Sieht so aus.« Er warf einen Blick auf den dunklen Computerbildschirm und mein Handy, auf dem meine Notizen-App geöffnet war. »Ich hoffe, du hast nichts Wichtiges verloren.«

»Nur meinen Roman.« Ich seufzte. »Ist schon gut. Er war sowieso nicht zu gebrauchen.«

»Sag so etwas nicht. Glaubst du, ich wäre heute da, wo ich bin, wenn ich beim ersten Versuch, ein Monster aus den Teilen toter Menschen zusammenzunähen, aufgehört hätte?« Victor klopfte sich stolz auf die Brust. »Wenn ich aufgegeben hätte, wäre ich heute nicht Victor Frankenstein, der am meisten gefeierte Arzt der Literatur.«

»Ähm, ja, ich bin mir nicht sicher, ob *gefeiert* das richtige Wort ist ...«

»Mina, du kannst nicht jedes Mal aufgeben, wenn die Antworten sich nicht perfekt fügen. Kunst funktioniert so nicht. Kunst ist wie der menschliche Körper. Sie beginnt mit einem Skelett, das alles zusammenhält. Kümmere dich nicht um die Haut, Organe und Knorpel, bevor du nicht die Knochen richtig zusammengefügt hast.«

»Das ist ... überraschend hilfreich, danke.«

»Gern geschehen.« Victor ließ eiskaltes Wasser über die Tastatur laufen. »Also, kannst du mir jetzt den Strom wieder anschalten?«

»Das hoffe ich doch. Wir brauchen ihn, um den Laden zu betreiben und mein Glätteeisen mit Strom zu versorgen.« Ich ergriff mein Telefon. »Ich rufe Handy Andy an.«

»Bitte tu das und erinnere ihn daran, die Wasserleitungen zu reparieren, wenn er schon mal da ist. Im Keller wird es immer feuchter.« Er hielt sein Bein hoch. Ich konnte den Stoff nicht sehen, aber ich hörte das *Schmatzen* von durchnässtem Stoff. »Und manchmal habe ich das Gefühl, dass ich im Wasser ... Dinge sehe. Es könnte gefährlich sein da unten ...«

»Hey, Mina! Bist du hier? Alle Lampen sind ausgegangen ... *aua.*«

Ich benutzte die Taschenlampenfunktion meines Handys und leuchtete damit in den Eingang. »Jo. Ja, wir haben ein kleines Problem mit dem Strom.«

»Das kann man wohl laut sagen«, rief eine genervte Stimme von der Treppe. »Wir haben ein Facebook-Live-Video gedreht und plötzlich sind alle Lichter ausgegangen.«

»Hallo, Sokrates.« Jo ließ ihre Faust im Vorbeigehen gegen die des griechischen Philosophen stoßen. »Ich habe gesehen, dass Peter Jordanson dich in seinem neuesten Video erwähnt hat. Echt stark.«

»Du hast gerade mit dem Vater der Philosophie einen Fistbump gemacht.« Ich grinste, als sie sich in den Samtstuhl fallen ließ. »Du kommst wirklich gut mit all dem zurecht ... dem ganzen Buchladen-Kram.«

»Mina, du bist meine Freundin. Alles andere ist nur Fassade.« Jo blickte zur Treppe. »Wie geht es Fiona?«

»Unverändert. Sie schreit heute nicht so viel. Morrie hat noch etwas Knoblauch gefunden, und wir haben es ihr verabreicht. Das scheint geholfen zu haben, aber jetzt ist sie in einer Art Dracula-Delirium. Sie hat nichts gegessen, was wir ihr zu fressen gegeben haben. Ich weiß nicht, ob wir ihr Blut oder Knoblauch geben sollen oder was anderes. Ich wünschte, es gäbe eine Anleitung, wie man jemanden zurückverwandelt.«

»Das wünschte ich auch.« Jo schlug die Beine übereinander. »Möchtest du die Ergebnisse meiner Tests hören?«

»Aber sicher doch.«

»Die Planke ist *definitiv* die Mordwaffe. Das Blut passt zum Opfer und die Form des Holzes passt perfekt zur Kopfwunde. Aber das sagt uns nicht, warum das Opfer in dieser Nacht auf dem Friedhof war oder wie es in den Besitz von etwas Erde kam und wo die sich jetzt befindet.« Jo tätschelte mein Bein. »Also habe ich ihren Mann auf einen Drink eingeladen. Willst du mitkommen?«

Ich hielt mein Handy hoch, um ihr Outfit zu betrachten: ein tief ausgeschnittenes rotes Wickelkleid und passend dazu blutroter Lippenstift. »Ist das eine offizielle Polizeiangelegenheit oder willst du diesen Kerl verführen, damit er dir Informationen gibt?«

Sie grinste mich wild an. »Dreimal darfst du raten!«

Ich seufzte. »Gib mir nur eine Sekunde, um mich umzuziehen. Zwei lüsterne Huren sind besser als eine.«

»Das ist mein Motto«, rief Morrie hinter den Gedichtregalen hervor.

»Wuff.«

»Und Oscar stimmt zu.«

»Du hättest nicht mitkommen müssen«, sagte Jo zu Morrie.

»Ein blutrünstiger Vampir befindet sich auf freiem Fuß. Ich lasse euch Damen nicht ungeschützt. Außerdem«, Morrie zupfte sein Hemd zurecht, »Wenn wir diesen Mann verführen wollen, müssen wir alle Eventualitäten abdecken. Wir wissen nicht, auf was er steht.«

»Dreizehn Beschwerden wegen sexueller Belästigung von Frauen an seinem Arbeitsplatz lassen darauf schließen, dass wir es sehr wohl wissen«, sagte Jo. »Er sitzt am Tisch in der Ecke. Morrie, du setzt dich an den Tisch hinter uns. Wenn es nicht gut läuft, lass dir etwas Kreatives einfallen.«

Morrie schnippte mit den Fingern. »Eine falsche Bewegung und seine Innereien wandern nach außen.«

Jo und ich setzten uns auf die Bank gegenüber von Connor Mclarey. Im schwachen Licht des Pubs konnte ich seine Gesichtszüge nicht erkennen, aber ich konnte sein anzügliches Grinsen von hier aus *spüren*. Ja, Jennas Ehemann war ein echter Hauptgewinn.

»Mhmmmm, zwei zum Preis von einer. Darf ich den Damen einen Drink ausgeben?« Connor beugte sich über den Tisch und drängte sich dabei Jo auf. »Wenn ich gewusst hätte, dass die Polizei so sexy ist, würde ich öfter Ärger bekommen.«

Mir fiel auf, dass Jo ihn nicht wegen seiner Polizeikommentare zurechtwies. »Wir haben nur ein paar Anschlussfragen, Connor. Aber ich dachte mir, wir machen das besser in einer entspannteren Umgebung. Sie haben keinen

Ärger am Hals, nur damit das klar ist. Ihr Verlust tut uns sehr leid.«

Sie legte ihre Finger auf seine. Connor ließ den Kopf hängen. Seine Schultern bebten vor gespieltem Schluchzen. »Ich bin einfach so ... bestürzt ... wegen Jenna. Ich vermisse sie so sehr. Sie mag eine betrügerische Hure gewesen sein, aber sie war mein Mädchen, wissen Sie? Es ist so schwer, plötzlich ganz allein zu sein, besonders nachts, besonders in unserem großen Ehebett.«

»Erzählen Sie uns alles darüber, Sie armer Junge.« Jo streichelte seine Hand. Unter dem Tisch stupste sie meinen Stiefel an. So sehr es mich auch anwiderte, streckte ich die Hand aus, nahm seine andere Hand und rieb mit meinen Fingern Kreise auf seinen Knöcheln.

»Wir bleiben so lange bei Ihnen, wie Sie es brauchen, Connor«, säuselte ich.

»Wir wollen nur wissen, ob Jenna irgendeine Verbindung zu Rumänien hatte. Vielleicht Verwandte? Oder ein geschäftliches Interesse?«

»Rumänien? Sie meinen so was wie ...« Connor formte seine Hände zu Krallen und streckte die Zunge heraus. »Blut! Ich will Blut.«

»Ja, genau das Land.« *Ich meine, klar, es gibt auch majestätische Berge und kommunistische Geschichte und Vlad den Pfähler und wahrscheinlich alle möglichen anderen interessanten Dinge, aber konzentrieren wir uns stattdessen auf das Buch des irischen Theatermachers, der Rumänien nie wirklich besucht hat.*

»Ich weiß nicht. Sie hat diese *Twilight*-Filme geliebt.« Connors Stimme wurde düsterer. »Vielleicht hat sie sich deshalb mit *ihm* auf dem Friedhof getroffen. Sie wollte bestimmt so tun, als wäre er ein Glitzervampir. Sie hat sich geirrt, denn stattdessen wurde sie vom Dracula-Killer ausgesaugt.«

»Was meinen Sie mit *ihm?*«

»Pfarrer Mosley. Er ist der Mistkerl, mit dem sie mich betrogen hat.« Connor entriss uns seine Hände und griff nach seinem Drink. »Deshalb war Jenna in dieser Nacht auf dem Friedhof. Sie trafen sich dort in den Nächten, in denen ich lange arbeiten musste und er keine Bibelstunde leiten musste. Sie vögelten auf den Gräbern. Ich glaube, der gute Pfarrer schlug ihr gerne im Mondlicht auf den weißen Arsch. Jenna hat gedacht, sie würde ach so schlau mit ihrem Betrug umgehen, aber sie wusste nicht, dass ich ihr gefolgt war und alles mitangesehen habe. *Niemand* macht Connor Mclarey zum Narren.«

»Können Sie diesen Pfarrer Mosley beschreiben?« Ich warf Jo einen Blick zu. »Wir haben ihn noch nie getroffen.«

»Groß, längeres Haar, sieht aus wie ein Geck, trägt altmodische Kleidung. Sehr intensive Augen.« Connor schlug mit der Faust in seine Hand. »Ein winziger Schwanz, den ich abschneiden werde, weil er sich an mein Mädchen rangemacht hat. Ich wette, er war derjenige, der sie getötet hat. Er ist definitiv ein Freak. Ja, den sollten Sie sich ansehen.«

»Keine Sorge, das werden wir.« Unter dem Tisch schob Jo ihre Finger in meine und drückte sie.

Das klingt für mich wie Dracula.

Und wir haben diesen neuen Pfarrer noch nie gesehen. Das kann kein Zufall sein. Dracula gibt sich als Pfarrer Mosley aus.

Unser Opfer wurde also von Dracula verführt und in dieser Nacht auf den Friedhof gelockt. Er muss sie dort getroffen haben, um ihr den Dreck abzunehmen. Aber woher hatte sie rumänischen Dreck gehabt?

20

Für den Tag des Freudenfeuers hatte ich einen führenden Londoner Okkultisten für einen Vortrag im Veranstaltungsraum des Ladens organisiert. Ich hatte zugestimmt, unsere okkulten Bücher eine Stunde vor dem Vortrag im Laden auszustellen; eine seltene Gelegenheit für diejenigen, die diese seltenen Werke durchstöbern möchten. Obwohl es mir nicht gelungen war, Handy Andy zu erreichen, um den Strom zu reparieren, beschlossen wir, das Programm durchzuführen. Die Düsternis trug quasi zur Atmosphäre bei.

Von dem Moment an, als ich das Schild umdrehte, war Nevermore voller schwarz gekleideter Männer mit majestätischen Bärten und ausgeprägten Körpergeruchsproblemen, die alle höflich über die Dämonen plauderten, die sie beschwören und ihrem Willen unterwerfen wollten. Wir verkauften ein paar unserer seltenen okkulten Bände an einen Mann mit einem so langen grauen Bart, dass Gandalf neidisch werden würde, und ich ertrug mehrere unverständliche Vorträge über die erotischen Fähigkeiten verschiedener ziegenköpfiger Gottheiten.

Nach dem Vortrag, als ich gerade damit fertig war, das letzte okkulte Buch oben wegzuräumen, kam ein pickeliger Mann mit tief in den Taschen vergrabenen Händen an den Tresen. Ich konnte mich nicht daran erinnern, ihn vorher schon mal gesehen zu haben. »Hallo, ich habe von dieser Veranstaltung am schwarzen Brett der Gemeinde gehört, aber der Vortrag hat meine Fragen nicht beantwortet. Ich frage mich, ob Sie Bücher darüber haben, wie man Tote wieder zum Leben erweckt?«

Ich schaute ihn überrascht an und schenkte ihm mein bestes Kundenlächeln. »Ich bin sicher, dass Sie in unserer Okkultismus-Abteilung etwas finden werden. Sie ist dort drüben hinter dem Mann mit dem Satanic-Feminist T-Shirt.«

Der Typ schüttelte den Kopf. »Da habe ich schon nachgesehen, aber irgendein Typ hat gesagt, dass diese Bücher nur Unsinn sind. Er sagte, dass Sie auch andere Bücher haben. *Mächtige* Bücher.«

An seinem Hals glitzerte etwas, das man gerade noch über dem Kragen seines schwarzen T-Shirts erkennen konnte. Aus dieser Entfernung konnte ich mir nicht sicher sein, aber ich war mir ziemlich sicher, dass es ein Kruzifix war. Entweder schützte sich dieser Typ vor dem Dracula-Killer oder er war ein Mitglied von TEUFEL, das von Dorothy geschickt wurde, um unsere Bücher zu zerstören.

Ich schenkte ihm mein schönstes Lächeln. »Sie haben recht, wir haben oben einige antiquarische Bücher, aber sie sind aufgrund ihres brüchigen Zustandes nur nach Vereinbarung zu besichtigen. Ich kann Ihnen eine Liste der Titel geben und wenn Sie an einem bestimmten Buch interessiert sind, kann ich es Ihnen zur Ansicht bringen lassen.«

Er kramte in seiner Brieftasche herum. Ich dachte, er würde mich bestechen wollen, aber stattdessen hielt er mir das Bild eines ungepflegten Hundes hin. »Das ist Angus. Er ist letzte Woche gestorben und ich ... ich bin nicht ... ich vermisse ihn soooo sehr.«

Sein Körper wurde von Schluchzern erschüttert. *Bei Athene, wenn das geschauspielert ist, dann hat er Talent.*

»Kann ich Ihnen ein Taschentuch anbieten?«

Er nahm eines aus der Schachtel, die ich ihm hinhielt, und schnäuzte hinein. »Ich möchte ihn von den Toten zurückholen. Aber ich brauch einen ganz spezifischen Zauberspruch. Nur für Hunde. Das ist sehr wichtig. Er ist im Garten neben meiner Ex-Frau begraben, und ich möchte nicht, dass sie zurückkommt.«

»Oh, Mina«, rief Sokrates aus dem anderen Zimmer. »Dieser Kunde möchte wissen, ob ‚Die Tribute von Panem‘ wegen der Hungerspiele ein gutes Diätbuch ist.«

»Das tut mir schrecklich leid.« Ich zuckte entschuldigend mit den Schultern und wandte mich von Herrn ‚Meine-Ex-Frau-ist-übrigens-im-Garten-begraben‘ ab. »Ich muss jemand anderem helfen. Aber Heathcliff hier wird all Ihre Fragen beantworten.«

Als ich mich auf den Weg machte, hörte ich das vertraute Geräusch von Stiefeln, als der gruselige Typ aus der Buchhandlung rannte, als wäre der Teufel hinter ihm her, dicht gefolgt von all den anderen Okkultisten. Einen Moment später erschien Heathcliff in der Tür, den Besen fest in den Händen. »Hier geht es noch verrückter zu als sonst.«

»Stimmt. Es liegt etwas in der Luft.«

»Es ist dieses verdammte Halloween-Festival«, schmollte Heathcliff. »Es hat die Leute verrückt gemacht. Jemand hat mich gefragt, ob wir eine Filmversion der Bibel mit Mel Gibsons Gesicht auf dem Cover haben.«

»Apropos Halloween-Festival ...« Ich tippte auf mein Handy, um die Uhrzeit abzulesen. »Wir sollten los. Es ist fast Zeit für das Freudenfeuer.«

»Wer macht denn mitten am Tag ein Freudenfeuer?«

»Leute, die sich strikt an die Bedingungen ihrer Genehmigung für Feuer im Freien halten.« Ich drehte das Schild über der Tür um und hielt Oscar das Geschirr hin, damit er hineinschlüpfen konnte. Ich rief die anderen runter, und aus allen Ecken des Ladens ertönten Jubel und Geschrei und dumpfe Schritte, als Morrie, Robin, Victor, Droll, der kopflose Reiter, zum Glück ohne Pferd, und Grimalkin zu uns dreien stießen.

Jo winkte uns vom Schlafzimmerfenster aus zu. Sie hatte beschlossen, das Anzünden des Freudenfeuers auszulassen, um Fiona zu beaufsichtigen. »Viel Spaß. Macht viele Fotos für mich.«

»Mach ich.«

Als wir am Ende der Butcher Street rauskamen, wurde mir klar, dass ich mein Versprechen an Jo vielleicht nicht einhalten können würde. Ich hatte noch nie so viele Menschen auf dem Dorfplatz gesehen. Es schien, als wäre jeder aus Argleton in ihren Kostümen erschienen, um das Anzünden mitzuerleben. Ich hatte keine Chance, über ihre Köpfe hinwegzusehen, aber der Strohmann ragte hoch über der Menge auf, sodass ich wusste, dass wir von hinten immer noch eine tolle Show bekommen würden. Ich stupste Morrie an, damit er sich für Apfelwein anstellte, und machte mich auf die Suche nach einem guten Snack an einem der vielen Imbisswagen, die in der Nähe geparkt waren.

Nur, dass jemand andere Pläne hatte. »Juuuuuhuuuu, Mina.« Eine Hand winkte aus der Menge. Ich zuckte zusammen. Diese Stimme würde ich überall erkennen.

»Ich komme schon, Mutter.« Ich packte Heathcliff am Ellbogen, während wir uns durch die Menge drängten. Mama stand auf einem Stuhl ganz vorne in der Menge, wobei sie ein Camilla-Parker-Bowles-Kostüm trug und direkt an dem Polizeiband klebte, das nur von Feuerwehrleuten durchbrochen werden durfte. Sie hatte eine erstklassige Aussicht, aber ich wusste, dass sie nicht dort war, um sich ein rituelles Feuer anzusehen. Vor ihr stand ein Tisch, auf dem ein kleiner Stapel bemalter Holzkisten stand. Auf dem Schild stand: NEU: PREMIUM VAMPIR-VERSCHWINDE-SETS. JETZT BESTELLEN FÜR RECHTZEITIGE LIEFERUNG ZU WEIHNACHTEN.

Ich nahm eine der Schachteln in die Hand. Anstelle eines bemalten Schuhkartons war es eine niedliche Holzkiste mit Messingscharnieren, Schloss und Schlüssel. Die Kanten waren wunderschön verarbeitet. Im Inneren befanden sich gepolsterte Trennwände für die Pfähle, Weihwasser und Knoblauch, und ein handbeschriftetes Heftchen im Deckel bot Ratschläge für Bannkreise und Zaubersprüche zur Abwehr von Vampiren und bösen Geistern. »Die sind wunderschön, Mama. Ich liebe das Upgrade.«

Mama drückte mir das Set in die Hand. »Das ist für dich, Mina. Ich habe es extra für dich rot und glitzernd gemacht. Ich möchte, dass du da draußen sicher bist. Die anderen sind nicht zum Verkauf bestimmt. Das sind unsere Mustersets.«

»Was meinst du mit *unseren?*« Ein vertrautes Gefühl des Misstrauens nagte an meinem Magen, während ich das Vampir-Verschwinde-Set in meine Handtasche steckte. »Wie konntest du so schnell mehr Sets herstellen? Du hattest doch neulich alles verkauft.«

»Andy hat mir geholfen.« Mama klimperte mit den Wimpern. »Er ist so *hand*lich.«

Andy? Ich drehte mich um und sah, wie Handy Andy unbeholfen in einem passenden Prince-Charles-Kostüm hinter Mama stand. Er errötete, als er mich sah. »Hallo, Mina.«

»Andy? H-h-allo.« *Warum trägst du ein zu meiner Mutter passendes Halloweenkostüm?* »Was für ein Zufall. Ich habe versucht, Sie zu erreichen, aber Sie sind nicht ans Telefon gegangen. Sie müssen dringend ein paar Dinge im Laden reparieren. Der Strom ist ausgefallen und ich glaube, irgendwo muss ein Rohr geplatzt sein, weil der Keller überflutet ist. Und

Sie haben immer noch nicht den Geheimgang für mich zugemauert.«

»Es tut mir leid, Mina.« Andy blickte hilfesuchend zu meiner Mutter, aber sie war damit beschäftigt, einem als Wednesday Addams verkleideten Mädchen die Vampir-Verschwinde-Sets vorzuführen. »Ich wollte eigentlich vorbeikommen und mich persönlich darum kümmern, aber Helen hat mich zum Kistenbauen überredet und ich ...«

Helen? Sie sind per du?

Geht meine Mutter mit Handy Andy aus?

Ich wusste nicht, was ich davon halten sollte, vor allem, weil die Briefe meines Vaters so schwer auf mir lasteten. »Das ist okay. Nur ... es ist irgendwie dringend. Es ist schwer, eine Buchhandlung ohne Licht, Computer oder Kreditkartenlesegerät zu führen, und die Geistersuchergesellschaft wird morgen Abend Strom für ihre paranormalen Untersuchungen brauchen.«

»Ohne Licht wird niemand die Schilder mit der Aufschrift ‚NICHT BETRETEN: VERHÄNGNISVOLLE KONSEQUENZEN‘ beachten, die ich überall in der Wohnung angebracht habe«, fügte Heathcliff hinzu.

»Oh, mach dir keine Sorgen um uns, Liebes«, mischte sich Mama ein. »Es ist wahrscheinlich sogar besser, wenn der Strom ausbleibt. Eine schlechte Verkabelung stört unsere empfindlichen Geräte. Und jetzt hör bitte auf, Andy bei der Arbeit zu stören.«

Andy setzte sich einen Schutzhelm auf und überquerte das Polizeiband. Ich hatte vergessen, dass er auch freiwilliger Feuerwehrmann war. *Ich glaube, Mama hat hier tatsächlich einen Volltreffer gelandet, vor allem, wenn ich ihn dazu bringen kann, den Laden zu reparieren ...*

Die Menge wurde still, als sich die Feuerwehrleute um das Freudenfeuer herum verteilten und die Schläuche bereithielten, für den Fall, dass die Dinge außer Kontrolle gerieten. Frau Ellis trat vor die versammelten Dorfbewohner. Ihre Hexennase hatte sich am Rand etwas gelöst, aber sie schien es nicht zu bemerken. Sie hob die Hände. »Ich danke Ihnen allen, dass Sie heute hier sind. Im Namen der Geistersuchergesellschaft freuen wir uns unheimlich, dass Ihnen das Festival so gut gefällt. Für den Rest der Woche haben wir noch einige Überraschungen für Sie auf Lager, darunter den mit Spannung erwarteten Kunstpfad. Wer weiß? Vielleicht gibt es auch ein paar extra Überraschungen, sowie ...«

Hinter ihr stimmte Earls Band eine flotte Melodie an. Robin trat aus der Menge heraus, in seine grüne Waldkleidung gekleidet. Die Menge jubelte, als sie ihn erkannten. Er hob seinen Bogen und tauchte die Spitze seines Pfeils in etwas ein. Andy hielt ein Feuerzeug hin, um Robins Pfeil anzuzünden. Robin zog seinen Arm bis zum Kinn zurück und ...

»Stopp. Stoppt *sofort* diese Verderbtheit.«

»Wuff, wuff!«, bellte Oscar. Er war nicht glücklich.

Ich drehte mich um und sah mich nach der Stimme um. Es war unmöglich, etwas durch die Menge zu erkennen, aber sie schien aus der Richtung des Kirchhofs zu kommen. Die Leute begannen zu schreien und zu weinen. Meine Finger umklammerten Heathcliffs Arm und Oscars Geschirr fester und drängten sie vorwärts. Wir mussten wissen, was da vor sich ging.

»Mina Wilde, komm sofort zurück«, schrie Mama mir hinterher. Ich ignorierte sie. Wir drängten uns durch die Menge, während die Leute in die Geschäfte stürmten, um sich zu verstecken. Als ich nahe genug war, um zu sehen, was los war, schnappte ich nach Luft.

Mitten auf dem Friedhof hatte jemand einen kleinen Haufen Gegenstände gestapelt. Ich erkannte einige der Schilder, die für das Festival warben, mehrere von Mamas Vampir-

Verschwindesets und ... die seltenen okkulten Bücher, die ich heute früh verkauft hatte. Ich hatte mich in dem pickeligen Jungen getäuscht: er war kein Doppelagent gewesen. Er vermisste wirklich nur seinen Hund. Der Möchtegern-Gandalf hatte uns alle verraten. Aber das war noch nicht mal das Schlimmste.

Auf einem Pfahl auf dem Haufen war der neue Pfarrer, Pater Mosley, festgebunden. Zumindest nahm ich an, dass er der neue Pfarrer war, weil er eine Soutane trug und ich ihn noch nie gesehen hatte. Er war recht gutaussehend, mit leuchtend blauen Augen und langen, hellen Haaren, die sich hinter seinen Ohren kräuselten.

Aber Moment mal, wenn das der echte Pater Mosley ist, bedeutet das dann etwa, dass Jenna sich nicht mit Dracula zum Friedhofs-Sex getroffen hat?

»Helft mir doch«, schrie er und kämpfte gegen seine Fesseln an. »Diese verrückten Frauen haben mich gefesselt und sie wollen ...«

»Die einzige Person, die Ihnen jetzt noch helfen kann, ist Jesus.« Dorothy Ingram trat vor. »Sie wurden auf frischer Tat ertappt, als Sie sich auf geweihtem Boden herumgetrieben haben. Nun wenden Sie sich bitte alle von diesem blasphemischen Symbol heidnischer Ideologie ab und ergötzen Sie sich an Gottes wahrhafter Wut. Angefangen mit Argletons Händlerin für profane und satanische Literatur, Mina Wilde.«

Dorothy hatte etwas in ihrer Hand und richtete es direkt auf mich. Erst als Heathcliff sich vor mich warf, wurde mir klar, dass es eine Waffe war.

21

»Aus dem Weg.« Dorothy Ingram richtete die Waffe auf Heathcliff. »Ich habe kein Problem damit, Ihnen eine Kugel in die Brust zu jagen, um dieses Dorf vor der ewigen Verdammnis zu bewahren.«

»Niemand muss hier auf irgendjemanden schießen«, rief ich. »Dorothy, sehen Sie denn nicht, wie übertrieben das ist? Sie reden davon, Menschen zu *ermorden*. Ich glaube nicht, dass Ihr Gott das von Ihnen verlangen würde.«

»Ja, kommen Sie schon, meine Liebe.« Frau Ellis schlurfte vorwärts. »Dieses Fest ist nur ein bisschen harmloser Spaß. Ich glaube, Sie brauchen jetzt eine schöne Tasse Tee.«

»Bitte, Dorothy, Liebes.« Cynthia schlich am Friedhofszaun entlang auf Dorothy zu. »Das ist doch keine Art ...«

Dorothy wirbelte herum und richtete die Waffe auf Cynthia. Meine Hand flog zu meinem Mund. Alle schnappten nach Luft.

»Sie ... Sie Gotteslästerer«, spie Dorothy aus. »Das alles hat mit Ihrem kleinen Club der verbotenen Bücher angefangen. Und jetzt veranstalten Sie hier mitten in unserem Dorf Satansanbetung und Hexerei. Wir müssen diese Stadt aufräumen und es beginnt damit, alles anstößige Material zu verbrennen.« Sie trat gegen ihren Stapel Bücher, so dass ein paar Bände ins Gras fielen.

»Das ist mein Peter-Jordanson-Buch.« Sokrates hüpfte aufgeregt auf und ab. »Und mein Nietzsche. Das sind große Denker. Manche würden sie sogar als Schüler meiner eigenen Lehren bezeichnen.«

»Diese sogenannten Philosophen lehnen genau den Gott ab, der über uns alle wacht. Diese Bücher haben einen verderblichen Einfluss und müssen vernichtet werden, um unsere Gedanken zu läutern.« Dorothy ging auf Sokrates zu. Ich blickte mich um. *Wo bleibt denn nur die Polizei?*

»Das ist genau wie bei der Versammlung von Athen. Sie stellen unsinnige Behauptungen über Gottlosigkeit und darüber, dass wir die Jugend verderben, auf, um die Tatsache zu verbergen, dass Sie nicht damit klarkommen, wenn man Ihre eigenen Überzeugungen in Frage stellt. Und ich dachte, ich hätte solche Ignoranz hinter mir gelassen.« Sokrates verschränkte die Arme. »Was kommt als Nächstes, wollen Sie uns alle in einem Schierlingsbad ertränken?«

»Sokrates, *bitte* provoziere sie nicht auch noch«, flehte ich.

»Wer sind Sie überhaupt? Sind Sie ein weiterer Verwandte von Heathcliff Earnshaw? Nun, wir wollen Leute wie Sie hier nicht mehr haben.« Dorothy drehte sich zu Cynthia um. »Zuerst werde ich die Verdorbenheit opfern, diesen unreinen Priester und die Geistersuchergesellschaft, und dann werde ich jede Person, die mit dem Nevermore Bookshop in Verbindung steht, aus der Stadt jagen!«

Es gab ein Klicken, als Dorothy die Sicherung der Waffe entfernte. Ich schloss die Augen, während Heathcliff auf sie zustürmte, aber ich wusste, dass er zu weit weg war, um die Kugel davon abzuhalten, Cynthia zu durchbohren. *Bei Isis, bitte, jemand muss etwas tun.*

»Ich fürchte, das werden Sie nicht tun.«

Danke, Göttin.

Ich riss die Augen auf. Ich erwartete, Kommissar Hayes zu sehen, wie er Dorothy verhaftete. Stattdessen trat eine gebeugte und unansehnliche Gestalt aus den Bäumen des Friedhofs hervor und näherte sich Dorothy bedrohlich, einen breitkrempigen Strohhut tief ins Gesicht gezogen.

Grey Lachlan.

22

Dorothy schnappte nach Luft. Ihre Hand zitterte, als sie ihn erblickte.

Ich konnte ihren Schock verstehen. Ich hatte Grey erst neulich gesehen, aber das war im Dämmerlicht von Frau Ellis' alter Wohnung gewesen. Am helllichten Tag sah er einfach nur scheiße aus. Die Haut seiner Wangen hing in Fetzen, und seine Augen und Lippen waren rot umrandet. Er schlurfte mit einem fast insektenartigen Gang vorwärts, und selbst von hier konnte ich den unangenehmen Geruch wahrnehmen, der von ihm ausging: ein Geruch von Tod und Verwesung.

»Grey?«, rief Cynthia. »Hilf mir.«

Dorothy musste entschieden haben, dass jemand so Abscheuliches wie Grey keine Bedrohung darstellen konnte, denn sie hielt die Waffe weiterhin auf Cynthia gerichtet. »Niemand wird mich davon abhalten können, das zu tun, weswegen ich hergekommen bin. Ich habe den Herrn auf meiner Seite.«

»Das mag wahr sein«, sagte Grey. »Aber das Gesetz haben Sie gegen sich. Als Bauunternehmer kenne ich die

Gemeindesatzung in- und auswendig, und ohne Genehmigung der Gemeinde darf man innerhalb der Dorfgrenzen kein Feuer machen.«

»Das stimmt. Hier ist unsere.« Frau Ellis holte einen gefalteten Stapel Papiere aus ihrer großen Tasche und hielt ihn hoch, damit ihn alle sehen konnten.

»*Genau*. Und ich nehme an, dass der Gemeinderat euch keine Erlaubnis für dieses kleine Bildnis erteilt hat.« Grey deutete auf den sich abmühenden Pfarrer. »Ich sehe mindestens drei Gemeinderatsmitglieder im Publikum. Selbst wenn Sie ohne Gefängnisstrafe davonkommen sollten, werden sie keine andere Wahl haben, als Ihnen eine Geldstrafe aufzuerlegen.«

»Das ist mir egal«, schrie Dorothy.

»Das sollte es aber nicht, denn zusätzlich zur Geldstrafe wird Ihnen auch die Nutzung von Gemeindegebäuden wie dem Gemeinschaftsraum verboten werden. Das bedeutet, dass das TEUFEL-Komitee einen anderen Ort für seinen wöchentlichen Gebetskreis finden muss. Jetzt nehmen Sie die Waffe runter oder richten Sie sie auf mich, denn Sie bekommen nur eine einzige Chance zu schießen, bevor Heathcliff Earnshaw Sie niederschlägt, und das absolut Letzte, was Sie tun wollen, ist, das Fest meiner Frau oder ihr schönes Gesicht zu ruinieren.«

Ich starrte ihn an. So sehr Draculas Macht ihn auch verdorben hatte, so gab es doch einen Teil in ihm, der sich noch daran erinnerte, wer er als Mensch gewesen war, und dass er seine Frau liebte. Es erinnerte mich an Fiona, die alles daran gesetzt hatte, *nicht* die Buchhandlung zu betreten.

Oder vielleicht war das nur Greys Art, uns alle zu manipulieren.

»Dorothy, die Waffe.« Grey streckte seine Hand aus. Dorothys Arm zitterte, als sie die Waffe ausstreckte. Sie sah aus, als würde sich ihr Arm gegen ihren Willen bewegen und hielt die Waffe in Richtung Grey, den Lauf auf die Erde gerichtet.

»Hiiiiyah!« Wilson sprang hinter dem Friedhofstor hervor und riss Dorothy zu Boden, wobei sie die Waffe ins Gras schlug. Grey wollte sie sich schnappen, aber Hayes stieß ihn mit der Schulter zur Seite und war schneller. Er entleerte das Patronenlager und steckte die Waffe in die Tasche seines Trenchcoats.

»Das war's«, bellte er. »Ich möchte, dass Sie alle nach Hause gehen.«

»Aber das Feuer!«, rief Frau Ellis.

»Das machen wir ein andermal ...« Hayes stellte sich vor die verbliebenen TEUFEL-Mitglieder, die alle im Begriff gewesen war, sich hinter der Kirche wegzuschleichen. »Sie nicht. Sie kommen alle mit uns aufs Revier. Der Rest von Ihnen geht nach Hause.«

Die Menge begann sich zu lichten, aber Morrie steckte immer noch hinter der Menge drüben am Apfelweinstand fest. Ich ergriff Heathcliffs Hand. »Ich möchte mit Grey sprechen, bevor er verschwindet.«

Er nickte. Wir traten durch das Friedhofstor und um die Dorfbewohner herum, die herbeieilten, um Pater Mosley vom Scheiterhaufen herunterzuholen. Oscar und Heathcliff halfen mir, über die bröckelnden Steine zu navigieren, während wir auf Grey zugingen.

Eine einzelne Maus huschte über einen Grabstein, wahrscheinlich auf dem Weg zum Dorfplatz, um zu sehen, ob jemand ein Stück bröckligen Schellfisch fallen gelassen hatte. Grey holte mit der Hand aus, packte das Nagetier und stopfte es sich in den Mund. Der Schwanz hing wie ein Stück Spaghetti heraus.

KNACKS.

Ich zuckte zusammen. »Igitt.«

Grey schlürfte den Schwanz wie ein Stück Spaghetti. »Köstlich. Sie sollten es mal probieren.«

»Ich wollte mich bei Ihnen dafür bedanken, dass Sie die Situation entschärft und gezeigt haben, dass Sie noch ein Fünkchen Menschlichkeit in sich haben, aber jetzt haben Sie es verdorben. Warum gehen sie nicht einfach in die Bäckerei, wenn Sie Hunger haben? Oliver fängt jeden Tag eine Tonne Mäuse in seinen Fallen, und wir haben es alle satt, dass Grimalkin sie in den Laden bringt und so tut, als hätte sie sie gefangen.«

»Nein danke. Wenn sie schon tot sind, sind sie nicht so gut«, schmatzte Grey mit den Lippen und zog seinen Hut vor uns. »Wenn Sie mich entschuldigen würden, meine Dame, mein Herr. Mein Meister braucht mich.«

Wenn sie schon tot sind, sind sie nicht so gut.

Als ich sah, wie Grey davonschlurfte, fiel es mir wie Schuppen von den Augen. Ich wusste, was mich an Jennas Mord gestört hatte.

Ich hätte mir selbst eine scheuern können. Ich konnte nicht glauben, dass ich es nicht schon früher bemerkt hatte.

Ich drehte mich zu Heathcliff um. »Ich kann nicht glauben, wie sehr wir uns geirrt haben. Ich weiß, was Jenna Mclarey zugestoßen ist.«

23

»**E**s war nicht Dracula, der Jenna getötet hat«, verkündete ich Jo, sobald sie die Treppe herunterkam.

»Du willst mir also erzählen, dass es sich hierbei um einen gewöhnlichen, alltäglichen, nicht übernatürlichen Mord handelt?«, fragte Jo stöhnend.

»So steht es hier im Buch.« Ich drückte auf ‚Play' in meinem Hörbuch von Bram Stokers *Dracula und* spielte den Abschnitt ab, in dem Renfield Insekten isst. »Das Blut muss frisch sein. Dracula würde das Blut nicht trinken, wenn sein Opfer bereits tot wäre.«

»Dann erkläre mal die Bissspuren an ihrem Hals ... heilige Scheiße, die *Nägel*.« Jo schlug sich vor die Stirn.

»Was?«

»Die Nägel, die aus dem Holzbrett ragten, waren voller Blut. Wenn man die in ihren Hals gestoßen hat, würde es wie Bissspuren aussehen.«

»Natürlich. Connor wusste, dass seine Frau sich auf dem Friedhof mit jemandem getroffen hatte. Er ist ihr gefolgt. Das hat er offen zugegeben. Was, wenn er wütend wurde, ihr das Brett auf den Kopf geschlagen hat und sie getötet hat? Er geriet in Panik und versuchte, es wie einen von Draculas Morden aussehen zu lassen. Die waren überall in der Presse, also würde er die Details über die Bissspuren kennen.«

Jo schob sich aus ihrem Stuhl. »Ich muss Kommissar Hayes davon berichten.«

Ich stöhnte.

»Das sind gute Nachrichten, Hübsche«, sagte Morrie. »Du hast ihren Mord aufgeklärt.«

»Ich schätze schon.« Ich ließ mich auf den Schreibtisch fallen. »Nur, stehen wir jetzt wieder am Anfang. Da draußen befindet sich immer noch eine Kiste mit Dreck, und wenn wir uns jetzt auf Dracula stürzen, laufen wir Gefahr, dass er sich regeneriert. In der Zwischenzeit wird er immer dreister. Wir wissen nicht, ob Fiona das einzige Opfer ist, das er zu einem Vampir machen wollte.«

Wie auf ein Stichwort heulte Fiona von oben.

»Wir werden es schon herausfinden.« Morrie legte einen Finger unter mein Kinn und neigte meinen Kopf nach hinten, sodass ich ihm ins Gesicht sah. Jede Facette von ihm, seine eisblauen Augen, seine scharfen Wangenknochen, der luxuriöse Schwung seines Grinsens, war voller Zuversicht, dass wir zu schlau waren, um Dracula entkommen zu lassen.

Ich wünschte, ich hätte seine Zuversicht.

»Heute Abend können wir nichts mehr tun«, gähnte ich. »Die Geistersucher führen ihre paranormalen Untersuchungen durch und Quoth möchte mir seine Bilder zeigen, bevor die Ausstellung morgen früh eröffnet wird.«

Heathcliff griff nach seiner Jacke. Ich schüttelte den Kopf. »Er hat darum gebeten, dass ich alleine komme. Du weißt, dass er zu schüchtern ist, um je um etwas zu bitten, also muss ihm das wirklich wichtig sein. Und wir haben gerade ein paar Probleme, die wir klären wollen. Es wird nicht lange dauern, und ich werde Oscar dabei haben. Ich werde rechtzeitig zurück sein, um dich vor Frau Ellis und meiner Mutter zu beschützen ...«

»Das ist mir egal. Du kannst gerne allein in die Galerie gehen, aber ich werde direkt draußen stehen und dafür sorgen, dass keine Blutsauger ihre Zähne in deinen hübschen Hals schlagen.«

Draußen zog ich meinen Kragen hoch, um meinen Hals vor der Kälte zu schützen. Es war eine sternenlose Nacht, perfekt für ein Freudenfeuer. Hoffentlich würde das Wetter morgen genauso gut sein. Ich schlang meinen Arm um Heathcliffs und wies Oscar an, uns zur Galerie zu führen.

Auf dem Dorfplatz kamen wir an Frau Ellis vorbei, die sich mit Morrie unterhielt. Als wir uns ihnen näherten, verspannte sich Heathcliffs Körper. Ich wusste, dass er seine intensiven Gefühle für Morrie auch nach der Nacht letztens noch nicht verarbeitet hatte.

Ich bemerkte den Rand einer glitzernden Schachtel, die aus Frau Ellis' Reisetasche ragte. »Hallo, Frau Ellis. Wie ich sehe, haben Sie Ihr tragbares Vampir-Verschwinde-Set zur Hand.«

»Man kann nicht vorsichtig genug sein.« Frau Ellis' Augen funkelten. »Es liegt an der Jahreszeit, weißt du. Gerade ist der Schleier zwischen den Welten am dünnsten. Ich gehe nur schnell zu Richards Stand, um uns eine Runde Glühwein zu kaufen, und dann gehen die Geistersucher zum Laden. Ich bin so gespannt darauf, mehr über die Geister und Monster zu erfahren, die sich zwischen den Regalen verstecken könnten.«

Das würden Sie nicht, wenn Sie wüssten, dass es nur Sokrates ist, der ohne Unterwäsche den Flur entlangtanzt.

Morrie warf mir einen Blick zu, bei dem ich die Frage in seinen Augen eher *fühlte* als sie zu sehen. Er spürte ebenfalls Heathcliffs Distanz. »Ich denke, ein Glas Glühwein klingt perfekt. Schön *entspannend*.« Er sagte es mit einem scharfen

Nicken in Richtung Heathcliff. »Ich helfe Ihnen mit den Tassen, Frau Ellis.«

Die Kunstgalerie befand sich in einem alten georgianischen Laden auf der anderen Seite des Platzes. Sie war in Dunkelheit gehüllt. Nirgendwo brannte Licht. *Das ist seltsam. Quoth weiß, dass ich Licht brauche, um mich in Räumen zurechtzufinden. Ich werde seine Arbeit nicht würdigen können, wenn ich sie nicht sehen kann.*

Ich drückte Heathcliffs Hand.

»Mina, ich …«

Ich wartete darauf, dass er sprach. Es herrschte eine unangenehme Stille zwischen uns. Für eine lange Zeit, sagte keiner von uns ein Wort. Ich wollte mich gerade abwenden, als Heathcliff so leise sprach, dass ich mir nicht sicher war, ob ich es nicht geträumt hatte. »Ich habe es mit Morrie vermasselt.«

»Nun ja. Du hast uns beide von dir gestoßen. Das macht eine Nacht atemberaubender Sex nicht ungeschehen.«

»Atemberaubend?« Heathcliffs Stimme klang leicht ironisch.

Ich schlug ihm auf den Arm. »Du konzentrierst dich auf das Falsche.«

»Ich weiß nicht, wie ich es angehen soll!«, knurrte Heathcliff. Er trat gegen einen Mülleimer.

»Was angehen?«

»Verliebt sein! Ihr macht mich beide wahnsinnig. Ihr verdrängt jeden wachen Gedanken. Und jetzt, wo Dracula nur darauf wartet, seine Zähne in euren Hals zu versenken, kann ich mir nicht vorstellen, einen von euch zu verlieren.«

»Also ist deine Lösung, uns zu ignorieren und uns wie Scheiße zu behandeln?«

Heathcliff raufte sich die Haare. »Ich dachte … du weißt, was ich dachte! Und mit dir kann ich einen Weg finden, die

Dinge zu sagen, die ich fühle, aber er … er ist nicht so einfach zu …«

»Oh, Heathcliff …« Ich küsste Heathcliff auf die Lippen. »Er wird jeden Moment mit Glühwein zurück sein. Vielleicht solltet ihr beiden euch ein wenig unterhalten, während ich mit Quoth beschäftigt bin?«

Heathcliff sah kläglich zu Morrie, der mit drei Gläsern Glühwein in seinen langen Fingern über den Platz joggte. Ich drückte ihm die Schulter, wandte mich dann ab und hielt Oscars Leine ein wenig fester als nötig, als ich die Stufen hinaufstieg und an die Tür klopfte.

Zu meiner Überraschung schwang sie nach innen, als würde sie von einer unsichtbaren Kraft bewegt. Der gesamte Raum war stockdunkel. Oscar ermutigte mich weiterzugehen. Scheinbar konnte er genug sehen, um sich zurechtzufinden. Meine Absätze klapperten auf den Holzdielen. Im Raum hallte es. Ich konnte eine hohe Decke und eine Halbwand spüren, die den Raum teilte.

»Mina.«

Quoths Stimme hallte durch den Raum, als das Licht auf einmal anging. Mein Kopf flammte vor Schmerz auf und Kopfschmerzen dröhnten in meinen Schläfen. Ein Kringel aus orangefarbenem Licht blitzte vor meinen Augen auf. Ja, ich brauchte definitiv endlich eine anständige Nachtruhe.

»Bei Isis.« Ich taumelte zurück und rieb mir die Augen. »Warn mich das nächste Mal vor.«

»Es tut mir leid.« Quoth trat hinter einer Säule hervor. »Ich wollte dich überraschen. Ich wollte, dass du alles auf einmal aufnimmst.«

Ich blinzelte, während grüne und orangefarbene Lichtschnörkel vor meinen Augen tanzten. Trotz der Schmerzen begann ich, die Formen und Farben von Quoths Kunst zu erkennen.

Es war anders als alles, was er bisher geschaffen hatte. Quoth liebte feine Details, komplexe Bilder, die die Momente aus seinen Lieblingsgeschichten und -mythen illustrierten. Er verbrachte Stunden damit, vergoldete Schnörkel auf Buchrücken zu malen oder jede Feder auf dem Bauch eines Vogels perfekt zu zeichnen.

Diese hier ... diese waren wild. Es waren ausdrucksstarke, purpurrote Striche auf dunklem Grund, bizarre schwarze Formen, die über einen elektroblauen Himmel gesprenkelt waren, Schachbrettmuster aus Grün, die sich über wilde Landschaften schlängelten. Sie waren furchterregend und wild und wunderschön.

Quoth nahm meinen Arm und führte mich und Oscar durch den Raum. Oscar winselte und zog an seiner Leine, als gäbe es etwas, das er mir noch an der Tür zeigen wollte. Manchmal taten Blindenhunde das. Sie waren schließlich auch nur Hunde. Sie hatten gute und schlechte Tage und konnten abgelenkt werden, besonders wenn sie so ein erfülltes, verrücktes Leben wie mein Oscar hatten.

In der Mitte des Raumes stand eine riesige Skulptur aus verschiedenen Vogelkäfigen unterschiedlicher Stile und Größen zusammengesetzt, alle mit einer schleimig aussehenden schwarzen Farbe bemalt und durcheinander gewürfelt, mit offenen Türen und leeren Sitzstangen im Inneren. Die Türen waren direkt zu den Gemälden hin geöffnet, die an den Wänden hingen. Es war eine Botschaft über Freiheit, die mich mitten ins Herz traf.

Wir blieben vor dem größten Werk stehen, dem Mittelpunkt der Ausstellung. Quoth hatte drei Lampen perfekt positioniert, um den purpurroten Bogen hervorzuheben, der sich über die Leinwand spannte. Die Farbe war an manchen Stellen so dick, dass sie wie Tortenguss abstand, während sie an anderen Stellen vollkommen glatt und ebenmäßig war, was dem Werk eine dreidimensionale Qualität verlieh.

»Ich habe diese Gemälde so gestaltet, dass man sie berühren kann«, flüsterte Quoth. »Ich wollte etwas schaffen, an dem auch du Freude haben kannst.«

Er legte seine Finger in meine und drückte meine Handfläche auf die Leinwand. Meine Sinne erwachten schlagartig, als ich die Wellen, Schrägstriche und Wirbel streichelte und spürte, wie meine Finger über Höcker rieben, wo er der Farbe etwas hinzugefügt hatte, um sie körnig zu machen. Er hatte in der Textur dieses Gemäldes eine Geschichte eingefangen, die genauso kühn und lebendig war wie die Farbe.

»Quoth, die sind atemberaubend.« Meine Finger strichen über die Oberfläche und folgten den Ebenen und Kurven seiner Linien. Er hatte die Bilder so gestaltet, dass sie sich lebendig anfühlten. Eine zusätzliche Bedeutungsebene, die nur wir beide teilten.

Ich hatte ihm so viel zu sagen gehabt, als ich diesen Raum betrat, über sein Verhalten, über unseren Streit. Aber diese Bilder nahmen mir die Worte. Sie offenbarten mir Quoths Seele. Seine Gefühle auf der Leinwand waren stärker als jede Entschuldigung, die er je in seinem Leben hätte aussprechen können.

»Gefallen sie dir wirklich?« Quoths Augenbraue hob sich. Er verlagerte sein Gewicht von einem Fuß auf den anderen. Nervöse Energie ging in Wellen von ihm aus. Oscar spürte sie auch, denn er reagierte mit nervösem Wimmern und Unruhe.

»Sie sind unglaublich schön.« Ich konnte meinen Blick nicht von dem Bild abwenden.

»Sie sind alle für dich.« Quoth trat näher. Seine Arme umschlangen meine Taille und drückten mich an sich. »Nichts davon wäre möglich, wenn du nicht wärst, Mina.«

Seine Lippen fanden die meinen. Es war ganz anders als ein

Quoth-Kuss. Es war fordernd, alles verzehrend, verzweifelt und atemlos. Seine Hände strichen über meinen Körper und zogen mich näher, als wollte er in mich hineinkriechen. Ein Stöhnen entfuhr meinen Lippen, als seine Hände mein Hemd hinaufglitten und meine Brüste streiften. Oscars Geschirr fiel mir aus den Fingern, als Quoth mich rückwärts gegen das Gemälde drängte. Mein Rücken streifte die grobe Farbe, als er seine Härte gegen meinen Oberschenkel presste, und meine Finger glitten zu seinem Hosenstall, um ...

Mein Handy klingelte und durchbrach die Stille.

Neeeeeeein ...

Oscar bellte. Quoths Lippen streiften mein Ohr. »Geh nicht ran«, brachte er mit vor Verlangen belegter Stimme hervor.

»Es ist Jo. Ich muss.« *Verdammt, Jo.* Ich hielt das Telefon an mein Ohr, während Quoth an meiner Haut knabberte. »Jo, ich bin gerade mit Quoth in der Kunstgalerie und er ...«

Ich verstummte, als Quoths Finger in mein Höschen glitt, meinen Kitzler umkreiste und einen tiefen, stechenden Schmerz in meinem Bauch auslöste. Jos Stimme kreischte in meinem Ohr, aber ich hörte kein Wort von dem, was sie sagte. Mein Mund stand offen, als Quoth die empfindliche Knospe streichelte und mein Körper erst warm und dann heiß wurde und schließlich wie flüssiges Magma. Grüne und orangefarbene Lichter flackerten vor meinen Augen.

Quoth schob einen Finger hinein, während er unermüdlich weiterstrich. Ich rollte meine Hüften gegen seine Hand, sehnte mich nach mehr von ihm und bettelte um Erlösung.

»Mina? Mina, hörst du mich?«

Ich schluckte, als die Hitze zwischen meinen Beinen brannte. Quoth schob einen zweiten Finger in mich hinein. »Ähm ... irgendwie ... ist es wichtig ...?«

»Du würdest sagen: bei Isis, es *ist* wichtig! Ich habe gerade in Fionas Kiste geschaut und es fehlt Erde.«

Ich versuchte, mich auf ihre Worte zu konzentrieren, aber meine Beine zitterten und die aufsteigende Lust vernebelte mein Gehirn. »Was meinst du?«

»Ich dachte, ich erfülle Fionas letzten Wunsch, die Erde auf dem Grab ihres Großvaters zu verstreuen. Also bin ich heute Abend zum Friedhof gegangen. Als Fiona die Schachtel das letzte Mal für mich geöffnet hatte, war sie komplett mit Erde gefüllt gewesen. Aber jetzt ist nur noch ein winziger Rest drin.«

»Aber so haben wir sie gefunden haben ...« Quoth rieb seine Handfläche an meiner Klitoris, während er seine Finger in mich hineinstieß. Ich war so nah dran. Ich war am Rande, kämpfte gegen das Vergnügen an, während ich mich bemühte, zu verstehen, was Jo sagte. Seine Finger wirbelten herum, und es wurde immer schwieriger, mich auf Jo zu konzentrieren ...

»Genau, Mina. Jemand hat Erde aus der Kiste entfernt, bevor du sie gefunden hast. Genug Erde, um eine zweite Kiste zu füllen.«

Mein Herz hämmerte gegen meine Brust, als Jos Worte den Nebel meiner Freude durchdrangen.

Oh nein, nein, nein.

Dracula hat etwas von dem Schmutz aus Fionas Kiste entfernt und in einen anderen Behälter gefüllt. Mein Blut gefror zu Eis. Ich erinnerte mich an die alte Keksdose von Frau Ellis, die auf der Küchentheke in Draculas Haus stand. Ich wette, es war da drin ...

»Ich bin gleich zu Hause, Jo. Ich glaube, ich weiß, wo der Dreck ist ...«

Das Telefon fiel mir aus der Hand, als Quoth seine Zähne in meinen Hals versenkte.

24

»Au!« Ich riss mich von ihm los. Meine Hand flog zu meinem Nacken, der vor Schmerz und einer Art seltsamer Euphorie brummte.

Meine Finger berührten etwas Nasses, Warmes, Klebriges.

Blut. Mein Blut.

Quoth langte nach mir. Ich duckte mich unter seinem Arm hindurch und versuchte, etwas Abstand zwischen uns zu bringen. Aber Quoths Griff war stärker, als ich es mir je vorgestellt hatte. Er schlang seine Arme um mich und drückte mich an seinen Körper. Seine Zähne versenkten sich erneut in mir: tiefer, härter. Der Schmerz trieb mir die Luft aus den Lungen, während sein Biss gleichzeitig ein Gefühl der Lust durch meine Adern schickte.

Nebel wirbelte in meinem Kopf. Ich stöhnte in Quoths Umarmung. Es fühlte sich so *gut* an, der Schmerz und das Vergnügen verschmolzen miteinander und kämpften in mir, bis in meiner Haut kein Platz mehr für mich selbst war. Ich schwebte über meinem Körper, ruhte auf einer Wolke der Euphorie, während ich zusah, wie Quoth an meinem Hals saugte. *Er beißt mich. Warum beißt er mich? Ich muss die Kontrolle behalten. Ich muss ...*

»Es wird nur einen Moment wehtun, Mina«, flüsterte Quoth und machte ein saugendes Geräusch, als er sich an mich schmiegte. »Danach können wir für immer zusammen sein.«

Ja, Quoth. Ich will für immer mit dir zusammen sein.

Ein Gefühl der Wonne durchströmte meine Adern. Ich umklammerte seine Arme, während ich mich an ihn schmiegte und mich ihm vollkommen hingab. Der Orgasmus, den Jo unterbrochen hatte, stieg wieder in mir auf und baute sich erneut auf. Ich wollte das, ich wollte das Vergnügen bis in seine glorreichen Höhen treiben. Ich wollte nicht, dass Quoth jemals aufhörte.

Ich blickte auf unsere zusammengepressten Brustkörbe hinab und nahm vage einen Blutfluss wahr, der an der Vorderseite meines Hemdes hinunterfloss.

Ich frage mich, wessen Blut das ist.

Das Vergnügen baute sich auf und erreichte seinen Höhepunkt, strömte durch meine Adern bis in meinen Kopf und in die Zehenspitzen.

Ich habe mich noch nie so lebendig gefühlt. Ich ...

Verdammt.

Irgendwie gelang es mir, einen winzigen Teil meines Verstandes zurückzugewinnen. Und durch den Schleier der Ekstase hindurch machten mich die purpurroten Impulse vor meinen Augen darauf aufmerksam, was geschah.

Quoth trank mein *Blut.*

Alles passte zusammen.

Die Art und Weise, wie er tagsüber geschlafen und die Vorhänge im Laden geschlossen hatte. Sein neu gewonnenes Selbstvertrauen und seine Entschlossenheit. Die seltsamen Gemälde, die von Gefühlen sprachen, die er noch nie zuvor zum Ausdruck gebracht hatte.

All die langen Nächte, die Quoth mit seinem Kunstlehrer Professor Sang verbracht hatte … Er war nicht in der Schule gewesen, er war *bei Dracula* gewesen. Wir hatten uns gefragt, wie Dracula an Informationen darüber kam, wer Zugang zu rumänischem Dreck hatte. Deirdre hatte erzählt, wie ein Rabe in der Poststelle des Postamtes herumgelungert hatte, und wir wussten, dass alle drei Opfer ihren Dreck per Post zugeschickt bekommen hatten …

Quoth spionierte in Gestalt eines Raben die Leute aus, schlich sich an geheime Orte, damit sein Herr den Dreck finden konnte, und …

Wir hatten Fiona aus Draculas Griff befreit, bevor er ihre Verwandlung vollenden konnte, aber der Graf hatte die ganze Zeit über eine andere Braut gepflegt.

Dracula versuchte, mir mein Vögelchen wegzunehmen.

Oh, Quoth.

Das Vergnügen drängte in meine Gedanken und drohte, die Wahrheit zu vertreiben. Schon spürte ich, wie der Schrecken meiner Erkenntnis aus meinen Adern floh und durch ein Gefühl der Richtigkeit, der schönen Unvermeidlichkeit ersetzt wurde. Der Biss eines Vampirs, der seine Beute bewegungsunfähig macht.

Ich muss stark bleiben. Ich muss …

Quoth gab ein hübsches, miauendes Geräusch von sich, während er mein Blut schlürfte.

Ich hob mein Knie und rammte es ihm in den Schritt.

»Aua.« Quoths Gesicht verzog sich. Seine Zähne lösten sich von meiner Haut, und für einen Moment lichtete sich der Nebel und meine missliche Lage wurde mir schlagartig klar, als weißglühender Schmerz in mich hineinknallte.

Ich wand mich von ihm weg und hielt meine Hand gegen die Wunde in meinem Nacken. Blut sickerte durch meine Finger. Meine Ohren klingelten. Ich wusste nicht, wo Oscar hin gegangen war, und ich war mir nicht einmal mehr sicher, wo ich mich befand. Die wilden Farben von Quoths Gemälden wirbelten um mich herum, und ich wusste, dass ich nicht mehr viel Zeit hatte, bevor ich durch Blutverlust ohnmächtig werden oder vollständig in Quoths Bann gezogen werden würde.

»Du … du … du …« Ich wich zurück. Ich versuchte, meine Beine zum Laufen zu zwingen, aber es war, als würde ich versuchen, durch Honig zu laufen. »Du bist ein Vampir.«

Quoth lächelte. Es war das süße Lächeln meines schönen, gebrochenen Rabenjungen, ein Lächeln, das mich durch einige meiner dunkelsten Tage begleitet hatte. Im Schein seiner Ausstellungslampen konnte ich seine spitz geschliffenen Vorderzähne sehen.

Reißzähne.

Nein. Nein, nein, nein.

Nicht mein Quoth.

»Bitte.« Tränen befleckten meine Wangen. »Sag mir, dass das nicht wahr ist. Sag mir, dass du das nicht wolltest, dass es einen Weg gibt, es rückgängig zu machen.«

Er lachte. »Warum sollte ich das nicht wollen? Ich bin in einem Gefängnis gefangen, das ich selbst geschaffen habe, seit ich aus meinem Gedicht herausgerissen wurde. Ich musste zusehen, wie andere das Leben führten, von dem ich immer geträumt habe, und dir Dinge gaben, die ich dir niemals geben könnte. Für dich war ich immer nur der Drittbeste und für sie nur ein Nachzügler, obwohl ich sie seit dem Moment, als sie mich vom Boden der Buchhandlung aufhoben, wie Brüder geliebt habe. Nun bin ich derjenige mit der Macht. Eines Tages werden Morrie und Heathcliff sterben. Sie werden zu nichts als Asche und Erinnerung werden. Aber wir werden für immer leben, du und ich, zusammen.«

Quoth stürzte sich auf mich. Oscar sprang mit gefletschten Zähnen vor mich. Quoths Lippen verzogen sich zu einem

Knurren. Er packte Oscar am Genick und warf ihn zur Seite. Ich schrie auf, als Oscar über den glänzenden Boden rutschte. Er wimmerte, während er in einer dunklen Ecke kroch, wo ich ihn aus den Augen verlor.

»Nein, bitte.« Mein Rücken drückte gegen die Wand, meine Finger rieben über die Oberfläche von Quoths Gemälde und suchten vergeblich nach etwas, das ich als Waffe verwenden konnte. »Tu das nicht. Tu Oscar nicht weh. Ich kenne dich, und du bist kein Monster. Du …«

Quoth trat einen weiteren Schritt auf mich zu, seine Lippen verzogen sich und entblößten seine spitzen Reißzähne, die mit meinem Blut befleckt waren. Meine Finger kratzten an der grobkörnigen Farbe, als könnte ich mir damit einen Tunnel in die Freiheit graben. *Es fühlt sich an …*

Es fühlt sich an wie Dreck.

Mit einem Ruck wurde mir die Wahrheit klar. *Er hat die Farbe mit Dreck vermischt.*

»Ich werde dir das Augenlicht schenken, Mina. Sobald du eine von uns bist, wird alles besser. Du wirst stärker sein. Deine Augen werden geheilt sein. Und wir werden für alle Ewigkeit zusammen sein. Das ist eine gute Sache.« Quoths Gesicht verzerrte sich. Sein Mund öffnete sich weit, als er sich über mich beugte. Sein obsidianfarbenes Haar schimmerte im Licht. »Am Anfang hatte ich auch Angst, aber es ist wunderbar. Es ist das schönste Gefühl der Welt, und danach kannst du alles sein und alles tun.«

Der Gedanke, Quoth den Rücken zu kehren, machte mir Angst, aber ich musste den Bann brechen. Ich drehte mich um, packte das Gemälde an den Rändern und nahm es von den Haken. Quoth schrie auf. Ich hörte ein Bellen und ein Knurren. *Oscar, du bist mein Held.*

Ich wirbelte herum, als Oscar auf Quoth zustürmte und ihn zurückstieß. Oscar versenkte seine Zähne in Quoths Bein. Ich hatte meine Chance. Ich schlug das Gemälde so fest ich konnte auf den Boden.

»Nein«, schrie Quoth.

Tränen liefen mir über die Wangen, als das wunderschöne Kunstwerk in der Mitte zerriss und die Ränder der Leinwand sich wellten. Der Rahmen verbog und verdrehte sich. Ich trat auf den Rand und zerbrach den Rahmen an mehreren Stellen. Ich hob den Rand des Risses an und riss ein weiteres Stück heraus, zerstörte es, so wie Dracula unsere Liebe zerstört hatte.

»Du hast es ruiniert.« Quoth fiel auf die Knie und hielt die zerbrochenen Teile seines Werkes hoch. Oscar nutzte die Gelegenheit, um sich auf seine Schultern zu stürzen und nach seinem Hals zu schnappen. Quoth stieß ihn weg. Sein Gesicht blitzte vor unkontrollierbarer Wut. Federn sprossen aus seinen Wangen, und seine Glieder knackten und zuckten, als sich sein Körper verwandelte. Oscar knurrte erneut, als der Rabe seinen Pfoten entflog und in die Dachsparren flog.

Oscar rannte im Kreis, bellte und knurrte den kreisenden Vogel an.

»Krächz.« Quoth stürzte sich auf mich.

Ich schützte mein Gesicht mit den Händen und rannte zu meiner Handtasche. Krallen kratzten an meinem Rücken und zerrissen den Stoff meines Mantels. Ich schrie auf und rannte weiter. Hinter mir knurrte Oscar und ein Kampf brach aus, aber ich hatte keine Zeit zu sehen, wer gewann. Meine Finger schlossen sich um den Riemen. Jaaaa.

»Hilfe!«, schrie ich. »Bitte helft mir.«

Wo sind Morrie und Heathcliff? Warum hören sie das alles nicht?

Ich rannte zurück zum Gemälde, während Quoth im Zimmer herumkreiste und erneut auf mich zustürzte. Er bewegte sich langsamer. Ein Flügel hing schief, was ihn vom Kurs abbrachte. Aber auch ich bewegte mich langsamer. Meine

Finger kramten in meiner Handtasche und öffneten den Deckel des Vampir-Verschwinde-Sets meiner Mutter. Ich fischte die Flasche Weihwasser heraus und schleuderte sie auf den angreifenden Vogel.

Sie traf die Wand hinter ihm und explodierte. Quoth fiel zu Boden, wand sich und schrie, während er verzweifelt mit den Flügeln in der Pfütze geweihten Wassers schlug, aber er war zu schwach, um sich zu erheben.

Oscar bellte, als er auf Quoth zustürmte. Ich packte seine Leine und riss ihn zurück, während ich ihm mit einem lauten Befehl befahl, sich zu setzen. *Wenn er seine Zähne in Quoth schlägt, wird er ihn töten, und ich …*

Ich kann mich nicht verabschieden. Noch nicht. Nicht, bis ich weiß, dass es keine andere Wahl gibt.

Tränen liefen mir über das Gesicht. »Quoth, nein, nein, nein.« Nicht mein schöner Künstler. Ein Teil von ihm musste überleben. Der Quoth, der diese Bilder gemalt hat, konnte nicht wollen, dass ich zum Vampir wurde.

In meinem Kopf spielten sich Szenen aus den Dracula-Büchern ab, während ich einen Käfig aus der Skulptur riss. Es war ein wunderschönes altes viktorianisches Ding, schwerer als es aussah. Während ich auf Quoth zuging, schwirrte mir der Kopf und ich musste den Käfig fallen lassen und meinen Kopf zwischen die Beine stecken. *Ich werde ohnmächtig. Ich kann das nicht. Ich werde ohnmächtig …*

Quoth zog seine Flügel über den Boden, während er auf mich zu humpelte, und ließ ein wütendes *Nyuh-nyuh-nyuh* aus seiner Kehle aufsteigen. Blut verschmierte die Dielen, und mein Albtraum blitzte in lebhaften Farben vor meinen Augen auf. Nur war dies tausendmal schlimmer als mein Albtraum, denn es war *Quoth*, der unter Draculas Bann stand, und seine orangefarbenen Augen, die vor vampirischem Hunger brannten.

Er breitete seine Flügel aus und schaffte es, abzuheben. Das Weihwasser hatte ihn jedoch benommen gemacht und seine Flugbahn war schief. Sein Schnabel öffnete sich weit, als er direkt auf mich zusteuerte.

»Es tut mir leid, Quoth«, flüsterte ich, drückte meinen Rücken gegen die Wand und wartete darauf, dass er nahe genug kam, um mich angreifen zu können.

KRACH.

Ich konnte mich gerade noch rechtzeitig ducken. Quoth krachte mit voller Wucht gegen die Wand. Federn flogen in alle Richtungen. Er fiel betäubt zu Boden. Ich konnte praktisch sehen, wie kleine gelbe Vögel um seinen Kopf herumflogen.

Er hob seinen Schnabel. Seine Augen verengten sich mit einer Bosheit, die nicht zu meinem schönen Quoth passte. Ich stürzte mich vor und stülpte den Käfig über seinen Körper, schob ihn hinein und knallte die Tür zu.

»Es tut mir leid«, schluchzte ich. Ich stemmte mein volles Gewicht gegen den Käfig, während Quoth seinen Körper gegen die Seiten schleuderte. Oscar trottete herbei und knurrte ihn durch die Gitterstäbe an.

Ich schaffte es, mich aufzurichten. Mit dem Käfig in den Armen rief ich nach Heathcliff und Morrie, während ich die Teile von Quoths Gemälde über den Boden trat, bis sie mit der Vorderseite nach unten im Weihwasser landeten. Oscar half, indem er auf sie sprang, die Farbe ins Wasser drückte und Quoths schönes Gemälde in ein schreckliches Chaos verwandelte.

Wir hatten Draculas letzten Vorrat an Erde neutralisiert. Ein Jammer, dass es so teuer erkauft war.

Während Quoth weinte, manövrierte ich den Käfig zur Tür, trat sie auf und stürzte nach draußen auf die Straße.

Das Licht aus der Galerie warf ein Rechteck auf die Vordertreppe, wo Heathcliff und Morrie standen und sich so intensiv küssten, dass es die Polkappen zum Schmelzen bringen könnte. Kein Wunder, dass sie nichts von meinem Kampf mit Quoth gehört hatten.

Ich wünschte, ich hätte Zeit, ihren Durchbruch zu feiern, aber jeden Moment würde ich den Halt verlieren oder ohnmächtig werden. »Hört auf zu knutschen und helft mir! Es ist Quoth! Dracula hat Quoth erwischt!«

Morrie und Heathcliff sprangen auseinander, als hätte jemand eine Bombe zwischen ihnen gezündet. Morrie fuhr sich mit den Fingern durch die Haare, während Heathcliff in Aktion trat. Er nahm mir den Käfig ab und drückte ihn an seinen Körper, um Quoth daran zu hindern, die Tür aufzustoßen. »Ich bringe ihn zurück in den Laden.«

»Was soll ich tun?«, rief Morrie.

»Wir brauchen mehr Vampirschutz.« Ich zeigte mit dem Finger in Richtung Markt. »Was wir für Fiona haben, wird nicht für beide ausreichen. Knoblauch, Kreuze, alles, was du finden kannst. Los.«

Morrie rannte los. Seine langen Beine verschwanden in der Dunkelheit. Ich drückte Oscar an meine Brust und vergrub mein Gesicht in seinem weichen Fell. Er schien zu spüren, was ich brauchte, denn er blieb völlig ruhig und ließ sich von mir halten.

»Mina.« Heathcliff ragte über mir auf. »Kannst du laufen?«

»Ich schaffe es bis zum Laden ... glaube ich.« Ich ergriff Heathcliffs Arm und er zog mich halb über den Dorfplatz. Als wir um die Ecke bogen, trat jemand vor uns auf die Straße.

»Guten Abend, Mina, Heathcliff, Oscar. Ich fürchte, ich kann Sie nicht in die Nähe des Ladens lassen«, sagte Grey Lachlan. Er trat auf uns zu und verzog seine Lippen zu einem schrägen Grinsen, wobei er seine langen, scharfen Fangzähne entblößte.

25

»Sie sollten wegen Ihres Mundgeruchs mal zum Zahnarzt gehen.« Heathcliff rümpfte die Nase.

Grey lachte, das Geräusch völlig unpassend. »Dieser Galgenhumor wird Ihnen eines Tages noch Ärger einbringen, mein lieber Freund. Aber ich muss wirklich darauf bestehen, dass Sie noch nicht hineingehen. Ich soll mit Ihnen warten, bis mein Herr für Sie bereit ist.«

Seine Worte drangen zu mir durch. »Was reden Sie denn da? Dracula kann nicht in den Laden kommen. Wir haben jeden Eingang mit Knoblauch geschützt ...«

Es sei denn, jemand hat ihn hereingebeten.

Wie auf ein Stichwort durchdrang ein schriller Schrei die Nacht.

»Das kam aus dem Laden.« Heathcliff stürzte nach vorne, aber Grey streckte eine Hand aus, um ihn aufzuhalten. Ich hatte erwartet, dass Heathcliff nur mit den Fingern schnippen brauchte, aber Grey musste über Vampir-Superkräfte verfügen, denn er schleuderte meinen Gothic-Antihelden über das Kopfsteinpflaster.

Heathcliff stieß eine Reihe von Schimpfwörtern aus,

während er versuchte, Quoths Käfig festzuhalten. Er schien sich anzuschicken, sich erneut auf Grey zu stürzen, aber ich hielt ihn am Arm fest. »Nicht. Wir können einfach durch die Hintertür gehen.«

Wir rannten die Gasse zwischen Nevermore und Olivers Bäckerei entlang, aber als wir die Mülltonnen erreichten, trat Grey aus dem Schatten, um uns gierig anzuschauen. »So leicht entkommen Sie mir nicht, Mina.«

Ich vernahm weitere Geräusche aus dem Laden. Knallen und Krachen und jemand schrie: »Schnell, Sylvia, wirf mir den Knoblauch zu ...«

Das Blut gefror in meinen Adern. Ich erkannte diese Stimme.

Mama.

Die Geistersucher mussten in den Laden eingedrungen sein. Mama wusste, wo wir den Ersatzschlüssel versteckt hatten. Und da ich, Heathcliff und Morrie nicht im Laden gewesen waren, hatten sie Dracula ohne Weiteres hereinbitten können.

Meine Mutter war dem Grafen im Laden hilflos ausgeliefert.

»Es ist an der Zeit, diese absurde Vorstellung aufzugeben, dass Sie ihn besiegen könnten, Mina.« Grey verschränkte die Arme. »Mein Meister verfügt über seine Vitalität und seine volle Kraft, und bald wird er die Kontrolle über die Gewässer von Meles haben. Er wird überall hinreisen können, um sich zu ernähren. Er wird die Vergangenheit verändern und die Zukunft zerstören können. Sie können nicht gegen ihn gewinnen. Sie werden sich ihm als seine Braut anschließen müssen.«

»Wenn er so mächtig ist, wozu braucht er mich dann?«, schoss es mir heraus, wobei ich versuchte, die Angst in meiner Stimme zu verbergen. »Wir leben im 21. Jahrhundert. Dracula braucht keine Braut. Es sei denn ...«

Mir kam ein Gedanke.

»Es sei denn, er braucht mich, um das Wasser von Meles zu

nutzen?« Ich zog eine Augenbraue hoch und warf Grey einen Blick zu. »Dracula kann ohne Homers Magie nicht durch das Wasser reisen!«

Grey bleckte die Zähne und knurrte mich an. Ich lächelte. *Volltreffer.*

»Na, na, na, das ist ja vielleicht eine Überraschung. Dracula braucht mich, die kleine alte Mina.« Ich zupfte Heathcliff am Ärmel. »Ich frage mich, was er tun würde, um mich zu bekommen? Ich frage mich, ob ich ihn wie eine Marionette tanzen lassen kann.«

Heathcliffs Finger gruben sich in mein Fleisch. »Mina, provozier ihn nicht.«

»Genau, Mina. Hören Sie auf Ihren übergroßen Pavian. Wenn Sie nicht freiwillig zu ihm kommen, werde ich Sie mit Gewalt holen müssen.«

Er war sogar noch schneller als Quoth. In einem Moment stand er noch vor uns. Im nächsten hatte er Heathcliff von mir weggestoßen und seine Hände um meinen Hals gelegt. Ich versuchte zu schreien, aber er schnitt mir die Luft ab. In meinen Ohren summte es. Mein Kopf füllte sich mit Nebel. Ich wusste, dass ich jeden Moment ohnmächtig werden würde ...

»Nur ein Schluck«, flüsterte Grey und schnupperte hungrig an der Stelle, an der Quoth mich gebissen hatte. Er war mir so nah, dass sein fauliger Atem die Luft verpestete. Ich versuchte, mich wegzudrehen, aber ich hatte keine Kraft mehr. »Bestimmt wird es meinem Herrn nichts ausmachen, wenn ich nur einen Schluck von Homers Blut nehme? Ich wette, es schmeckt nach Rosen und ...«

Hinter ihm hörte ich, wie Heathcliff sich wand, Quoth krächzte und Oscar knurrte, aber die Geräusche wurden leiser, während das Summen in meinem Kopf zu einem Brüllen wurde. Die Dunkelheit kroch nach innen, und ich versuchte ein letztes Mal zu atmen, bevor alles schwarz wurde ...

Plötzlich lockerte sich Greys Griff. Sein Körper sackte gegen meinen. Ich trat zur Seite und rang nach frischer Luft, um seinen starken Geruch zu vertreiben. Er fiel auf das Kopfsteinpflaster. Ein kurzer Holzpflock ragte aus seinem Rücken.

»Niemand legt sich mit meiner Mina an«, bellte eine Stimme durch die Dunkelheit.

»Frau Ellis!«, schrie ich und umklammerte meine Kehle.

Meine Heldin trat unter die Straßenlaterne, einen weiteren Pflock aus ihrem Vampir-Verschwinde-Set in der Hand. Sie stellte ihren orthopädischen Schuh auf Greys Rücken und trat ihn.

»Sie haben uns gerettet«, brachte ich hervor. Jedes Wort schmerzte in meiner Kehle. Nässe sickerte zwischen meinen Fingern hindurch. Ich blutete immer noch an der Stelle, an der Quoth mich gebissen hatte.

Sie wischte sich die Hände ab, als wäre es nichts Besonderes. »Ich konnte ihm schlecht erlauben, meine Lieblings-Ex-Schülerin und das schönste Wesen, das je aus den Seiten eines Buches kam, zu verschlingen.«

Ich starrte sie geschockt an. »Sie ... Sie wissen, dass Heathcliff ... Heathcliff ist?«

»Meine Liebe, ich bin vielleicht alt, aber nicht senil.« Frau Ellis schnalzte mit der Zunge. »Oder blind. Ich habe mein ganzes Leben lang schmutzige Liebesromane gelesen. Glaubst du, ich würde Heathcliff Earnshaw nicht erkennen, wenn er leibhaftig vor mir stehen würde?«

»Warum haben Sie dann nie was gesagt?«, knurrte Heathcliff, als er schwankend auf die Beine kam, Quoths Käfig immer noch in seinen Armen.

Sie legte mir die Hand auf die Schulter. »Weil du die drei ganz für dich allein haben wolltest, du freches Luder. Ich dachte, es wäre an der Zeit, dass du mal etwas Spaß in deinem Leben hast. Du warst schon immer so ein angespanntes Kind. Außerdem glaube ich, dass die Geistersucher dir vielleicht dabei helfen können, herauszufinden, woher diese fiktiven Charaktere stammen, und vielleicht könnten wir die neuen Stars von *Strictly Come Ghosting* werden. Wir würden durch verwunschene Buchläden reisen und uns anderen gutaussehenden fiktiven Kerlen vorstellen. Ich hatte eigentlich darauf gehofft, dass Herr Darcy mal auftauchen würde. Oder Rochester ...«, seufzte sie verträumt. »Ja, ich glaube, der große, grüblerische Rochester wäre genau der Richtige für mich ...«

Ich brach in Gelächter aus, aber es tat weh. Meine Kehle brannte wie verrückt. Ich hielt mich an Heathcliff fest, bis mir nicht mehr schwindelig war.

Heathcliff trat Greys am Boden liegenden Körper. »Ist er tot?«

Ich bemerkte die Blutlache, die aus Greys Wunde floss. Ich kniete mich neben ihn. Oscar stupste meine Hand an, schnüffelte und knurrte leise. Da wurde mir klar, dass er versucht hatte, mich vor Quoth in der Kunstgalerie zu warnen. Er hatte gespürt, dass etwas nicht stimmte, und hatte versucht, mich zur Tür hinauszuziehen, aber ich hatte ihm nicht vertraut.

Ich rieb Oscar mit einer Hand hinter den Ohren. Mit der anderen ergriff ich Greys Handgelenk und fühlte einen schwachen Puls. »Ich glaube nicht. Er hat sich nicht in Staub aufgelöst, als Frau Ellis ihn gepfählt hat, was bedeutet, dass er wahrscheinlich immer noch zumindest teilweise menschlich ist und innere Blutungen hat. Wir sollten einen Krankenwagen rufen.«

»Und Frau Ellis ins Gefängnis bringen, weil sie ihm das Herz durchbohrt hat? Auf keinen Fall. Diese Frau ist eine Nationalheldin.« Heathcliff beugte sich vor und hob Grey mit seinem freien Arm hoch und warf ihn sich über die Schulter. Er taumelte zur Hintertür und versuchte sie zu öffnen, aber sie ließ sich nicht bewegen. Ein weiterer Schrei durchdrang die Nacht.

»Der Bastard hat uns ausgesperrt.«

Heathcliff taumelte zurück zur Eingangstür, immer noch mit Quoths Käfig und Greys blutendem Körper beladen. Frau Ellis legte sich meinen Arm über die Schulter und reichte mir Oscars Leine. Ich ließ mich von den beiden zurück auf die Butcher Street führen, gerade als Heathcliff trotzig brüllt und mit beiden Fäusten gegen die verschlossene Tür hämmerte.

»Das ist *mein Laden*. Lass mich rein, du mieser Bastard.«

Frau Ellis kramte in ihrer Brieftasche und holte einen Schlüssel hervor. »Den hat mir Helen gegeben. Sie hat eine Kopie davon gemacht, als sie einmal auf den Laden aufgepasst hat, für den Fall, dass sie mal reingehen muss, wenn ihr nicht da seid.«

»Noch nie war ich so froh, dass meine Mama ... meine Mama ist.« Ich warf Heathcliff den Schlüssel zu und er steckte ihn ins Schloss. Die Tür schwang nach innen, gerade als ein weiterer grausiger Schrei in der Dunkelheit widerhallte. Ich griff in meine Handtasche und holte ein Kruzifix und einen Holzpflock heraus. »Lasst uns einen Vampir töten.«

26

Heathcliff stolperte hinein und ächzte, während er sich damit abmühte, den Käfig mit Grey auf dem Rücken festzuhalten. »Unser Vögelchen hat trainiert«, schnaufte er.

»Krächz! Krächz! Kräääääächz!«

»Draculas Blut hat ihnen Superkräfte verliehen.« Ich tastete nach dem Lichtschalter, aber als ich ihn betätigte, passierte nichts. *Stimmt, Victor hat den Strom kaputt gemacht und Handy Andy war zu beschäftigt mit dem Geschäft meiner Mama, und meiner Mama, um es zu reparieren.*

Wir tappten buchstäblich im Dunkeln.

Gut, dass ich an die Dunkelheit gewöhnt war.

Ich umklammerte Oscars Leine fester. In der Dunkelheit konnte er meine Handzeichen nicht sehen, also gab ich ihm Sprachbefehle, während wir tiefer in den Laden vordrangen. Meine Brust hob und senkte sich vor Angst, aber ich schluckte sie hinunter und konzentrierte mich auf das, was ich kontrollieren konnte. Ich konnte nichts erkennen, aber ich musste nicht sehen, um mich zurechtfinden. Ich *kannte* dieses Geschäft. Ich kannte jedes Regal, jedes Spinnennetz und jede versteckte Ecke. Ich wusste, wo ich hintreten musste, um die knarrenden Dielen zu vermeiden, und wo ich mich ducken musste, als ich das Kinderbücherzimmer betrat, weil die Türöffnung niedriger war. Ich kannte den Geruch von frischer Holzpolitur und altem Leder und Tinte und die aufsteigende Feuchtigkeit, die aus dem überfluteten Keller kam, und die Wände, an denen vermutlicher Weise die Rohre geplatzt waren.

Ich spürte auch Draculas Anwesenheit. Er war hier, daran bestand kein Zweifel. Er hatte die Luft mit seiner Anwesenheit vergiftet, und der Laden stank regelrecht nach ihm. Er verströmte Macht und Dominanz wie eine Welle, die gegen mich prallte und mir starkes Unwohlsein bereitete. Jeder Schritt, den ich machte, schien diese Unrichtigkeit zu bestätigen. Als ob seine bloße Anwesenheit etwas grundlegend Richtiges, Wahres und Gutes im Universum zerstörte und ich nicht recht wusste, was ich mit den Scherben anfangen sollte.

Ich war die letzte Front gegen diesen Horror.

Der Nevermore Bookshop war *mein* Zuhause, und ich würde ihn und alle, die ich liebe, bis zu meinem letzten Atemzug verteidigen.

Heathcliff fluchte, als er gegen ein Bücherregal stieß, aber Oscar drängte weiter vor, unbeeindruckt von der Finsternis. Er las meine Gefühle und ließ sich von mir leiten, also blieb mir nichts anderes übrig, als ruhigzubleiben. Ich musste finden, wonach ich suchte. Ich lauschte den Schritten über mir. Es waren nicht Draculas, denn sie waren zu hastig. Dann spürte ich, wie sich die Luft bewegte, als sich jemand an den Gedichtregalen vorbeibewegte.

»Mina, es ist etwas Schreckliches passiert«, rief Sokrates aus der Dunkelheit. Seine Stimme wurde von den Stapeln von Gedichtbänden zwischen uns gedämpft. »Einige Damen sind in den Laden eingebrochen und haben Weinflaschen und seltsame Geräte herumgereicht, und dann hat es an der Tür geklopft und sie haben einen gutaussehenden Fremden hereingelassen. Und dann haben die Schreie angefangen.«

Jemand stieß mich in den Arm. Frau Ellis flüsterte mir ins Ohr: »Wer ist dieser Kerl? Er klingt wie dieser clevere alte Schlingel, der heute versucht hat, die Philosophiebücher zu retten. Den fand ich ziemlich mutig.«

Typisch Frau Ellis, dass sie in solchen Momenten mit ihrer Damenständer dachte.

»Sokrates, es ist okay. Du kannst rauskommen.« Mein Blick wurde von einem flackernden Licht angezogen, das am Ende der Poesieregale auftauchte und auf uns zukam. Als ich das Licht sah, durchzuckte mich eine neue Welle von Übelkeit und Schmerz, und eine Reihe orangefarbener Kringel tanzte vor meinen Augen. Als das Licht näherkam, roch ich etwas Brennendes.

»Du hast ein Buch angezündet.« Heathcliff klang verzweifelt. »Was ist das nur mit diesem Dorf und Bücherverbrennungen? Was haben die Bücher dir jemals getan?«

»Wir brauchen Licht, oder etwa nicht?«, fuhr Sokrates ihn an und wedelte ihm mit seiner provisorischen Fackel ins Gesicht. »Keine Sorge, es sind nur die Briefe und Aufsätze von Seneca dem Jüngeren. Dieser kleine Schlingel dachte, er könnte ein Stoiker sein, während er sich gleichzeitig ein Vermögen aneignete und die Reichtümer von Neros Gunst genoss. Das Einzige, was dieser doppelzüngige Arschkriecher jemals Stoisches getan hat, war, sich selbst umzubringen.«

»Halt die Klappe und hilf mir, den Kram hier nach oben zu bringen«, schnauzte Heathcliff.

Sokrates reichte mir seine brennende Buchfackel. Ich hielt sie für sie hoch, während Sokrates den Boden des Käfigs packte und Heathcliff half, Quoth und Grey nach oben zu zerren. Frau Ellis, Oscar und ich bildeten die Nachhut. Irgendwo zwischen den Regalen hörte ich verängstigte Schritte und nahm die bedrückende Gegenwart von Dracula in der Nähe wahr. Jeden Moment erwartete ich, dass sich Fangzähne in meinen Hals bohren würden, aber er hielt sich zurück. Er wollte mir nicht wehtun. Noch nicht.

Wir mussten Quoth vor ihm in Sicherheit bringen, und dann würde ich ihn so heftig ins Maul schlagen, dass er Knoblauch scheißen würde.

Heathcliff und Sokrates brachten ihre Ladung direkt in mein Schlafzimmer. Fiona schrie auf, als wir in ihren Raum stürmten. Jo sprang von ihrem Stuhl auf. »Mina, was ist mit Quoth passiert? Und warum hältst du ein brennendes Buch in der Hand?«

Sobald er die Salzspur an der Tür überquert hatte, wurde Quoth still. Er ließ die Flügel fallen und er drehte sich mit weitaufgerissenen, verängstigten Augen zu mir um. »Kräääächz?«

»Es tut mir so, so leid.« Neue Tränen fielen. Ich berührte Quoths Wange, aber er zuckte zurück. Meine Brust schmerzte, aber ich wusste nicht, ob es am Blutverlust lag oder daran, dass mir das Herz brach.

Ich musste daran glauben, dass Quoth gerettet werden konnte.

Auf dem Bett wand und schlug Fiona um sich. Ich wollte Quoth nicht mit ihr zusammen festbinden, falls sie ausrastete und ihn verletzte. Ich erinnerte mich an den Haken, den Morrie an die Decke gehängt hatte, denselben, den er benutzt hatte, als er mir Handschellen angelegt hatte, während er und Quoth schmutzige, schöne Dinge mit meinem Körper anstellten. Die Erinnerung schnürte mir die Kehle zu.

Während Heathcliff Grey von seinen Schultern rollte und zu Boden fallen ließ, griff ich nach einem von Morries Geschirren und stellte mich auf seinen Schreibtisch, um es an den Haken zu klemmen. Heathcliff nahm Quoth aus dem Käfig und hielt ihn fest, während ich ihm die Handschellen um den Hals legte und sie so fest wie möglich zog.

»Krääääächz!« Quoth fand zu neuer Kraft. Er schlug um sich, biss und kratzte, während wir darum kämpften, ihn festzuhalten.

Die zweite Handschelle legte ich um seine Taille. Als wir ihn endlich gesichert hatten, waren meine Arme voller blutiger Kratzer und ich konnte vor lauter Tränen kaum noch geradeaus sehen, aber er würde so schnell nirgendwo hingehen.

Ich streichelte seinen Kopf. »Wir werden einen Weg finden, dich zurückzubringen. Ich verspreche es.«

Er zappelte in den Fesseln, sein Krächzen hoch und voller Schmerz. Ich ließ mich vom Stuhl fallen und Heathcliff fing mich in seinen Armen auf.

»Du blutest immer noch.« Er berührte mit den Fingern meinen Hals. Ich zuckte zusammen, als eine neue Welle von Schmerz mich benommen machte.

»Mina braucht Erste-Hilfe«, erklärte Frau Ellis aus der Ecke, in der sie mit Sokrates knutschte. Ich schätze, wenn man mit einem gefährlichen Vampir in einem Haus gefangen ist, gibt es Schlimmeres, als mit einem der größten Philosophen der Welt zu knutschen.

»Unter dem Bett liegt ein Koffer, zusammen mit meiner Sammlung von Buttplugs«, sagte Morrie, als er ins Zimmer rannte.

»Schon dabei.« Jo kroch unter das Bett.

Erleichterung überkam mich, als Morrie durch den Raum schlich und seine Arme um mich und Heathcliff legte. Es ging ihm gut. Er hatte es lebend zurückgeschafft.

»Wie bist du hier reingekommen?«, schnappte Heathcliff. »Ich habe dir nie einen Schlüssel gegeben.«

»Ich bin ein kriminelles Superhirn, schon vergessen?«

Morrie warf eine Einkaufstüte aufs Bett. »Ich kenne mindestens siebzehn Wege, um in dieses Gebäude hinein- und herauszukommen, ohne einen Schlüssel zu benötigen. Soll ich sie dir aufzählen oder sollten wir uns lieber um die Vampirabwehr für unser Vögelchen kümmern?«

»Was hast du da?« Ich werfe einen Blick auf die wahllose Auswahl an Flaschen und Gläsern.

»Im Laden gab es keinen frischen Knoblauch mehr«, sagte Morrie. »Anscheinend gab es diese Woche einen Ansturm auf das Zeug.«

Ich stöhnte. Es war alles die Schuld meiner Mutter, die in Argleton das Vampirfieber entfacht hatte. Und dann fiel mir ein, dass meine Mutter irgendwo im Laden war, und meine Brust zog sich vor Angst zusammen.

»Aber dann erinnerte ich mich an die Marktstände. Ich habe Frau Traverson überredet, mir ihren gesamten Vorrat an Knoblauch-Pasta-Soße zu verkaufen.« Morrie schraubte den Deckel vom Glas. Ein köstlicher Knoblauch- und Basilikumduft erfüllte den Raum. »Ich dachte, wir könnten Quoths Körper damit einreiben und du könntest es vielleicht schön langsam ablecken.«

»Das ist furchtbar, aber es ist das Beste, was wir haben.« Ich schraubte einen Deckel ab und holte eine große Portion Nudelsoße heraus, die ich auf Quoths Wange schmierte.

»Krääääächz.« Er zappelte, spuckte und pickte nach unseren Händen, aber wir waren unerbittlich. Als wir fertig waren, sah Quoth aus, als hätte ihn ein italienischer Koch mumifiziert. Er roch köstlich nach Knoblauch. Morrie hängte ihm ein silbernes Kruzifix um den Hals, was ihm die letzte Kraft zu rauben schien. Er hing in seinen Fesseln und krächzte leise.

Wir mussten hoffen, dass es vorerst ausreichte, um ihn vor Dracula zu schützen.

Jo ergriff meine Hand und half mir, mich auf die Bettkante zu setzen. Sie warf mir eine Flasche Limonade in den Schoß, während Victor hinter ihr eine Flasche Weihwasser und Nadel und Faden hochhielt. Jo drückte mir die Limonade in die Hand. »Trink das. Es wird dir helfen, deinen Zuckerhaushalt auszugleichen. Das wird verdammt wehtun, aber du musst stillhalten, sonst wird Victor alles nur noch schlimmer machen.«

Sie sollte Recht behalten. Ich spürte jeden Stich von Victors Nadel, jeden Ruck an meinem Fleisch, jeden Spritzer Weihwasser, als wäre es kochend heißer Kaffee auf einer offenen Wunde. Ich kippte das Sodawasser hinunter, das sich in meinem Magen wie ein Bleigewicht anfühlte.

Morrie bot mir den Rand seiner Hand zum Draufbeißen an, was er normalerweise beim Sex genoss, aber anscheinend nicht, wenn Victor Frankenstein mich wie eines seiner Monster zusammenflickte. Morrie schrie auf, zuckte zurück und schüttelte seine Hand. »Jetzt bluten wir beide. Was sollen wir nur tun, Mina?«

Das Gesicht des Napoleons des Verbrechens war gezeichnet. Er wirkte unsicher. Er sah aus, als hätte er absolut keine Ahnung, was er als Nächstes tun sollte, und das war etwas, was Morrie noch nie erlebt hatte. Durch das schwindende Licht unserer Fackel sah ich, wie er näher an Heathcliff herantrat und seine Hände umklammerte.

Ich schluckte meine Angst hinunter. »Dracula ist irgendwo in diesem Laden, und ...«

Ein Schrei durchdrang die Dunkelheit.

Ein sehr vertrauter Schrei.

»Mama«, schrie ich und sprang auf die Füße. »Wir kommen!«

Eine Welle von Übelkeit und Schmerz warf mich fast wieder zu Boden, aber ich hielt mich an Heathcliff fest, bis sie vorüber war. Es gibt nichts Besseres als einen unerschütterlichen Freund, an dem man sich festhalten kann.

»Ihr könnt da nicht unbewaffnet rausgehen«, schrie Jo und drängte sich vor mich. »Ihr habt doch gesehen, was er Fiona und Quoth angetan hat.«

Ich strich mit den Fingern über den Rand des letzten Nudelsoßen-Glases und schmierte mir die Knoblauchsoße in zwei Streifen über die Wangen. »Wir ziehen in den Krieg. Wir werden nicht unbewaffnet sein. Wo sind die Pfähle, die Heathcliff angespitzt hat?«

»Im Lagerraum«, sagte Morrie.

»Dann müssen wir sie holen. Sucht auf diesem Stockwerk nach etwas, das wir als Waffe verwenden können. Der Lagerraum wird unser erstes Ziel sein.« Ich holte das Vampir-Verschwinde-Set aus meiner Handtasche. Frau Ellis tat dasselbe, und wir teilten die Vorräte an Weihwasser, Knoblauch und Kruzifix-Anhängern auf. »Danach müssen wir Raum für Raum durchsuchen, bis wir ihn finden. Sobald wir eine der Geistersucherinnen finden, schicken wir sie hier hoch, damit sie sich in diesem Raum verbarrikadieren können, verstanden? Egal, was passiert, meine Mutter darf *nicht* Dracula nachjagen, ist das klar?«

»Was ist mit der letzten Schachtel Dreck?«, fragte Heathcliff, als Morrie die Beine eines Holzstuhls abbrach und sie herumreichte.

»Er ist weg. Ich habe ihn zerstört.« Mir traten erneut Tränen in die Augen, als ich an Quoths wunderschönes Kunstwerk dachte, das zerschmettert auf dem Boden der Galerie lag. »Quoth hat den Dreck in eines seiner Bilder gemalt. Ich habe es zerbrochen und mit Weihwasser übergossen. Das war's. Wir können uns jetzt auf die Jagd nach Dracula machen.«

Heathcliff ließ seine Knöchel knacken. »Gut. Ich habe nur darauf gewartet, diesen Mistkerl in die Finger zu bekommen.«

Sobald wir mein Schlafzimmer verließen und das Wohnzimmer betraten, ging Morrie in die Küche und kam mit einem Arm voller Küchenmesser zurück. Er drückte mir eines in die Hand. »Besseres finden wir hier nicht. Ich habe auch diese Axt neben dem Feuer gefunden.«

»Die nehme ich.« Heathcliff griff danach.

»Was machen wir, wenn wir dem Grafen begegnen?« Frau Ellis wirbelte ihr Messer in den Fingern herum, als hätte sie ihr ganzes Leben lang Vampire getötet, was ich zu diesem Zeitpunkt, ehrlich gesagt, mühelos glauben würde. »Sollen wir ihn töten, wenn wir die Chance dazu haben, oder müssen wir ihn am Leben erhalten?«

»Ich ...« Mein Blick schweifte zu Quoth. »Ich denke, wir müssen ...«

»Mina ... *Miiiiiina* ...«

Der Klang dröhnte durch die Luft. Er durchdrang meinen Körper, sammelte sich in meinem Magen und ließ mein Herz zu Eis gefrieren. Meine Glieder zuckten, als Dracula seine beträchtliche Kraft einsetzte, um mich näher zu sich zu ziehen. Er wollte mich. Er *befahl* mir. Ich hätte fast für immer unter Quoths Bann gestanden, aber das war nur der Vorgeschmack auf die wahre Macht des Grafen gewesen.

Aber Quoth ... Wenn wir Dracula töten, würden wir vielleicht unsere einzige Chance verlieren, die Menschen zurückzubringen, die er verdorben hat.

»Wir müssen ihn töten.« Ich schluckte den Kloß hinunter, der mir im Hals aufstieg. »Wir können keine ... Scheiße bauen, wie Heathcliff sagen würde. Wir können nicht riskieren, dass er das Wasser von Meles nimmt oder noch mehr unschuldige Menschen verletzt. Unter keinen Umständen darf er diesen Laden verlassen oder in den Raum am Ende des Flurs einbrechen.«

»Ich weiß nicht, was die Wasser von Meles sind, aber du bist der Boss.« Frau Ellis steckte das Messer in ihren Gürtel.

Heathcliffs Hand drückte die meine. »Aber Quoth ...«

»Ich weiß«, flüsterte ich. »Ich weiß. Aber wir müssen daran glauben, dass es einen Weg gibt, ihn zu retten.«

»Also dann.« Frau Ellis schwang ihr Stuhlbein. »Was stehen wir hier noch herum?«

Ich schluckte erneut. Mit einem letzten Blick über meine Schulter auf meinen Mitternachtsvogel, der nur frei sein wollte, dann auf die schattenumhüllten Gesichter meiner Freunde und meiner Liebhaber, zwei Männer, die für mich bis in die Hölle gehen würden, hob ich meine eigene Waffe und schrie in die Dunkelheit: »Du willst den Nevermore Bookshop? Dann musst du erst an uns vorbei. Komm schon, du Blutsauger.«

27

Wir überprüften zuerst jeden Winkel der Wohnung, für den Fall, dass sich hier oben Mitglieder der Geistersucher versteckt hielten, aber Heathcliffs Unmengen an ZUTRITT VERBOTEN-Schildern mussten sie zu sehr verschreckt haben, denn wir fanden niemanden. Wir ließen Sokrates und Victor zurück, um Quoth, Fiona und Grey zu bewachen, und stiegen die Treppe hinunter in die Dunkelheit. In einer Hand hielt ich Oscars Geschirr viel fester als Evie, meine Blindenführhund-Ausbilderin, es normalerweise erlauben würde. In der anderen hielt ich das Küchenmesser, dessen Klinge in Weihwasser getränkt war.

Morrie schritt neben mir, wobei er ein Stuhlbein und eine selbstgemachte Fackel aus einem brennenden Dan-Brown-Roman hielt. Endlich wurde der *Da Vinci Code* mal sinnvoll eingesetzt.

Links von uns bewegte sich etwas. Eine Diele knarrte. Heathcliff stürzte sich vor und schrie triumphierend, als sein Stuhlbein auf etwas traf.

RUMMS.

»Au. Wofür war das denn?« Robin jaulte und hüpfte über den Boden.

»Hör auf, wie eine mittelalterliche Hupfdohle herumzutanzen und hilf uns«, schnauzte Heathcliff. »Wir brauchen deinen Bogen.«

»Und den sollt Ihr haben, Sir«, schrie Robin triumphierend. »Welche Pfeilspitzen werden benötigt? Mit Flammen? Zum Töten von Monstern? Für die Entenjagd? Zum Durchbohren von Äpfeln?«

»Monster tötende sollten ausreichen.« Ich hielt ein Gefäß mit Weihwasser hin. »Tauche die Spitzen in dieses Wasser. Hast du irgendwelche seltsamen Frauen auf dieser Etage gesehen?«

»Ja. Sie hatten einen Schlüssel und haben sich selbst hereingelassen. Sie weigerten sich, sich ruhig hinzusetzen und meinen Geschichten über Tapferkeit und Wagemut zuzuhören. Als das Geschrei begann, sind sie auseinandergestoben und haben sich versteckt. Wir auch.« Seine Stimme zitterte. Trotz all seiner Tapferkeit hatte Robin Angst. »Droll ist oben auf dem Philosophie-Regal. Hey, Droll?«, rief er. »Du kannst jetzt rauskommen. Mina ist hier.«

Die Luft flimmerte, als Droll neben Robin erschien. »Da versteckt sich eine Frau im Abstellraum, was gegen das ZUTRITT VERBOTEN-Schild verstößt. Soll ich sie verwandeln?«

»Nein.« Ich wies Oscar an, mich durch den Raum zu führen. Er schnüffelte an der Tür und jaulte aufgeregt. Meine Finger fanden den Griff und ich stieß sie auf.

»Wer ist hier drin? Ich bin's, Mina. Ich verspreche Ihnen, dass alles gut wird, aber Sie müssen jetzt rauskommen ...«

»Miiina ...« Draculas Stimme hallte in meinem Kopf wider und dröhnte durch den Laden. »... ich warte auf dich ...«

»Mina?«, flüsterte eine kleine Stimme hinter den Regalen. »Bist du es wirklich?«

»Mama?«

Eine Gestalt trat aus den Schatten. Ich konnte ihre Gesichtszüge nicht erkennen, aber ich erkannte ihre Stimme, ihren unverwechselbaren Geruch und die ihr innewohnende tröstliche *Präsenz*.

»Mama.« Ich warf meine Arme um sie. Eine Welle der Erleichterung und Liebe durchflutete meine Adern und vertrieb für einen Moment meine Dracula-Ängste. »Dir geht es gut.«

»Oh, Mina.« Mamas Körper zitterte. »Es war so schrecklich. Da war so ein Typ in einem wallenden Umhang an der Tür. Er hatte die blasseste Haut, die ich je gesehen habe. Er sagte, er wäre dein Freund, und er sah aus wie einer dieser Jungs in den Rockbands, die du so magst, also habe ich ihn hereingelassen, damit er auf dich warten konnte. Keines der Lichter funktionierte, also haben wir nicht gesehen, was er getan hat. Bis Deirdre verschwunden ist und er … er … er … sie *gebissen hat.*«

»Sssssh. Es wird alles gut, ich verspreche es.« Ich schob Mama in Heathcliffs Arme. »Heathcliff wird dich nach oben bringen und dir ein Versteck zeigen, okay? Das ist wichtig. Komm auf keinen Fall hier runter. Egal, was du hörst. Hörst du mich?«

Sie wimmerte, antwortete aber nicht.

»Mama, wenn du nickst, kann ich dich nicht sehen. Verstehst du, was ich sage?«

»Ja, ja. Mina, ich …« Mamas Finger zitterten, als Heathcliff sie wegzog. »Ich habe Angst.«

Ich auch. »Wo ist Deirdre?«

»… Mina …«, rief Dracula mich, und seine Stimme pochte in meiner Brust. Ich musste mich sehr zusammenreißen, um bei meiner Mutter zu bleiben und nicht aufzuspringen und zu ihm zu laufen.

»Sie ist hier, versteckt hinter den Regalen. Sie ist sehr

schwach. Ich bekomme die Blutung nicht gestoppt.« Mamas Stimme zitterte.

»Schon gut, dabei können wir helfen«, grunzte Morrie, als er sich hinter die Regale beugte und Deirdre aufhob. Gemeinsam brachten die beiden Deirdre und meine Mama zurück nach oben in die Wohnung, während Droll in einer Glitzerwolke verschwand und mich, Jo, Frau Ellis und Robin zurückließ, um mit erhobenen und schussbereiten Waffen im Treppenhaus Wache zu halten.

Ich wünschte mir mehr als alles andere, bei meiner Mutter bleiben zu können, aber Draculas Rufe wurden lauter und eindringlicher. Seine Stimme erschütterte das Gebäude. Bücher fielen aus den Regalen, als er meinen Namen durch die Nacht donnerte. »Miiiiina ...«

Heathcliff und Morrie schlossen sich uns wieder an und bahnten sich ihren Weg durch unsere Armee, um an meiner Seite zu stehen. Ich konnte sie im Dunkeln nicht sehen, aber ich spürte sie. Ihre Anwesenheit hing genauso schwer in der Luft wie die von Dracula. Die Kräfte des Guten waren es wert, sich seiner überwältigenden Bösartigkeit entgegenzustellen. Heathcliffs würziger Torfgeruch vermischte sich mit Morries spritziger Grapefruit und Vanille und erfüllte die Luft mit Erinnerungen, die mein Herz mit Liebe überfluteten.

Ich konnte das schaffen. Mit ihnen an meiner Seite und Quoth in unseren Herzen konnten wir triumphieren.

»Für unser Vögelchen«, flüsterte Morrie.

»Für Quoth«, knurrte Heathcliff.

Für die Liebe.

Zu meinen Füßen knurrte Oscar die Dunkelheit an. Ich wusste nicht, ob er sich weigern würde, nach unten zu gehen, aber er zog an seinem Geschirr und ging voran. Hunde waren in der Lage, Gefahren zu spüren, und es war ein Beweis für Oscars

Loyalität und Hartnäckigkeit, dass er mich nicht wegzerrte, sondern mich direkt in die Höhle meines Feindes führte.

Wir stiegen die Treppe hinunter in den stillen Flur. Oscar bog nach links ab und führte uns durch die niedrige Tür zu den Regalen mit den Klassikern. Die Luft roch nach feuchten Büchern und süßlichem, verwesendem Fleisch. Morrie schob den Dan Brown vor sich hin und erhellte damit einen kleinen Kreis vor uns.

Ich *fühlte* ihn, bevor ich ihn sah: die Konzentration des reinen Bösen, das im Dunkeln lauerte wie eine Schlange unter den Felsen. Mein Herz sank mir in die Knie, als seine Macht uns umfing und mir jedes Quäntchen Mut raubte, um dessen Bewahrung ich so hart gekämpft hatte.

Graf Dracula trat mit grausiger Stille vor, und ich *sah* ihn. Ich sah ihn in lebhaften, erschreckenden Details. Ich sah, wie sich seine Mundwinkel zu einem Lächeln verzogen und lange, weiße Fangzähne entblößten. »Mina Wilde, endlich treffen wir uns.«

28

Es ergab keinen Sinn, denn der Nevermore Bookshop war immer noch stockdunkel, und selbst wenn alle Lichter gerade wieder angegangen *wären*, hätte ich diese Details nicht erkennen können.

Aber ich sah ihn nicht wirklich mit meinen Augen. Er war in *meinem* Kopf und schickte mir diese Vision von sich selbst, damit ich es *wusste*. Ich verstand. Er hatte uns bereits besiegt. Als ich so nah bei ihm stand, überwältigte mich seine Kraft und drang in meine Poren ein. Ich spürte, wie er in meine Adern kroch und hinter meinen Augen schwamm. Er hielt meinen Körper gefangen. Ich konnte mich nicht bewegen. Er konnte mich manipulieren, wie er wollte.

Graf Dracula war mindestens so groß wie Morrie, aber seine Kraft ließ ihn noch größer erscheinen. Er hatte das Gesicht eines älteren Mannes mit einer Hakennase, einem buschigen viktorianischen Schnurrbart und einem spitzen Bart. Er war ganz in Schwarz gekleidet, ohne einen Farbfleck an seiner Person, als würde er der Dunkelheit selbst entsprungen sein.

In seiner Hand hielt er ein Buch, das er aus dem Regal mit den Klassikern genommen hatte: ein wunderschöner ledergebundener Band von Bram Stokers *Dracula*. Ich konnte sehen, wie sich die feuchten Seiten an den Rändern wellten, und auf dem Teppich unter seinen Füßen war ein feuchter Kreis zu sehen. Die zerbrochenen Rohre mussten direkt hinter der Wand sein.

Ich öffnete den Mund, um zu sprechen, aber er hatte mir auch die Stimme verschlagen.

»Hör sie nur, Mina.« Dracula hielt seine Hand ans Ohr, während Fiona, Quoth und Grey über unseren Köpfen ihren Wahnsinn und ihre Treue herausschrien. »Meine Kinder der Nacht. Sie machen so süße Musik. Sie könnten unsere Kinder sein, Mina. Wir können die ganze Erde mit unserer Ahnenreihe neu erschaffen.«

Quoths Schreie erfüllten meine Ohren, und in seiner Verzweiflung fand ich meine Stimme.

»Wir haben deine Erde mit heiligen Sakramenten vergiftet«, sagte ich. »Jede einzelne Kiste mit rumänischer Erde ist verunreinigt. Solltest du versuchen, die Erde zur Regeneration zu nutzen, wirst du sterben.«

»Das spielt keine Rolle.« Seine langen Finger blätterten das Buch um und zerknüllten die Seiten. Wasser tropfte von dem durchnässten Papier. Etwas, das ich auch nicht hätte sehen dürfen. *Etwas, das er mir zeigen will, aber warum?* »Im Wasser des Meles werde ich meine Auferstehung finden. Wahre Unsterblichkeit, nicht nur in diesem Leben, sondern in allen möglichen Leben. Dein Vater hat versucht, mich aus dieser Buchhandlung zu locken, damit ich ihre Geheimnisse nicht entdecke. Selbst in seinem letzten Atemzug hat er dich nicht verraten.«

»Mein Vater ist ... tot?« Nach all den Briefen und Hinweisen, die er mir hinterlassen hatte, nach all den Zeitreisen hatte ich begonnen, meinen Vater als jemanden zu betrachten, der zwar lebte, aber weit weg wohnte, wo ich nicht mit ihm sprechen konnte, was in etwa dem gleichkam, wie ich mein ganzes Leben lang über ihn gedacht hatte. Aber jetzt kannte ich die Wahrheit. Dracula hatte die Welt des größten Dichters beraubt, der je gelebt hatte. Er hatte mich meiner Chance beraubt, meinen Vater kennenzulernen. Das würde ich ihm nie verzeihen.

Meine Wut und Liebe blühten heiß in mir auf, und in dieser Wut fand ich die Kraft, mich Draculas Einfluss zu widersetzen. Ich bewegte meine Finger. Ich zuckte mit dem Handgelenk. Ich griff mit der Hand in meine Handtasche und suchte darin nach dem, was ich gebrauchen konnte.

Dracula schmatzte mit den Lippen. »Homer schmeckte *exquisit.* Aber erst nachdem ich ihn ausgesaugt hatte, wurde mir klar, dass ich ihn lebend gebraucht hätte, um mich durch die Gewässer zu führen. Aber das spielt keine Rolle mehr, denn jetzt habe ich ja dich, meine schöne Braut.«

Er streckte mir seine Hand entgegen, und jeder Zentimeter meines Körpers gehorchte ihm. Bis auf meine Hand. Meine Hand schloss sich um ein Glas am Boden meiner Handtasche.

Ich schleuderte das Glas auf Dracula. Es traf ihn am Kinn, wobei der Deckel absprang und grüne Schmiere über die Vorderseite seiner schicken Kleidung spritzte. Er fuhr mit dem Finger durch die Schmiere, hielt ihn hoch und blinzelte verwirrt. »Was ist das?«

»Ähm ... das ist eine Paste aus gemahlenen Venusfliegenfallen. Aber das hier ...« Ich schleuderte ein weiteres Glas. »Das ist Frau Traverson's extrastarke Nudelsoße.«

Das Glas traf Dracula ins Gesicht, und als der Knoblauch auf seine Haut traf, löste sich die Vision von ihm in meinem Kopf auf. Er konnte die Magie nicht aufrechterhalten, während er schrie. Und wie er schrie. Es war ein unmenschliches Heulen, von dem ich wusste, dass ich es für den Rest meines Lebens in meinen Albträumen hören würde. Ich hoffte, dass dieser Rest länger dauern würden als die nächsten paar Minuten.

Meine Glieder lösten sich von seinem Bann. »Lauft!«

Wir stürmten aus dem Raum. Morrie schlug die Tür hinter sich zu und schob einen Stuhl unter die Klinke. Oscar bellte triumphierend an der Tür.

Dracula brüllte. Seine Wut erschütterte Nevermore bis in die Grundfesten. Bücher stürzten aus den Regalen, als die Tür unter Draculas Wut knarrte und ächzte. Morrie drückte Jo das brennende Buch in die Hand und lehnte sich gegen die Tür. Während weitere schwere Bände auf ihn herabregneten, stemmte er seine langen Beine gegen das Bücherregal gegenüber.

»Lauft. Ich kann ihn nicht mehr lange aufhalten«, schrie Morrie.

»Wir können dich hier nicht allein zurücklassen ...«

Aber Heathcliff packte meinen Arm und riss mich mit sich. »Ich helfe Morrie. Du musst fliehen.«

Sein Griff um meinen Arm lockerte sich und ich wurde von ihm weggerissen, als Jo und Oscar und Frau Ellis und Robin alle zur Treppe eilten. Als meine Füße die erste Stufe berührten, hallte Morries Schrei durch die Buchhandlung.

Nein, Isis, nein. Bitte nicht Morrie ... bitte ...

Aber ich schaute nicht zurück. Ich würde nicht zulassen, dass Morries Opfer umsonst war. Ich gab Gas und rannte die Treppe hinter Oscar hinauf. Hinter mir schlug die Tür gegen die Wand. Heathcliff brüllte, als er Draculas voller Wut mit seiner eigenen, von der Liebe geküssten Wildheit begegnete: eine unaufhaltsame Kraft traf auf einen unbeweglichen Felsen.

In dem Moment, als mein Fuß den Treppenabsatz im ersten Stock berührte, schrie Heathcliff auf.

Ich wusste nicht, dass Heathcliff Earnshaw schreien konnte. Der Klang zerriss mir die Seele.

Ein Schluchzen entrang sich meiner Kehle. Neben mir weinte Jo. »Mina, was sollen wir nur tun? Da unten habe ich ihn nicht einmal pfählen gewollt. Es ist, als hätte er meinen *Verstand* übernommen ...«

Wir sind nicht stark genug. Ich bin nicht stark genug. Aber Heathcliff ist es. Er ist stärker als jeder andere auf der Welt. Er braucht die Pflöcke. Wir haben keine Pflöcke.

»Oscar, Lagerraum.« Ich drängte ihn vorwärts. Wir hatten die Tür offengelassen, als wir Mama gerettet hatten. Ich fand die zu einem Bündel zusammengebundenen Pflöcke am Ende von Morries Bett. Ich trug sie zur Treppe rüber.

»Heathcliff, fang.« Ich warf das Bündel Pflöcke über das Geländer. Der Knoten löste sich in der Luft und sie fielen auf den Teppich darunter. Heathcliff fluchte, als er sich bemühte, sie aufzuheben. Mein Herz schlug vor Hoffnung, obwohl ich spürte, wie Draculas Macht sich wieder über mich legte und meine Glieder bewegungsunfähig machte.

Heathcliff stieß einen weiteren markerschütternden Schrei aus.

»Nimm das«, schrie Robin und schoss eine Salve Pfeile über das Geländer, während er die Treppe hinunterstürmte, um zu helfen. Dracula flog mit unglaublicher Geschwindigkeit auf Robin zu. Robin versenkte einen Pfeil in Draculas Schulter, bevor der Graf ihm den Bogen aus den Händen riss. Als Dracula den Schaft zerbrach, stieg Rauch aus der Wunde auf. Sein Gesicht verzerrte sich vor Schmerz, als das Weihwasser sein Inneres zerfraß. Aber es bremste ihn kaum. Dracula riss Robin an sich und versenkte seine Zähne in seinem Hals.

»Robin, nein!«

Ein nasses, schlürfendes Geräusch hallte durch den Raum und brach Draculas Bann erneut für einen Moment.

Robin, es tut mir so leid.

Ich sank vor Verzweiflung auf die Knie. Heathcliff war unten gefangen. Wenn Robins mit Weihwasser getränkte Pfeile Dracula nicht hatte aufhalten können, dann würden es unsere Holzpflöcke auch nicht schaffen. Wie sollte Heathcliff überhaupt nah genug an den Grafen herankommen, um ihn zu pfählen? Dracula war zu stark, zu satt von frischem Blut. Wir würden ihn nie fangen.

»Mina, lauf«, brüllte Heathcliff. Ich konnte ihn oder Dracula nicht mehr sehen, aber ich hörte die Verzweiflung in seiner Stimme. Er war zu demselben Schluss gekommen wie ich: dass wir dem Untergang geweiht waren, dass Dracula uns bald überwältigen würde.

»Ich kann dich nicht zurücklassen ...«

»Verschwinde von hier. Sofort.«

Aber wohin? Wir mussten an Dracula vorbei, wenn wir es durch die Vorder- oder Hintertür versuchen wollten. Durch den Kellertunnel in Draculas Versteck zu schwimmen, klang nach einem einfachen Weg, mein »O negativ«-Blut zu verlieren, und Morrie hatte mich nicht über seine siebzehn Fluchtwege aus dem Laden informiert.

Aber ich kannte einen Weg.

»Mina.« Draculas Gesicht füllte meinen Kopf. Sein Wille war darauf gerichtet, mich zu finden. Ich hatte den Bruchteil einer Sekunde Zeit, um zu handeln. *Er will mich, allein mich.*

Ich musste ihn von meinen Freunden weglocken, um ihnen eine Chance zur Flucht zu geben.

»Lauf zur Tür«, bellte ich Jo an. Ich drückte ihr Oscars Leine in die zitternde Hand. Bevor sie auch nur ein Wort sagen konnte, drehte ich mich von ihr weg und rannte die Treppe hinauf in Richtung Wohnung.

Ich *fühlte, wie* er mir folgte. Sein heißer Atem in meinem Ohr, das Rascheln seiner viktorianischen Kleidung, während er sich mit gemächlicher Leichtigkeit bewegte, das Flackern seiner

Zunge an seinen Lippen, als er das letzte Blut von Robin ableckte.

Meine Lungen schrien nach Luft. Ich konnte nichts sehen. Ich ließ mich von den Erinnerungen meiner Muskeln leiten. Ich wusste nur, dass ich ihm immer einen Schritt voraus sein musste. Meine Füße rutschten über den Holzboden, als ich die oberste Stufe überwand. Ich kletterte in unsere Wohnung und schlug die Tür hinter mir zu. Dann schob ich einen Stuhl unter das Schloss, griff nach einem silbernen Kruzifix und hängte es über den Türknauf. Ich wusste, dass es ihn nicht lange aufhalten würde, aber vielleicht würde es mir genug Zeit verschaffen, um …

KRACH.

Holzsplitter regneten auf mein Gesicht herab. Die Tür würde jeden Moment nachgeben. Ich flog in den Flur und verschwendete kaum einen Gedanken daran, wohin ich ging, als ich durch die erste Tür in mein Schlafzimmer krabbelte. *Ich muss ihn ein letztes Mal sehen …*

»Quoth, auf Wiedersehen. Ich liebe dich.«

Als Quoth mich sah, gab er ein verängstigtes *Krächz* von sich und verdrehte seinen Körper, wobei er es irgendwie schaffte, sich aus seinen Fesseln zu befreien.

»Krääächz.« Er flatterte durch den Raum, verstört, voller Schmerz und wütend. Federn flogen mir ins Gesicht, als ich nach ihm griff. Meine Finger streiften seinen Flügel, aber er drehte ab und hinterließ einen Klecks Nudelsoße auf meinem Arm.

Die Wand bebte, als die Tür gegen die Wand schlug. Draculas Schritte knarrten über die Dielen. »Mina«, krächzte er, seine Stimme belegt und rau von Grabeserde. »Komm sofort zu mir. Werde meine Braut. Oder ich töte diese Frau.«

»Mina? Mina?«, rief Cynthia Lachlan. »Dein Gothic-Freund hier scheint es todernst zu meinen.«

Oh, verdammt, er hat Cynthia.

Ich duckte mich hinter meine Schlafzimmertür, ein hoffnungsloser Unterschlupf, weil er genau wusste, wo ich war. Das Knarren der Dielen kam näher. Er befand sich am Ende des Flurs. Quoth hüpfte über den Boden auf ihn zu und ließ sein fröhliches *Nyah-nyah-nyah* hören bei dem Gedanken, wieder mit seinem Herrchen vereint zu sein.

Was soll ich nur tun? Selbst wenn ich mich ihm ausliefere, gibt es keine Garantie, dass er Cynthia gehen lässt. Ich muss ...

»Fass sie nicht an!«

Eine dunkle Gestalt bewegte sich auf der anderen Seite des Raumes. Grey stolperte auf die Beine und torkelte in den Flur. Er sah aus, als würde er gleich tot umfallen, und als er durch das Lichtquadrat schritt, das der Mond durch das Fenster warf, erkannte ich die Form von Frau Ellis' Pfahl, der immer noch in seinem Rücken steckte.

»Ah, Grey, mein treuer Diener. Ich habe mich schon gefragt, wo du steckst. Komm, wir werden zusammen ihr Blut trinken.«

Cynthia schrie.

»Ich habe gesagt, fass sie nicht an.« Greys Stimme klang wie nasser Sand. Er stürzte sich auf Dracula. Cynthia schrie erneut, und ich hörte Knallgeräusche und dumpfe Schläge, als der Diener sich gegen seinen Herrn wandte.

Ich hatte mit Grey rechtbehalten. Selbst unter all diesen Schichten des Bösen war ein Teil seiner Menschlichkeit erhalten geblieben. Grey war ein ausgesprochenes Schwanzgesicht, aber er liebte seine Frau.

»Krächz!«, rief Quoth, um seinem Herrn zu Hilfe zu eilen, aber sein Kampfschrei verwandelte sich in ein Wehklagen, als er in den blutigen Kampf zwischen Dracula und Grey geriet. Ich schrie auf, als er auf den Teppich im Flur geworfen wurde und sein kleiner Körper sich in einer dunklen Lache seines eigenen Blutes wand.

»Quoth, nein.«

Und obwohl ich wusste, dass ich ihn für immer verloren hatte, obwohl er nicht mehr mir gehörte, konnte ich ihn nicht dort zurücklassen, um allein zu sterben. Ich sprang hinter der Tür hervor, warf mich über Quoth und drückte ihn an meine Brust.

»Krääächz.« Quoth zappelte ein wenig, aber er war so schwach, dass ich ihn leicht festhalten konnte. Wärme breitete sich auf meiner Brust aus, als sein Blut und die Nudelsoße meine Kleidung durchtränkten. Ich schob Quoth unter meinen Arm und rannte aus dem Zimmer. Ich hatte mein Messer irgendwo im Laden verloren. Alles, was ich hatte, war ein weiteres Glas Nudelsoße. Dracula und Grey rollten auf dem Teppich, stießen gegen die Wände und brachten Quoths Gemälde zu Fall. Ich musste versuchen, an ihnen vorbeizukommen, hoffen, dass ich etwas finden würde, um den Job zu beenden, hoffen, dass die anderen vernünftig genug gewesen waren, zu gehen, solange sie noch konnten.

Das Blut rauschte in meinen Ohren. Quoth zeterte und schlug mit den Flügeln, um zu seinem Herrn zu fliegen. Ich packte ihn fester, während sein Blut meine Kleidung durchtränke. Ein Gedanke schoss mir durch den Kopf.

Mit Blut besudelt ...

Es war eine Erinnerung von vor Monaten, ein beiläufiger Satz, den ich damals für geheimnisvoll gehalten hatte, aber in all dem Chaos um Draculas Ankunft und all den anderen verrückten Dingen, die in meinem Leben geschehen waren, vergessen hatte. Jetzt traf mich dieser Satz mit voller Wucht.

Wenn wir uns das nächste Mal sehen, wirst du blutbesudelt sein.

Ich hatte keine Zeit darüber nachzudenken, ob es eine gute Idee war oder nicht. In dem Moment, als Draculas eiskalte Hand aus der Dunkelheit sich um meinen Knöchel legte, ergriff ich die Türklinke des Zeitreisezimmers.

Während der Blutsauger mich nach hinten zog, riss ich die Tür auf und sah nichts als beklemmende Dunkelheit. Ich wusste nicht, was mich auf der anderen Seite erwartete, aber ich wusste, dass es dort besser sein musste als hier.

»Du kannst mir nicht entkommen«, knurrte Dracula, während seine eisige Berührung mein Bein hinaufkroch.

Halte durch. Mein kleiner Finger glitt von der Türklinke. Quoths Schnabel bohrte sich in mein Handgelenk. Ich heulte und wand mich und schrie, aber Dracula hielt mich fest. Wo war Grey? Ich konnte mich nicht vorwärts bewegen, und bald würde mein Griff nachlassen und ...

»Oh, um Himmels willen«, schnaubte jemand. Eine Hand schoss aus der Dunkelheit und griff mir unter die Schulter, warm und gnädiger Weise lebendig. Eine zweite Hand gesellte sich zur ersten. Quoth entglitt meinen Fingern. Ich schrie, als ich nach vorne gezogen wurde, während Dracula mich zurückkriss. Ich wurde in zwei Teile gerissen. Keiner von beiden wollte mich aufgeben. Etwas knirschte in meiner Wirbelsäule und Schmerz rauschte in meinen Ohren. *Es wird bald vorbei sein ...*

»Es wird nie vorbei sein, Mina«, brüllte Dracula in meinem Kopf. »Du wirst mir für alle Ewigkeit gehören.«

»Krächz!«

Ich konnte nicht sehen, was er tat, aber Quoth kreischte und Dracula zischte. Dann ließen seine Finger meinen Knöchel los. Das Letzte, was ich hörte, bevor die Tür hinter mir zuschlug, war das Flattern von Mitternachtsflügeln, als Quoth hindurchflog und vor mir auf die Dielen krachte.

Ich lag auf dem Bauch und rang nach Luft. Es dauerte einen Moment, bis ich merkte, dass ich meine Augen geschlossen hatte. Ich wollte sie nicht öffnen. Ich wusste nicht, was ich sehen würde. Aber ein helles Licht pulsierte hinter meinen Augenlidern und ich musste es *wissen* ...

Quoth ... ist er hier ... lebt er ...

Ich sog einen tiefen, kostbaren Atemzug ein, dessen Ränder von Blut und Eis gefärbt waren.

Ich öffnete meine Augen.

Der Raum war genau so, wie ich ihn in Erinnerung hatte: das elegante Himmelbett mit der schweren Bettwäsche, die verzierten Stühle und die schweren Holzmöbel. Die Türen, die in das Arbeitszimmer und das achteckige Badezimmer über dem Raum für Okkultes führten. Aber es gab einen Unterschied, ein seltsames Merkmal, bei dem ich mir sicher war, dass ich wirklich tot war, dass dies mein sterbender Verstand war, der mir einen letzten, grausamen Streich spielte.

Ich konnte die düsteren Räume nur sehen, weil der gesamte Raum wie ein Weihnachtsbaum, wie ein Halloween-Freudenfeuer erleuchtet war. Kerzen und Öllaternen flackerten auf jeder Oberfläche und brannten in Wandleuchten.

»Sieh an, sieh an. Wilhelmina Wilde«, sagte eine dunkle Stimme kichernd. Victoria Bainbridge sah von ihrer Habichtsnase vorbei auf mich herab. »Endlich treffen wir uns.«

29

»Wir sind uns schon einmal begegnet«, erinnerte ich Victoria, als sie mir in einen ihrer Stühle half. Sie stellte eine der größeren Lampen auf den Tisch neben mir und verschaffte mir so einen größeren Lichtkreis, um besser sehen zu können. Die Laterne warf einen warmen Schein auf meinen Schoß. Sie legte mir Quoth in die Arme. Mein Herz machte einen Sprung, als ich ihm über den Rücken strich und die Stellen spürte, an denen seine Federn verbogen und mit Blut verklebt waren. Er war noch am Leben und gurrte leise, aber er war sehr schwach und blutete stark aus einer Wunde in seinem Nacken. Victoria knallte ein weißes Tuch und ein Glas mit Salbe auf den Tisch vor mir.

»Das mag dir so erscheinen«, sagte Victoria. »Aber ich kann dir versichern, dass ich dich noch nie auf dieser Seite der Tür gesehen habe. Tee?«

Ich nickte. Victoria ging zu einem Sideboard und holte ein silbernes Teeservice heraus. Ihre Worte drangen zu mir durch. »Das ist nicht möglich. Wir sind vor Monaten durch diese Tür gekommen. Du hast uns in deinem Bett gefunden.«

»Nur weil es in deiner Vergangenheit passiert ist, heißt das nicht, dass es auch in meiner passiert ist.«

Während ich Quoths Wunde mit der Salbe einrieb, fiel mein Blick auf das Fenster, das auf die Geschäfte nebenan und auf den Dorfplatz gewandt war. In der Mitte stand ein hoch aufragendes Inferno. Das Halloween-Feuer. Frau Ellis' krönende Freude hatte ohne sie begonnen.

Bitte, Hathor, Isis, Athene, Hekate, jede Göttin, die zuhört, lasst Frau Ellis in Ordnung sein. Bitte lasst sie zusammen mit Mama und Jo und Sokrates und all den Geistersuchern entkommen sein.

Oh, Morrie, Heathcliff. Ich vermisse euch jetzt schon so sehr.

Es tat mir im Herzen weh, an den Besuch im Zeitreisezimmer zu denken. Morrie und Heathcliff und Quoth und ich hatten uns in Victorias Bett gedrängt, Körper und Zungen eng umschlungen. Ich erinnerte mich daran, dass Victoria mit mir gesprochen hatte, als würde sie mich kennen, als hätten wir uns schon einmal getroffen. *Wenn wir uns das nächste Mal sehen, wirst du blutbesudelt sein.*

Natürlich. Ich hatte mit Victoria in ihrer *Zukunft* gesprochen. Sie hatte dieses Treffen mit mir bereits erlebt, ich aber nicht. Jetzt war ich diejenige, die sie schon einmal getroffen hatte, und sie war diejenige, die nicht wusste, was sie von mir halten sollte. Aber wenn sie mich nicht erwartet hatte, wenn sie nicht wusste, wer ich war, warum waren dann all die Kerzen entzündet? Sicherlich würde sie das als verschwenderisch und übertrieben ansehen?

Ich rieb mir die Schläfe. »Ich bin so verwirrt.«

»Bitte mich nicht, dir zu erklären, wie Zeitreisen funktionieren.« Victoria stellte meinen Tee ab und bot mir eine kleine Kanne Milch an. »Ich bin nur die Buchhändlerin. Aber wenn du Antworten willst, habe ich da jemanden, der dich treffen möchte. Lass deinen Tee erstmal abkühlen.«

Ich stellte die Tasse mit Untertasse ab, drückte Quoth an

meine Brust und ließ mich von ihr durch den Raum führen. Sie stieß die Tür zu ihrem Badezimmer auf. Aus der Badewanne hörte ich Geplansche.

Ich trat ein.

Kerzen drängten sich auf jedem Quadratzentimeter, in den Nischen in den Wänden und auf dem Boden verteilt, sodass nur ein schmaler Pfad von der Tür zur Wanne blieb. Durch das Fenster tauchte das Licht des Lagerfeuers die Badewanne in ein orangefarbenes Leuchten und erhellte die Züge eines alten Mannes, der im sprudelnden Wasser lag und den Kopf in Ekstase nach hinten gebeugt hatte, während er sich mit einem großen Schwamm die Achseln wusch.

Das Gesicht des alten Mannes hatte sich in meine Kindheit eingebrannt.

Herr Simson.

Sein privater kleiner Scherz. Herr Simson. Homer Simpson.

Homer. Der altgriechische Dichter.

Es waren die Augen, die ihn verrieten. Tiefgrün mit goldenen Flecken an den Rändern. Es waren dieselben Augen, in die ich schon hunderte Male zuvor gestarrt hatte.

Im Spiegel.

Es waren *meine* Augen.

Das Wort blieb mir im Hals stecken. »Papa?«

»Meine Mina.«

Ich kniete mich auf den Boden neben der Badewanne. Er öffnete seine Arme und ich stürzte mich in sie. Ich fiel vielleicht nur ein paar Zentimeter, aber es fühlte sich an wie eine Ewigkeit. Es war mir egal, dass ich, wenn ich mich in die falsche Richtung drehte, unterhalb der Gürtellinie vielleicht mehr von meinem Vater sehen würde, als ich jemals hätte sehen wollen.

Er war mein Vater und ich lag hier in seinen Armen, während er mich und Quoth wiegte, als wären wir das Wertvollste auf der Welt für ihn.

Wie oft hatte ich mir diesen Moment in meiner Kindheit gewünscht? Mama hatte nie über ihn gesprochen. Sie hatte es zugelassen, dass ich mir das Bild von einem Verlierer und Kleinkriminellen machte, der sie verlassen hatte, sobald er herausgefunden hatte, dass sie schwanger war. Deshalb war ich so oft zum Nevermore Bookshop gerannt, weil ich das Gefühl gehabt hatte, meinen Vater zwischen den Seiten finden zu können. Ich hatte keine Ahnung, wie recht ich damit hatte.

»Mein kleines Mädchen«, flüsterte Homer mir ins Haar. Seine Schultern bebten vor Überwältigung.

Ich zog mich zurück, um ihn noch einmal anzusehen. Ich ließ meinen Blick über seinen Körper schweifen und versuchte, mir alle seine Merkmale für eine spätere Analyse zu merken. Die Breite seiner Schultern, die vereinzelten feinen Haare auf seiner Brust, der Geruch von Pergament und Leder, der von seiner Haut aufstieg ... »Wie kommt es, dass du hier bist? Dracula hat gesagt, er hätte dich getötet.«

»Die Zeit, meine Liebe.« Er winkte wehmütig mit der Hand. »Sie heilt alle Wunden, sogar den Tod. Ich könnte es dir erklären, aber wir haben nur ein paar Augenblicke zusammen. Ist es wirklich das, worüber du mit mir reden möchtest?«

Ich schüttelte den Kopf. Es hatte mir die Stimme verschlagen. Ich hatte so viele Fragen, ein Leben voller Fragen, aber sie wirbelten alle durcheinander und wurden zu einem Brei in meinem Mund. Schließlich brachte ich hervor: »Du hast diese Kerzen aufgestellt. Du wusstest, dass ich dich sonst nicht sehen könnte.«

Er lachte leise. »Victoria hat immer einen Vorrat für meine Besuche. Wir mögen vielleicht nicht das Verständnis für diese Krankheit haben, dass du in deiner Zeit hast, aber wir können ein wenig Licht in eine Situation bringen. Wie geht es meiner Mutter?«

»Heute Morgen hat sie einen Haarball in Heathcliffs Hausschuhe gehustet, also geht es ihr wie immer.«

»Und Helen?« Jetzt war er an der Reihe, an seinen Worten zu ersticken. »Geht es ihr ... gut?«

»Sie ist glücklich. Sie hat ein Geschäft, das sie liebt, und sie hat jemanden kennengelernt.« Für einen Moment blitzte Traurigkeit in seinen Augen auf, aber dann war sie verschwunden und wurde durch eine wunderschöne, wilde Freundlichkeit ersetzt. Es war ein Blick, den ich schon so oft in Heathcliffs Augen gesehen hatte, ein Blick, der sagte: *Ich würde hundert Schmerzen auf mich nehmen, solange du glücklich wärst, selbst wenn es ohne mich wäre.*

Ich war ihm so dankbar, dass meine Mutter eine solche Liebe erfahren hatte.

»Wie schön.« Homer ließ einen Fuß über das Badewannenende baumeln und wackelte mit den Zehen. »Sie verdient es, glücklich zu sein.«

»Warum? Warum ... all das?«

»Meine liebste Mina, du weißt warum.« Er streckte mir seine Hände mit den Handflächen nach oben entgegen. Ich hielt sie nah vor mein Gesicht und bemerkte die Pigmentflecken auf seinen Händen, die raue Stelle, an der sein Stift über die Haut gerieben hatte. Die Hände des berühmtesten Schriftstellers aller Zeiten. »Weil die Geschichte erzählt werden musste. Weil die Liebe siegen musste.«

»Das ist so eine typische *Schriftsteller*-Antwort.«

»Dann verstehst du es also.« Sein Lächeln könnte die Welt neu erschaffen. »Natürlich tust du das. Du bist die Tochter deines Vaters.«

Ich dachte an mein schlechtes, halbfertiges Manuskript, das auf dem Computer gespeichert war. »Ich bin nicht wie du. Ich könnte nichts Vernünftiges schreiben, wenn es um mein Leben ginge. Es hört sich immer falsch an. Du kannst doch nicht wirklich denken, dass ich ...«

Wieder machte er diese wellenförmige Geste mit den Händen. »Nehmen wir einmal an, dass ich schon seit mehreren Jahren in deinem Leben herumhüpfe. Ich musste doch dafür sorgen, dass mein kleines Mädchen sicher ist und gut versorgt wird. Und sagen wir einfach, ich habe gesehen, wie du deine Schreibblockade überwunden und etwas hervorgebracht hast, das deinen alten Herrn stolz machen würde. Was würdest du dann sagen?«

Tränen liefen mir über das Gesicht. »Sag mir, was du gesehen hast.«

Er lachte. »Dann macht es doch keinen Spaß mehr, mein Kind. Was nützt ein Leben, wenn man es nicht in seiner Freizeit leben kann?«

»Aber alles ist schiefgelaufen. Morrie und Heathcliff sind vielleicht tot. Und Quoth ...« Ich streckte die Armbeuge aus, damit er den verletzten Vogel sehen konnte, der darin kauerte. »Er wird mit Draculas Gift in seinen Adern sterben. Er wird sterben, ohne sich daran zu erinnern, wer er war oder was er in dieser Welt geliebt hat. Ich habe dich enttäuscht. Ich habe alle enttäuscht. Ich dachte, wenn ich hier herkomme, könnten wir vielleicht gemeinsam in der Zeit zurückreisen und alles in Ordnung bringen.«

Er küsste meine Stirn. »Oh, Mina. Du könntest mich nie enttäuschen.«

»Mama vermisst dich.« Ich kniff die Augen zusammen, weil mir wieder die Tränen kamen. »Seit du weg bist, versucht sie, die Homer-große Lücke in ihrem Leben zu füllen. Nichts hat sie jemals zufriedengestellt, nicht einmal ich. Kannst du nicht zu ihr zurückkommen?«

Er schüttelte den Kopf. »Unsere Liebesgeschichte ist bereits geschrieben. Manchmal gibt es im Leben kein Happy End. Aber das bedeutet nicht, dass man aus einer Tragödie nicht etwas Schönes machen kann. Deine Mutter steckt in jedem Wort, das ich seither geschrieben habe, und diese Worte haben seit Jahrhunderten Liebende, Schriftsteller und Künstler inspiriert. Ich habe ein Geschenk für dich. Aber halte erst mal das Handtuch für mich, damit ich aus der Wanne steigen kann. Ich möchte meiner Tochter keine Narben fürs Leben zufügen.«

Ich nahm ein flauschiges Handtuch vom Hocker in der Ecke und hielt es ihm hin. Er rutschte in meine Arme und wickelte sich in das Handtuch, um sich zu bedecken. Er fühlte sich unglaublich leicht und zerbrechlich an. Als ich in die Wanne schaute, sah ich, dass sie völlig leer war. Dabei war sie vor einem Moment noch voll gewesen. Die Ärmel meines Mantels waren feucht, weil sie im Wasser gehangen hatten.

»Es ist diese verfluchte Rohrleitung«, sagte Victoria von der Tür aus. »Die Badewanne bleibt nie lange voll, und ich kann nicht herausfinden, wohin das ganze Wasser fließt.«

Rohrleitungen …

Ich erinnerte mich an das durchnässte Buch, das Dracula in der Hand gehalten hatte, und an etwas, das Grimalkin gesagt hatte, als sie mir zum ersten Mal die Geschichte meines Vaters offenbart hatte. »Wo und *wann* auch immer das Wasser von Meles floss, würde mein Sohn es nutzen können, um seinen Feinden zu entkommen.«

Rohrleitungen …

Ich starrte auf die leere Wanne, als mir eine Idee kam. Die letzten Teile des Puzzles von Nevermore fügten sich zusammen.

Homer fluchte, als er hinter mir herumhüpfte und dabei mehrere Kerzen umstieß, während er sich mühsam anzog. »Verfluchte Hose. Ich ziehe einen *Chiton* bei weitem vor.«

»Bist du angezogen?« Ich kniete mich hin, um die Kerzen aufzurichten, bevor er das ganze Haus in Brand setzte.

»Ja.«

Ich drehte mich um. Da stand mein Vater in einem makellos geschnittenen viktorianischen Anzug, komplett mit einer beflockten Morgenjacke, für die ich persönlich töten würde. Aus seiner Jackentasche zog er eine kleine, in Leder gewickelte Schriftrolle. »Es ist Zeit, dass du das bekommst.«

»Könnte ich nicht lieber stattdessen deine Jacke haben?«

Er lachte. »Ich denke, im Großen und Ganzen wird dir das hier mehr Spaß machen.«

»Was ist es?« Ich begann, den Lederriemen zu lösen.

Er legte seine Hände auf meine. Seine Berührung durchflutete mich mit Wärme. »Öffne es später. Du wirst es verstehen, wenn du wieder in deiner Welt bist.«

»Ich kann nicht zurück. Hast du nicht zugehört? Dracula ist da draußen. Er hat alle meine Freunde getötet und wahrscheinlich auch Mama. Und ich habe keine Möglichkeit, ihn aufzuhalten. Dein letzter Brief war übrigens völlig nutzlos. *Bring den Wein mit.* Was sollte das denn heißen?«

Homer lächelte.

»Das ist sein schrecklicher Sinn für Humor. Ich habe auch etwas für dich.« Victoria führte mich zurück in den Hauptraum, wo sie einen schweren Gegenstand hinter dem Bett hervorholte und mir in die Hände legte. Das Licht der Lampe fiel auf eine schimmernde Klinge.

»Es ist ein griechisches *Xiphos*, mit einem silbernen Kern in der Mitte der Klinge. Es wurde in die Gewässer von Meles getaucht, um ihm zusätzliche Kräfte zu verleihen.« Victoria lächelte. »Ich habe nicht mein ganzes Leben damit verbracht, mit okkulten Meistern herumzuhängen, ohne ein oder zwei Dinge über das Töten von Vampiren zu lernen.«

Ich starrte auf die Waffen. »Ich weiß nicht, wie man ein Schwert benutzt.«

»Ich glaube, du unterschätzt dich«, sagte sie sanft.

»Schließlich warst du schon einmal Teil einer Vampirjagd, *Mina*.«

Mina.

Ich schluckte. *Mina*. Mina Harker. Die Heldin aus Bram Stokers Roman.

Mein Vater hatte mir mein Vermächtnis gegeben, verpackt in meinem Namen, meinem Blut und meinen kaputten Augen.

Ich trat von Victoria zurück und schwang das Schwert durch die Luft. Es streifte die Bettdecke, durchschnitt die seidenen Fäden und hinterließ einen zerfetzten Riss. Victoria atmete scharf Luft ein.

»Ups.« Ich zuckte mit den Schultern.

Mein Vater brach in Gelächter aus. »Du bist wirklich meine Tochter.«

»Oh, um Himmels willen.« Victoria schob mich zur Tür. »Hör auf, meine Sachen zu zerstören und spieße diesen Vampir auf.«

»Warte, ihr habt mir noch nicht gesagt, wie ich meinen Freunden helfen kann, und ich habe mich noch nicht verabschiedet ...«

Ich erhaschte nur einen flüchtigen Blick auf das traurige Lächeln meines Vaters, bevor Victoria die Tür aufriss und mich hindurchschob. Ich stolperte vorwärts und drückte Quoths reglosen Körper an meine Brust, als ich in die Dunkelheit taumelte. Ich streckte meine Hand aus, um meinen Sturz aufzufangen ...

Meine Hand, die immer noch das Schwert hielt ...

Die Klinge glitt in etwas Festes, als würde sie Butter schneiden.

Ich öffnete die Augen, um zu sehen und doch nicht zu sehen, wie die unverkennbare Gestalt von Dracula zu Boden stürzte,. Der Schrei, der von seinen Lippen kam, war unmenschlich. Ein Geräusch, das die Welt in Stücke reißen könnte.

Seine Augen rollten nach hinten, während seine Hände nach dem Schwert griffen. Aber er schien es nicht berühren zu können. Die Haut um die Wunde herum brodelte und zischte, als sie wegbrannte, und hinterließ eine klaffende Höhle, die rauchte und brutzelte.

Ich zog meine Hand zurück und zog die Waffe aus seiner Brust. »Das war dafür, dass du meinen Freunden wehgetan hast, und das ...« Ich stieß die Waffe erneut nach vorne und schob die Klinge zwischen Draculas Rippen, während sich sein Gesicht vor Qual verzerrte. »Das ist für Heathcliff und Morrie.«

Der Brandgeruch wurde stärker, als die Klinge ihr Ziel traf. Draculas Körper schauderte, als ich das Schwert durch sein Herz stieß. Sein Schrei war auf einer anderen Frequenz. Er war nicht mehr nur Schall, er hatte Form und Masse. Er dröhnte in meinen Ohren und drückte auf meine Brust. Es war der gewaltigste Klang, den ich je gehört hatte.

»Und das«, schrie ich über ihn hinweg, als ich die Klinge zurückzog. »Das ist dafür, dass du meinem kleinen Vogel wehgetan hast.«

Draculas Schrei verstummte abrupt, als ich die Klinge durch seinen Hals schwang und ihm den Kopf abschlug. Seine Haut schrumpfte, seine Augen und Nase zerfielen, und sein Körper wurde zu einem Haufen aus Asche und Knochen.

Ich sank neben den Überresten auf die Knie und ließ das Schwert neben mir fallen. Ich drückte Quoths Körper an mein Gesicht, während die letzten Lebenszeichen seinen Körper verließen. Mein Papierherz zerriss in Fetzen. *Nein, nein, nein. Ich muss etwas tun. Ich kann nicht zulassen, dass er mich so zurücklässt.*

Lass mich nicht in der Dunkelheit allein.

Ich presste meine Lippen auf seinen kalten Kopf. »Halt

durch, Quoth. Ich liebe dich. Ich werde einen Weg finden, um ...«

»Nyah ...«

Schritte hallten im Flur.

Nein. Nicht noch mehr. Niemand kommt meinem Quoth zu nahe.

Ich schluckte meine Tränen hinunter und stürzte mich auf den Schatten, wobei ich meine Klinge nach meiner Vermutung von seinem Kopf schwang.

»Hey, meine Hübsche.« Eine starke Hand umfasste mein Handgelenk und hielt meine Hand fest. »Du kannst aufhören, mit diesem Metallklumpen herumzufuchteln.«

»Aber Dracula ...«

»Sein Kopf ist nicht mehr an seinem Körper befestigt. Alles ist gut.«

Ich ließ mich in Morries Arme fallen. »Morrie, du lebst.«

»Gerade noch so«, hustete er. Ich wich ein wenig zurück. Meine Finger folgten der Kante seines Kiefers und ich spürte, wie das Blut aus einer gezackten Wunde in seinem Nacken tropfte. Nasses Blut bedeckte meine Finger. »Der Bastard hat mir einen ordentlichen Bissen aus dem Hals gerissen, aber er hatte eine köstlichere Beute im Sinn ...«

Ein leises Krächzen unterbrach Morries Worte. »Krächz?«

»Quoth?« Ich hielt ihn Morrie entgegen.

»Krää-äächz.«

Mina, Mina ... Quoths Stimme drang in meinen Kopf, so leise und schwach, dass ich nicht sicher sagen konnte, ob ich sie mir nicht einbildete. *Es tut mir so leid.*

»Nein.« Ich drückte ihn an meine Brust. Morrie streichelte seinen Kopf.

»Es muss doch etwas geben, was wir für ihn tun können. Der Nottierarzt ...«

»Er hat Dracula angegriffen, um mich zu retten.« Ich wiegte Quoth. »Er wurde ziemlich hart zu Boden geworfen und hat viel Blut verloren. Ich dachte, wir hätten den echten Quoth für immer verloren, aber er hatte sich immer noch einen Teil von sich bewahrt, der sich daran erinnerte, dass er mich liebte. Er hat mich gerettet, aber ich kann ihn nicht retten.«

»Was hast du da in deiner Tasche?« Morrie holte die Schriftrolle heraus.

»Das ist etwas, das mir mein Papa gegeben hat ...« Es war mir egal. Ich wiegte Quoth in meinen Armen und flüsterte ihm all die Worte der Liebe zu, die ich ihm so gerne gesagt hätte. Ich erzählte ihm, wie leid mir unser Streit täte. Ich wünschte, ich könnte jedes harte Wort zurücknehmen. Ich wünschte, ich hätte ihn geküsst, bis wir beide verhungert wären.

Ohne Quoth hatte nichts davon eine Bedeutung.

Morrie riss das Leder auf und rollte die Schriftrolle aus. Ich machte mir nicht einmal die Mühe, sie mir anzusehen. Was bedeutete ein Haufen altes Griechisch, wenn Quoth tot war? »Mina, das ist eine Originalkopie eines Kapitels aus Homers Odyssee. Das ist *unbezahlbar*.«

Ich schniefte. Es spielt keine Rolle. Nichts davon spielte eine Rolle.

»Es ist das Kapitel, in dem Odysseus in die Unterwelt geht, um von dem blinden Propheten Teiresias sein Schicksal zu erfahren.« Morrie runzelte die Stirn, als er die Schriftrolle umdrehte. »Mina, ich glaube, das musst du sehen.«

Er drückte mir die Schriftrolle in die Hand. Sie *schimmerte*, als ich sie berührte. Anders konnte ich das Gefühl nicht beschreiben, als würden das Papier gegen meine Finger vibrieren. Obwohl es zu dunkel war, um etwas auf dem Papier lesen zu können, *spürte* ich, wie die Reihen sauber gedruckter griechischer Buchstaben unter meinen Fingern tanzten, und ich spürte die erhabene Form einer Weinamphore, die in die Ecke gekritzelt war, und ich *wusste,* was ich zu tun hatte.

Etwas in meiner Brust zog mich auf die Füße. Ich hielt die Schriftrolle an Quoths zerstörten Körper und ließ mich von dem unsichtbaren Faden dorthin ziehen, wo er hinwollte, was sich als die Küche herausstellte, wo ich die Flasche Wein, die Morrie aus Greys Musterhaus gestohlen hatte, vom Regal nahm.

»Mina, wo willst du hin?«

»Ich glaube, ich weiß, was ich damit machen soll.« Ich schlurfte zur Treppe und stieg Stufe für Stufe hinab in die Dunkelheit. Auch ohne Oscar kannte ich den Weg auswendig. Die Stufen waren mir in Fleisch und Blut übergegangen, von den Hunderten an glücklichen Tagen, die ich damit verbracht hatte, diese vertrauten Dielen zu betreten.

Ich blieb im Flur stehen, hin- und hergerissen von dem Wunsch, nach Heathcliff zu suchen. Aber ich musste weitergehen. Ich ging an den Regalen mit den Klassikern vorbei. Meine Füße knirschten auf dem durchnässten Teppich. Ich riss die Kellertür auf.

Wasser plätscherte zu meinen Füßen. Der Keller war völlig überflutet. Von der Wasseroberfläche strahlte bittere Kälte aus, bei der sich die Haare auf meinen Armen aufstellten, sodass sie wie Soldaten, die in den Krieg marschieren, steif standen.

Hinter mir klapperte etwas auf der Treppe. Morries Atem streifte mein Ohr. »Was machst du da, Hübsche? Diese Schriftrolle ist unbezahlbar. Und ich hatte diesen Tropfen für deinen Geburtstag aufgehoben.«

Ich drückte meinen Vogel an meine Brust. »*Quoth* ist unbezahlbar. Das wollte mir mein Vater sagen.«

Tränen brannten in meinen Augenwinkeln. Mein Vater hatte mir alles gegeben, was ich brauchte. Ich musste es nur zusammenfügen. Ich war Mina Wilde, Vampirjägerin,

Buchhandlungsleiterin und vor allem anderen Geschichtenerzählerin.

Der unsichtbare Faden zerrte an meinem Herzen.

Ich musste die Geschichte beenden.

Ich warf die Schriftrolle in die Gewässer von Meles.

Ich nahm Quoths schlaffen Körper in die Armbeuge, umklammerte die Weinflasche fester und tauchte ihr hinterher.

30

Eisiges Wasser umhüllte mich. Der Schock davon trieb mir die Luft aus den Lungen. Schmerz durchzuckte meine Schläfen, als eine Migräne mich fest im Griff hielt. Ich öffnete meine Augen, aber es war sinnlos: grün und orange wirbelten vor meinen umher, die letzten Überreste meiner überreizten Netzhaut. Ich konnte den Weg nicht sehen.

Aber hier unten brauchte ich keine Augen. Der unsichtbare Faden, der sich um mein Herz gewickelt hatte, zog mich tiefer. Mein Fuß berührte die Holzstufen. Meine Lungen brannten, und ich klammerte mich verzweifelt an die Oberfläche, um einen Schluck Luft zu bekommen. Eine Strömung aus einer unbekannten Richtung zog mich hinab, tiefer als die sieben Fuß des Kellers. So tief, dass ich wusste, dass es keine Hoffnung für mich gab, jemals wieder an die Oberfläche zu kommen.

Meine Finger krallten sich an den Steinwänden fest, aber ich konnte keinen Halt finden. Ich rutschte ab, während meine Lungen sich zusammenzogen und brannten und gefroren. Ich hatte kein Gefühl mehr in meinem Körper, das einzige Gefühl war die Kälte, die an meinen Lungen zerrte, und Quoths Federn, die auf meiner Haut kitzelten.

Durch den Dunstschleier erhaschte ich einen Blick auf etwas. Ein Licht vielleicht? Eine Gestalt, so unglaublich weit entfernt, dass ich dachte, ich hätte sie mir eingebildet. Es war die letzte Sauerstoffzufuhr zu meinem Gehirn, die mir eine Halluzination von Morrie in dem Lichtrechteck am offenen Kellereingang bescherte, wie er seine Hand nach mir ausstreckte.

Dann wurde alles schwarz.

31

Meine Augen flatterten auf.

Es machte überhaupt keinen Unterschied. Ich konnte nicht das Geringste sehen.

Ich hörte Wasser in der Nähe plätschern und ein Geräusch, das wie entfernter Donner klang. Ich setzte mich auf, fuhr mit den Fingern über die Oberflächen um mich herum und versuchte, ein Gefühl dafür zu bekommen, wo ich mich befand. Sand rieselte durch meine Finger und meine durchnässsten Kleider klebten an meinem Körper.

Mein Kopf schmerzte, als meine Augen nach einem einzigen Lichtpunkt suchten, nach einem visuellen Anhaltspunkt, aber es war zu dunkel. Es war dunkler als dunkel.

Bin ich tot? Bin ich durch ein Loch ins Zentrum der Welt geschwommen?

Ich drückte Quoths schlaffen Körper an meine Brust, streichelte seine Federn und flüsterte all die Dinge, von denen ich wünschte, ich hätte sie ihm sagen können, bevor er für mich verloren war.

Ein leises Keuchen entwich seinen Nasenlöchern und eine schaudernde Bewegung durchzuckte seine Brust. Er lebte noch, aber nicht mehr lange. Ich führte seinen winzigen Körper an mein Gesicht und küsste ihn auf den Kopf.

»Ich wünschte ... ich wünschte, ich hätte eine Möglichkeit, dich zu retten.«

Ich zuckte zusammen, als ein Licht über den Horizont flackerte. In weiter Ferne loderte ein Feuer, nicht nah genug, um Wärme zu verbreiten, aber das Licht ... meine Augen brannten vor Freude, endlich einen Funken Helligkeit in der Dunkelheit zu sehen.

Eine einsame Gestalt stand auf der Ebene und zeichnete sich gegen den brennenden Himmel ab. Er trug einen wallenden Mantel aus Mitternacht.

»Yo.« Er winkte mir zu. Aber er war immer noch zu weit weg und zu sehr in Schatten gehüllt, als dass ich ihn erkennen konnte.

»Es tut mir leid«, rief ich zurück. »Sie müssen schon näher kommen. Ich kann im Schatten nichts mehr sehen.«

»Vergib mir, Mina.« Die Gestalt trat vor. Mit diesem einen Schritt legte er Hunderte von Metern zurück, sodass er nur wenige Meter vor mir in leuchtenden, wunderschönen Details erschien. Er war ein gutaussehender Mann mittleren Alters mit schulterlangem, welligem Haar, einer markanten Nase, einem seltsamen Outfit unter dem Umhang, das aus einem braunen Wams und einer kleinen Wollmütze, die von einem Kranz aus Lorbeerzweigen umgeben war, bestand, und einem freundlichen, traurigen Lächeln.

»Hades?« Ich winkte. »Hallo. Ich nehme an, das bedeutet, dass ich tot bin? Ich bin ...«

»Eine ausgezeichnete Vermutung, Mina. Aber nein.« Der Mann nahm den Kranz ab und setzte ihn mir auf den Kopf. »Ich bin nicht Hades, sondern Dante Alighieri.«

»Der Dichter, der *Inferno* geschrieben hat?«, fragte ich verwirrt.

»Und *Fegefeuer*. Und *Paradies*. Aber mir ist klar, dass diese Gedichte nicht annähernd so viel Spaß gemacht haben.« Er verbeugte sich. »Ich weiß, wer du bist, Mina Wilde. Du bist die Tochter meines Freundes Homer. Willkommen in meiner bescheidenen Bleibe. Ich habe schon so viel von dir gehört.«

»Hast du das?« Das war nicht das Gespräch, das ich im Jenseits erwartet hatte.

Dante lachte. »Dein Papa und ich sind alte Saufkumpanen. Im Jenseits hängen alle Dichter zusammen ab. Keiner sonst will mit uns reden. Homer redet zwar ständig von dir, aber wenigstens bist du ein interessantes Gesprächsthema. Du glaubst gar nicht, wie schwer es ist, mit Robert Burns mitzuhalten. Der Mann trinkt sogar Lord Byron unter den Tisch, und es ist unmöglich, ein Wort von dem zu verstehen, was er sagt.«

Ich warf einen Blick auf die karge Weite. »Bist du dann der Chef im Jenseits? Es fühlt sich an, als wäre ich in einem deiner Gedichte.«

»Babe, ich leite den Laden nicht nur, ich habe ihn *erschaffen*. Dein Vater hat bei ein paar Kleinigkeiten geholfen. Wie bei den Flüssen. Er liebt Flüsse, dieser Homer. Das kommt wahrscheinlich von dieser ganzen ‚Meine Mutter ist eine Wassernymphe, die von Meles geschwängert wurde‘-Sache. Aber alles andere habe ich mir ausgedacht. Du solltest dir die Felder der Qualen ansehen, einige wirklich erstklassige Sachen.« Dante klopfte sich stolz auf die Brust.

»Ähm, vielleicht ein andermal. Ich glaube, ich verstehe nicht wirklich, warum ich hier bin. *Wie* ich hier bin. Bin ich tot?«

»Weit gefehlt. Du bist hier, weil in der Geschichte steht, dass du hier sein musst.« Aus den Falten seines Wamses zog er ein Buch hervor. Ich griff danach, aber er hielt es außer

Reichweite. »Tut, tut, das ist keine Geschichte für deine Augen.«

Ich verzog das Gesicht, während Dante in seinem Buch blätterte. Quoth war jetzt völlig still geworden. Panik stieg in meiner Brust auf. »Ich verstehe nicht.«

»Doch, das tust du. Du weißt, dass Geschichten die Welt erschaffen. Du arbeitest in einer Buchhandlung. Du kennst die Macht der Worte. Geschichten sind es, die uns verbinden, uns formen, uns ins Leben rufen und uns aus der Geschichte auslöschen.« Dante deutete auf die Weite der Ebene um sich herum. »Die Realität dessen und dem, was jenseits all dessen liegt, ist zu komplex, als dass der menschliche Verstand es begreifen könnte. Aber Geschichten geben dem Universum eine Form, dem Chaos eine Ordnung, dem Unbekannten eine Substanz. Geschichten geben uns Anfänge, Mittelteile und Enden. Geschichten verwandeln unsere grundlegenden Instinkte und weben Liebe und Herzschmerz und Erlösung und Freude und Vergebung in jedes Wort, bis wir glauben, dass *wir* für die Handlung wesentlich sind, anstatt einfach nur von ihr mitgerissen zu werden. Ist es für dich eine Überraschung, dass deine Geschichte dich hierher gebracht hat?«

»Ich schätze nicht.« Ich sah mich in der Öde um und dachte mir, dass ich Schlimmeres tun könnte, als dem Ganzen eine Chance zu geben. »Ich bin wohl gekommen, um dich um einen Gefallen zu bitten.«

Dante blätterte um. »Das habe ich mir schon gedacht. Ich schulde Homer was, weil er mich damals aus der Klemme mit Sylvia Plath befreit hat. Wer hätte gedacht, dass die Herrscherin des Himmels eine Schwäche für ofengegrilltes Hühnchen hat?«

»Moment mal, Sylvia Plath ist Gott? Ich meine, natürlich, aber ...« Ich schüttelte den Kopf. »Nein, nein, warte, das ist nicht wichtig. Also ja, ich würde gerne Papas Gefallen einlösen. Ich habe sogar diesen Wein mitgebracht, der, wie ich annehme, eine Art Trankopfer ist? Muss ich einen Graben wie in der Odyssee ausheben und ihn hineinschütten ...«

Dante riss mir die Flasche aus der Hand und ließ den Korken knallen. »Wehe, du verschwendest auch nur einen Tropfen. Es ist unmöglich, hier eine gute Flasche Fusel zu finden. Also, raus damit! Welchen Gefallen erweise ich der großartigen Mina Wilde?«

Ich streckte meine Arme aus und enthüllte Quoths leblosen Körper. »Dracula hat ihn in einen Vampir verwandelt, und jetzt ist er ...« Ich konnte nicht einmal die Worte aussprechen. »Kannst du ihn wieder zum Leben erwecken? Aber als Quoth, nicht als Vampir.«

»Ist es das, was du willst?« Dante nahm einen Schluck aus der Flasche. »Ich habe die Macht, *alles,* was du dir wünschst, wiederherzustellen. Möchtest du nicht lieber von deiner Blindheit geheilt werden?«

»Nein, danke. Ich möchte wirklich nur meinen Freund ...«

»Ich kann deine Augen wiederherstellen, besser als neu. Ich kann dir Visionen der Zukunft geben. Ich kann dir Träume geben, die das Schicksal der Menschheit vorhersagen. Oder wie wäre es mit der Fähigkeit zu fliegen? Oder mit übermenschlicher Stärke?« Er nahm einen weiteren tiefen Schluck. »Du hast unendliche Möglichkeiten.«

Ich schüttelte den Kopf. »Das ist mir alles egal. Was nützen mir Augen, wenn Quoth nicht bei mir ist? Also, wenn du ihn einfach heilen könntest ... oh, und Fiona und Grey Lachlan und all die anderen, die auf der Erde von Dracula gebissen wurden.«

Dante wedelte mit dem Finger vor mir. »Das klingt für mich nach mehr als einem Gefallen.«

»Bitte? Ich verspreche, ein paar zusätzliche Flaschen Wein ins Wasser zu schmeißen, sobald ich zurück bin ...«

»Abgemacht.« Dante rieb sich die Hände. »Ist das dein letztes Wort?«

»Ja.«

»Und du willst definitiv keine neuen Augen? Oder durch Wände gehen können? Oder fliegen können?« Er sah leicht enttäuscht aus. »Ich wollte schon immer mal jemandem Flügel machen.«

»Nein, danke. Das Einzige, was ich möchte, ist, dass meine Freunde geheilt werden.«

»Das ist alles?«

»Das ist alles.« Ich schüttelte seine ausgestreckte Hand.

»Na gut, wenn du schon so nett fragst.« Dante nahm Quoth aus meinen Armen. Er träufelte ihm ein winziges Tröpfchen Wein auf die Stirn, nahm ihn dann und wusch ihn im Wasser, bevor er ihn mir zurückgab.

»Quoth?« Ich blickte auf seine zerbrochene Gestalt hinunter. Er fühlte sich immer noch kalt und hohl und *weg* ...

Ein Flügel zuckte.

Ich dachte, ich hätte mir das nur eingebildet. Mein Magen verkrampfte sich vor Hoffnung und Entsetzen. Ich beugte mich hinunter und berührte Quoths winzigen Kopf mit meinen Lippen. Sein Körper zuckte, wand sich und schnappte und verdrehte sich auf eine Weise, wie es kein Vogelkörper tun sollte.

»Krächz?«

Ich starrte Dante wütend an. »Was passiert hier? Was hast du getan?«

Quoths Schrei zerriss mir das Herz. Er starb aufs Neue und ich starb mit ihm. Ich schloss die Augen und wünschte, hoffte und flehte, während sein Körper in meinen Armen zuckte und sich ruckartig bewegte. *Bitte, Quoth. Lass mich nicht in diesem Abgrund ohne dich zurück. Weder die Engel im Himmel noch die Dichter unter den Gewässern von Meles können jemals meine Seele von deiner trennen.*

Bitte, bitte, bitte ...

»Vorsicht, Mina«, tadelte Dante. »Poe könnte dich wegen Urheberrechtsverletzung verklagen, und glaub mir, du willst diesen deprimierenden Bastard nicht an deiner Backe haben.«

Ich öffnete die Augen. Zwei Augen aus tiefem Braun, umringt von orangefarbenen Flammen, starrten mich hinter einem Vorhang aus schimmerndem nachtschwarzem Haar an.

»Mina?«

Quoth.

Mein wunderschöner Quoth.

Er schlang seine langen Arme um mich und warf mich in den Sand. Ich fühlte mich, als würde ich überhaupt nichts wiegen, als würde mein Herz gleich aus meiner Brust flattern und davonfliegen. Er küsste meine Lippen, meine Augenlider, jeden Zentimeter meines Gesichts. Nudelsoße klebte ihm noch immer auf Brust und Rücken. Ich streichelte seine weiche, warme, *lebendige* Haut und konnte nicht glauben, dass er hier war. Lebendig. Bei mir.

»Meine Mina«, flüsterte Quoth und vergrub seinen Kopf in meinem Nacken, um die Stelle zu küssen, an der er mich gebissen hatte. Die Wunde war auf mysteriöse Weise verschwunden.

»Ich dachte, ich hätte dich verloren.« Ich strich mit meinen Fingern über seine Wange. Ich konnte nicht aufhören, ihn zu berühren und mich darüber zu wundern, wie warm und gut er sich anfühlte.

»Das hast du auch eine Zeit lang.« Quoth lehnte sich zurück und in seinen feuerumrandeten Augen sah ich all den Schmerz und das Bedauern darüber, was er getan hatte. »Ich verdiene dich nicht. Ich verdiene diese zweite Chance nicht. Ich war schwach. Ich hätte in der Lage sein sollen, ihm zu widerstehen. Kannst du mir jemals verzeihen, dass ich dir wehgetan habe?«

»Du warst nicht du selbst. Er hat dich verdorben.«

»Aber wie sehr habe ich wirklich dagegen angekämpft? Wie

leicht habe ich es ihm gemacht, mich dir wegzunehmen?« Seine Augenlider flatterten und die langen Wimpern verhedderten sich. »Ich weiß nicht, ob ich mir selbst vergeben kann. Ich habe Oscar wehgetan. Ich habe dich angegriffen. Ich habe für ihn spioniert und ihm alle Informationen gegeben, die er brauchte, um diese Frauen zu töten. Er sagte, wenn ich es nicht täte, würde er dir wehtun. Ich würde es vollkommen verstehen, wenn du mich nie wiedersehen wollen würdest.«

Eine einzelne Träne kullerte über seine Wange.

»Nein, nein.« Ich wischte ihm die Träne mit meinem Finger weg. »Du warst nicht du selbst, als du diese Dinge getan hat. Es war Dracula. Es war *sein* Gift in dir, sein Wille, der deine Glieder bewegte. Er ist verantwortlich für all das. Und ich weiß das, weil du so hart *dagegen* angekämpft hast. Am Ende bist du entkommen. Du hast dich gegen ihn gewandt, denn egal, was er dir angetan hat, er konnte dir nicht deine Menschlichkeit nehmen.«

Quoth schüttelte den Kopf und sein Haar fiel ihm über die Schultern. »Es reicht nicht aus.«

»Es ist alles, was brauche.« Ich legte die Lippen auf seine. In dem Kuss offenbarte ich alles, wovor ich mich all die Monate, die ich mit ihm zusammen war, zu sehr gefürchtet hatte, es ihm zu sagen. Dass ich nie gewusst hatte, dass es möglich war, jemanden so vollkommen zu lieben, mit meinem ganzen Herzen, meinem ganzen Körper und meinem ganzen Verstand. Dass ich in ihm eine Zwillingsseele gefunden hatte, jemanden, der den kreativen Funken in mir verstand und diese Flamme genährt hatte, bis sie so hell brannte wie seine eigenen hellen Flammen. Dass ich nie gewusst hatte, was das Wort »Zuhause« wirklich bedeutet, bevor ich ihn auf einem kleinen Dachboden im Nevermore Bookshop gefunden hatte.

Als wir beide nach Luft schnappten, waren wir ein einziges Durcheinander aus Tränen, geschwollenen Lippen und geröteten Augen. Ich lachte und küsste ihn wieder und wieder, bis Dante sich hinter mir räusperte und die leere Flasche in den Sand neben uns warf.

»Die Zeit ist um, Mina.« Dante warf einen Blick auf sein Handgelenk, und ich sah, dass er eine schicke goldene Uhr mit neun Zifferblättern trug. »Ich habe einen Termin am Fluss aus Blut und Feuer, den ich nicht verpassen möchte.«

»Werde ich meinen Vater wiedersehen?«, fragte ich. »Ich weiß, dass Dracula ihn getötet hat, aber das war nur in meiner Zeit, oder? Er könnte jederzeit aus dem Zeitreisezimmer treten und wieder in meinem Leben sein?«

Dante schüttelte den Kopf. »Du weißt, dass das nicht so funktioniert. Aber du musst nicht traurig sein. Alte Geschichtenerzähler sterben nie. Sie verschwinden einfach in ihren eigenen Geschichten.« Dante legte seine Hand in meine. »Jetzt bist du an der Reihe, Mina Wilde, Tochter von Homer. Schreib das nächste Kapitel. Und vergiss nicht, meinen Wein vorbeizuschicken.«

Dante schritt zum Ufer. Er trat mit einem Fuß ins Wasser und spritzte es in die Luft, wo es sich in völliger Missachtung der Gesetze der Schwerkraft drehte. Die Tropfen bildeten eine schimmernde Tür, und ich spürte das vertraute Ziehen der unsichtbaren Schnur um mein Herz, die mich zu ihr zog.

Ich griff Quoths Hand und gemeinsam wateten wir durch das Wasser. Wir beugten uns vor und küssten uns ein letztes Mal, bevor wir durch die Tür ins Unbekannte schritten.

32

Durch die Türöffnung war alles in Dunkelheit gehüllt. Wir stolperten gemeinsam durch die Finsternis, wobei Quoths Hand nie von meiner wich. Ich streckte meine andere Hand vor mir aus und wartete auf den Moment, in dem das eiskalte Wasser des Meles zurückwich und meine Finger über kühlen, feuchten Stein strichen. Meine Füße klatschten auf nasses Kopfsteinpflaster.

Ich blinzelte, als ein helles Licht auf mich zuraste. Quoths Arme schlangen sich um mich, und ich begegnete diesem Licht mit offenen Augen und einem geheilten Herzen. Wenn es der Güterzug war, der mich abholte, dann war ich bereit.

»Sie sind hier. Die Bastarde leben noch.«

Die Taschenlampe klapperte auf dem Kellerboden, als Heathcliff auf mich zustürmte und mich und Quoth in seine riesigen, kräftigen Arme schloss. Er drückte uns beide an sich, als hoffte er, uns durch seine Poren zu quetschen und in seinen Körper aufzunehmen.

»Seht euch das nur an.« Morries Stimme ertönte von der obersten Stufe. »Die ganze Familie ist wieder vereint.«

»Noch nicht«, knurrte Heathcliff. Er löste sich von uns und

rannte die Treppe hinauf. Morrie schrie auf, als Heathcliff ihn über seine Schulter warf und die Treppe hinunterstampfte. Heathcliff ließ Morrie von seiner Schulter in die Mitte unseres Kreises fallen und zerdrückte uns alle erneut fast zu Tode.

»Können wir das Familientreffen vielleicht woanders abhalten? Diese Feuchtigkeit wird meine Budapester ruinieren. Hey!« Morries Beschwerde verstummte, als Heathcliffs Lippen die seinen berührten.

Heathcliff zog mich am Kragen zu sich heran, und dann küsste er mich, und Morrie küsste Quoth, und wir lachten und umarmten und küssten uns, hocherfreut, am Leben und zusammen und wild, ekstatisch verliebt ineinander zu sein.

Ich war erfüllt von einer Freude, von der ich nicht gewusst hatte, dass sie möglich war. Wir hatten es geschafft. Wir vier hatten Dracula besiegt und uns dabei gefunden.

Und wir würden uns nie wieder im Dunkeln verlieren.

Von der Treppe oben war ein Geräusch zu hören. Ich riss den Mund von Morries Lippen und blinzelte in die Dunkelheit. Victor streckte den Kopf herein. »Mina, ich weiß nicht, ob jetzt ein guter Zeitpunkt ist, aber hier ist ein Mann, der dich sehen möchte. Er sagt, er sei gekommen, um die Elektrizität und die Wasserleitungen zu reparieren.«

Ich konnte nicht anders und brach in Gelächter aus.

33

»Bist du sicher, dass es in Ordnung ist, einen normalen Klempner zu beauftragen?«, fragte ich, während ich mit dem Wischmopp über die Dielen am Fuß der Klassiker-Regale fuhr und versuchte, auch den letzten Tropfen des Wassers von Meles aufzusaugen. »Das sind nicht gerade gewöhnliche Rohre.«

»Oh, tut mir leid. Ich muss die Seite in den Gelben Seiten für magische Klempner übersehen haben«, brummte Heathcliff. »Das Wasser scheint den Menschen nicht zu schaden. Es sind unsere Bücher, die durch die schlampige Rohrverlegung deines Vaters in Gefahr sind.«

Damit lag er nicht ganz falsch. Wir hatten die ganze Woche damit verbracht, alle Bücher aus den Klassiker-Regalen zu räumen, damit Handy Andy in die Wand dahinter gelangen konnte, um die Rohre zu reparieren. Als wir sie alle aus dem Regal gezogen hatten, war der Schaden noch schlimmer, als wir angenommen hatten. Die meisten Bücher waren völlig durchnässt. Einige der weniger beschädigten Bücher wurden zum Trocknen auf die Heizkörper im Laden verteilt. Viele jedoch waren nicht mehr zu retten, und wir konnten nicht riskieren, dass sie mit Kunden nach Hause gingen und außerhalb des Ladens fiktive Figuren zum Leben erweckten. Aber wir hatten einen Plan für sie.

Wir hatten das Rätsel um den Nevermore Bookshop gelöst. Zumindest einen Teil des Rätsels. Als mein geschäftstüchtiger Vater den Laden mit modernen Annehmlichkeiten ausstattete, hatte er beschlossen, das Wasser des Meles für die Wasserversorgung des Gebäudes zu nutzen, vielleicht in der Hoffnung, durch die Erschließung der uralten Quelle tief unter dem Haus Stromkosten zu sparen. Die minderwertigen viktorianischen Rohre waren vor Jahren undicht geworden, sodass das Wasser langsam die Wand hinter den Bücherregalen zu Schwamm verwandelt und dann die Seiten der Bücher mit magischem Wasser durchtränkt und die Figuren auf diesen Seiten zum Leben erweckt hatte.

Das erklärte, warum es plötzlich so viele fiktive Figuren gegeben hatte. Die Rohre waren eine tickende Zeitbombe gewesen: sie hätten in den letzten zehn Jahren jederzeit explodieren können. Stattdessen hatten sie sich dafür entschieden, vor ein paar Wochen zu explodieren, was den Wasserdruck auf ein Rinnsal verlangsamt, die Regale der Klassiker durchnässt und den Keller überflutet hatte. Es war reiner Zufall gewesen. Ein Leck in der Wasserleitung. Nichts, was mit Mina Wilde und ihrer verrückten Buchmagie zu tun hatte.

Ich hatte das Chaos, das der Nevermore Bookshop war, nicht unter Kontrolle. Ich war immer noch ein gewöhnliches Mädchen mit kaputten Augen, drei Liebhabern und einem tollen Kleiderschrank. Und ich könnte nicht glücklicher sein.

Ich hatte die Welt von Dracula befreit und Quoth und die anderen vor seinem Bann gerettet. Jo hatte Fiona zurück und die beiden waren auf eine hinreißende, nervtötende Art verliebt. Die Geistersucher hatten einige erstaunliche

Aufnahmen von der Nacht gemacht, von denen die Fernsehleute zwar überzeugt waren, dass sie gefälscht waren, Frau Ellis aber trotzdem ihre eigene Spin-off-Show angeboten hatten. Dorothy Ingram war in eine spezielle Einrichtung gebracht worden, wo sie hoffentlich die Hilfe bekommen würde, die sie brauchte. Und wir hatten Gerechtigkeit für Jenna Mclarey erzielt. Jo und ich hatten Hayes unsere Beweise vorgelegt und, nachdem er uns zurechtgewiesen hatte, weil wir das Gesetz in unsere eigenen Hände genommen hatten, hatte er Connor wegen des Mordes an ihr verhaftet.

Die Guten bekamen ihr Happy End und das Böse bekam einen Pflock ins Herz. So war das Leben im Nevermore Bookshop.

»Heißt das, dass nun keine weiteren fiktiven Figuren mehr in Argleton auftauchen werden?«, fragte Jo, als Handy Andy das letzte seiner Werkzeuge aus dem Keller nach oben trug. Er hatte über eine Woche gebraucht, um die abgenutzten Rohre dort unten zu finden und durch brandneue zu ersetzen, und es gab noch viel zu tun. Zum Glück hatte die Versicherung, auf die ich bei Heathcliff bestanden hatte, alles abgedeckt.

»Ich glaube nicht.« Ich warf eine Ausgabe von Shakespeares Dramen zum Trocknen über die Heizung. Obwohl ich irgendwie traurig war, dass ich keinen anderen meiner literarischen Helden und Heldinnen kennenlernen würde, war es das wert, um die Welt vor Leuten wie Dr. Jekyll, Grendel, Moby Dick oder, möge Isis uns schützen, Edward Cullen zu bewahren. Außerdem hatten die fiktiven Charaktere in meinem Leben schon genug Chaos und Verwüstung angerichtet.

Als ich das letzte Buch zum Trocknen ausgelegt hatte, ließ ich mich in Heathcliffs Stuhl fallen und stellte meine Stiefel auf den Schreibtisch. Ich war übermüdet. Mein Handy summte. »Eingehender Anruf von Helen Wilde«, las der Bildschirm vor. Ich stieß das Telefon vom Rand des Schreibtisches. Ich war so dankbar, dass meine Mama noch lebte, aber ich wollte nicht hören, wie verliebt sie in Handy Andy war.

Jedes Kind von getrennten Eltern, hegte den geheimen Wunsch, dass sie wieder zusammenkommen würden. Homer und Helen waren in den Sternen geschrieben ... aber vielleicht hatte Papa recht, und ich war an der Reihe, die Geschichte zu erzählen.

Morrie nahm ein abgegriffenes Exemplar von *Das Schweigen der Lämmer* zur Hand. »Ich jedenfalls möchte nicht riskieren, dass dieser Hannibal Lecter in mein Leben eindringt. In dieser Buchhandlung ist nur Platz für ein kriminelles Superhirn.«

»Außerdem wird es schon schwierig genug, ein Zuhause für all unsere pockennarbigen Hausgäste zu finden.« Heathcliff nickte Sokrates dramatisch zu, der mein Handy vom Boden aufgehoben und es auf seinen Selfie-Stick steckte, um Peter Jordansons neuestes Buch für seine Instagram-Follower laut zu rezensieren. »Mina, es ist Zeit.«

»Wuff«, stimmte Oscar zu.

Ich seufzte. »Ja, du hast ja recht.«

Alle folgten mir und Oscar nach oben und drängten sich im Wohnzimmer der Wohnung. Ein Stapel nasser Bücher lag neben dem Kamin, und ich kniete mich hin und legte die letzten Bücher von der heutigen Räumung darauf.

Heathcliff kniete sich hin und schürte die Holzscheite im Feuer zu einem lodernden Feuer. Er reichte mir einen ledergebundenen Band. »Du zuerst.«

Ich blickte auf den Titel, und mir stockte der Atem. *Sturmhöhe.*

Genau dieses Buch hatte Heathcliff in mein Leben gebracht. Die Worte, die meine Seele so bewegt hatten, waren jetzt Tintenkleckse auf den zerfledderten Seiten.

Überrascht blickte ich zu Heathcliff auf. Er lächelte mich an. »Wirf es weg. Ich bin nicht mehr der Mensch, der ich in diesen

Seiten war. Dank dir bin ich ein besserer Mensch geworden. Meine Geschichte ist noch nicht zu Ende. *Unsere* Geschichte ist noch nicht zu Ende.«

Ich dachte an Dantes Angebot und daran, wie leicht es mir gefallen war, das aufzugeben, was ich vor einem Jahr noch am meisten auf der Welt gewollt hatte, um meine Familie wieder zusammenzubringen. Es hatte nie wirklich zur Wahl gestanden.

Ich warf das Buch in die Flammen. Das Feuer leckte am Buchrücken und hüllte das Buch in einen orangefarbenen Lichtschein. Die Seiten kräuselten sich und fielen zusammen, um sich in Rauch und Asche zu verwandeln.

Ganz anders als bei dem angstbasierten Bücherfrevel, den Dorothy Ingram zu begehen versucht hatte, ging es bei dieser Bücherverbrennung darum, Bücher zu *retten*. Es ging darum, die Geschichten in unseren Herzen zu bewahren, um zu verhindern, dass sie durch die Straßen rannten und Menschen verletzten. Wir mussten diese Figuren befreien, damit sie in Frieden ihr eigenes Leben auf den Seiten leben konnten.

Ich holte tief Luft. Obwohl ich wusste, dass es das Richtige war, hatte es etwas von einem Sakrileg, ein Buch verbrennen zu sehen. Ich erwartete fast, dass Ray Bradbury oder die Göttin Sylvia Plath vom Himmel schweben und uns alle bestrafen würden.

Aber nein, Göttin Plath hatte Besseres zu tun. Sie wusste, wie ich jetzt auch, dass wir die Autoren unserer eigenen Geschichten waren.

Heathcliff warf Morrie ein Buch zu. »Du bist dran.«

Morrie fing das Buch mit einer Hand auf. Ich musste nicht genau hinsehen, um zu wissen, dass es sich um eine Sammlung von Sherlock-Holmes-Geschichten handelte. Er beugte sich vor, um seine Lippen auf meine zu drücken, während er das Buch über seine Schulter warf. Typisch Morrie. Er schaute nie zurück.

Bald schlossen sich uns alle an. Quoth kreischte vor Freude, während er Bücher aus großer Höhe in die lodernden Flammen warf. Sokrates übte seinen Unterarmwurf. Jo warf ein paar mit einer vorsichtigen Bewegung ihres Handgelenks hinein. Morrie verteilte Marshmallows und Spieße.

»Was wird aus den Figuren?« Jo deutete auf die Menge der fiktiven Charaktere, die sich um einen Platz vor dem Feuer drängten, um ihre Marshmallows zu rösten.

»Ich arbeite bereits hart daran.« Morrie tippte auf sein Handy. »Victor wird bei Madame Tussauds arbeiten, und sein Monster hat einen Job als Türsteher in einem Londoner Club bekommen. Robin wird sich einer Mittelalter-Truppe in der Nähe von Nottingham anschließen. Der alte Mann hat gerade einen Sponsorenvertrag mit einem Luxusbekleidungslabel abgeschlossen, also wird er seine sophistischen Wege aufgeben, um eine Konsumhure zu werden. Der kopflose Reiter wird das Lachlan-Anwesen heimsuchen, nur um Grey daran zu erinnern, dass wir in seinem Vorruhestand an ihn denken werden.«

Grey Lachlan war gerade erst aus dem Krankenhaus nach Hause entlassen worden, wo er sich von inneren Verletzungen erholt hatte, nachdem die Ärzte den Pfahl aus seinem Rücken entfernt hatten. Seine Erfahrung als Draculas Diener hatte ihn so erschüttert, dass er, als Morrie ihm anbot, oder, ganz in Morries Art, deutlich machte, dass er keine andere Wahl hatte, die alte Wohnung von Frau Ellis für den Bruchteil des geforderten Preises zu kaufen, noch am selben Tag die Papiere unterschrieben hatte. Er hatte beschlossen, sich aus dem Immobiliengeschäft zurückzuziehen und den Rest seines Lebens damit zu verbringen, Cynthia wie eine Prinzessin zu behandeln, eine Berufung, die ich von Herzen guthieß.

Das bedeutete, dass Morrie nun das Geschäft auf der anderen Straßenseite gehörte und wir immer noch darüber diskutierten, und auch stritten, was wir damit anfangen sollten.

Morrie dachte an luxuriöse Wohnräume, ich hatte es für einen Veranstaltungsraum im Auge, Quoth sah es als potenzielle Kunstgalerie und Heathcliff wollte ein »KEIN ZUTRITT«-Schild an die Tür hängen und es mit Büchern und Whisky und einem großen, bequemen Bett füllen.

Ich wandte mich an Droll. »Was ist mit dir? Sam vom Wild Oats Wilderness Retreat meinte, er wolle unbedingt einen weiteren Wildnahrungssammler ausbilden.«

Droll grinste Morrie an. »Eigentlich habe ich vor, noch eine Weile durch Argleton zu streifen. Im Pub habe ich gesehen, dass als nächstes das jährliche Shakespeare-Festival an steht.«

Das Argleton Shakespeare Festival. Eine einmonatige Feier des Werks des Barden mit Theaterstücken, Musikgruppen und absolut keinen Morden. Und jeder im Dorf würde eine Rolle spielen.

Sie brauchten nicht nur Schauspieler, sondern auch Bühnenbildner, Requisiteure, eine Kostümabteilung und alle anderen Backstage-Rollen. Ich dachte an die jetzt leeren Regale für Klassiker und stellte mir eine Ausstellung wunderschön gebundener Shakespeare-Ausgaben vor, vielleicht einige thematische Teesorten ...

Ja. Die Zukunft des Nevermore Bookshop sah in der Tat sehr rosig aus.

Ende... Oder Etwa Nicht?

Die Geheimnisse des Nevermore Bookshops werden noch 3 weitere Bücher umfassen. Quoth kämpft mit seinen Schuldgefühlen, Mina beendet ihren Roman und Droll entfesselt Chaos beim Argleton Shakespeare Festival in *Viel Lärmen um Mord*.

http://books2read.com/nevermore7deutsch

Du kannst nicht genug von Mina und ihren Jungs bekommen? Lies eine kostenlose alternative Szene aus Quoths Sicht zusammen mit anderen Bonusszenen und zusätzlichen Geschichten, indem du dich für den Steffanie Holmes-Newsletter anmeldest.

https://www.nevermorebookshop.co.nz/pages/steffanie-holmes-newsletter-german

VON DER AUTORIN

Willkommen zurück im Nevermore Bookshop. Ich weiß, es ist schon eine Weile her, dass wir durch die Eingangstür getreten sind, um einen mürrischen, liebenswerten Riesen, ein charmantes und freches kriminelles Genie und einen schönen und freundlichen Raben zu treffen. Nicht zu vergessen das ausgestopfte Gürteltier.

Ihr habt gefragt, und ich mache es möglich: die Geheimnisse des Nevermore Bookshops werden drei weitere Bücher erhalten, beginnend mit *Viel Lärmen um Mord*. Macht euch bereit für alberne Kostüme, shakespearesche Beleidigungen und eine ständig wachsende Zahl an Opfern.

Wenn ihr mit mir über alles rund um Nevermore plaudern, Updates erhalten und ein kostenloses Buch mit Zwischensequenzen und Bonusgeschichten bekommen möchtet, könnt ihr meinen Newsletter unter https://www. nevermorebookshop.co.nz/pages/steffanie-holmes-newsletter-german abonnieren.

Ein Teil des Erlöses aus jedem verkauften Nevermore-Buch fließt in die Unterstützung von Blind Low Vision NZ Guide Dog.

Ich freue mich sehr, dass euch diese Geschichte gefallen hat!

Ich würde mich sehr freuen, wenn ihr eine Rezension auf Amazon oder Goodreads hinterlassen würdet. Das hilft anderen Lesern, ihre nächste Lektüre zu finden.

Vielen Dank, vielen Dank! Ich liebe euch über alles! Bis zum nächsten Mal.

Steffanie

LESEN SIE EINEN AUSZUG AUS POISON IVY

EIN BRANDNEUER DUNKLER LIEBESROMAN VON STEFFANIE HOLMES

Mein erstes Anzeichen dafür, dass wir nicht mehr in Kansas sind, ist, dass jemand die Autotür aufzieht und mir meine Kate Spade-Tasche aus den Armen reißt.

»Hey!«, schreie ich, denn niemand fasst meine Kate an und überlebt, um damit zu prahlen. Ich schwinge meine Faust, um dem Dieb eins auszuwischen, aber er ist zu schnell. Mein Schlag prallt an seinem Arm ab.

»*Ich* werde Ihre Sachen nehmen, Fräulein«, sagt der Dieb mit ernster Stimme. Wenigstens ist es ein höflicher Krimineller. Die Menschen in Emerald Beach werden wirklich anders erzogen.

»Danke, Seymour. Sie müssen meine Tochter entschuldigen. Sie weiß nicht, wie man sich unter Menschen verhält.« Papa klingt müde. In letzter Zeit hört er sich oft so an. Früher hatten wir eine Vater-Tochter-Beziehung wie aus einem Hallmark-Film. Wir hätten darüber gelacht, dass ich versucht habe, Seymour auszuschalten, wer auch immer dieser verdammte Seymour ist. Aber das war, bevor ich unser Leben zerstört habe. Jetzt ist alles, was ich tue, ein weiteres Ärgernis für ihn, denn es ist *völlig normal*, dass irgendwelche Leute ihre Hände in meinen Schoß stecken und mir meine Sachen wegnehmen.

Aber ich schätze, das ist jetzt unser neuer Alltag.

Unser neues Leben. Mit unserem Kofferträger namens Seymour.

Ich wünschte, ich hätte besser aufgepasst, als Papa mir von unserem Umzug nach Emerald Beach erzählt hat. Wahrscheinlich hat er Seymour erwähnt. Aber ich war ein bisschen damit beschäftigt, mein Körpergewicht in Marsriegeln zu essen und alles und jeden in Reichweite zu zerschmettern.

»Lassen Sie die Schlüssel bei mir, Sir«, sagt Seymour zu Papa. »Ich parke das Auto für Sie und bringe den Rest Ihrer Sachen rein. *Sie* wartet schon auf Sie.«

Seymour flüstert *Sie*, als wäre es ein Gebet, ein Flehen. Wer ist diese Frau, die nicht einmal einen Titel hat? Wer ist nicht Madame oder Lady oder Frau Dio für ihre Angestellten, sondern einfach nur *Sie*?

Ich steige aus dem Auto aus. Die Sonne trifft mich wie ein Güterzug aus Feuer. Ja, ich bin definitiv nicht mehr in Kansas. Und mit Kansas meine ich Witchwood Falls, Massachusetts. Oder Cedarwood Cove, Massachusetts – je nachdem, wer fragt. Ich bin weit weg von zu Hause.

Anders als Dorothy schlage ich nicht die Absätze meiner magischen Schuhe zusammen, die mich dorthin zurückbringen. Egal wie kochend heiß, basic oder albern Emerald Beach auch sein mag, es kann nicht so schlimm sein wie das, vor dem ich davonlaufe.

Dank mir haben wir kein Zuhause mehr, zu dem wir zurückkehren können.

Meine Schuhe knirschen auf den Kieselsteinen. Das Haus erhebt sich über mir – eine riesige Wand aus Marmor, Glas und Schrecken. Ich erinnere mich daran, wie Papa es mir beschrieben hat, also muss ich es nicht sehen, um zu wissen, dass es verdammt protzig ist, mit gebleichten weißen Säulen, die einen geschnitzten Säulengang stützen, übergroßen Eichentüren und wahrscheinlich einer schlecht geschnitzten Kopie von Michelangelos David in der Mitte des plätschernden Brunnens, und Gold; Gold, das überall glitzert. Die Häuser hier sind wahrscheinlich alle gleich, als hätten Paris Hilton und ein griechischer Tempel ein Baby gehabt.

Mein neues Zuhause.

Ohne meine Handtasche fühle ich mich nackt, also umklammere ich meinen Stock ein bisschen fester als sonst, während ich auf das sich abzeichnende Gebäude unseres neuen Lebens zusteuere. Die Türen öffnen sich knarrend und ich bin überrascht, eine dunkle Stimme zu hören.

»John. Du hast es noch rechtzeitig geschafft, wie ich sehe.«

Sie klingt nach heißem Kakao und Rasierklingen.

»Cali.« Papa sagt ihren Namen mit einem Hauch von Ehrfurcht in seiner Stimme. »Ich möchte dir meine Tochter vorstellen.«

»Hallo, Fergus.« Meine neue Stiefmutter sagt meinen Namen steif und testet seinen Klang auf ihrer Zunge.

»Fergie«, sage ich. »Alle nennen mich Fergie.«

Ja, mein Name ist Fergus und ich bin ein Mädchen. Es ist die lächerlichste Geschichte überhaupt. Vor Jahrhunderten, als meine Vorfahren noch ein Haufen schwertschwingender Clanmitglieder in Schottland waren, versprach ein reicher Gutsherr dem erstgeborenen Sohn jeder Generation, eine große Geldsumme, wenn er Fergus hieße. Und obwohl kein einziger Cent dieses Geldes jemals zustande kam, hat mein Clan nie die Gelegenheit für leicht verdientes Geld verstreichen lassen, also ist der Name geblieben. Ich sollte ein Junge sein, bis zu dem Moment, als ich aus meiner Mutter herausgeschossen kam, und so wurde ich Fergie.

»Hey, Fergalicious.« Papa benutzt seinen Kosenamen für mich, während er mich mit diesem müden Ton in der Stimme anstupst. »Ich freue mich so, dass du endlich Cali, deine neue Stiefmutter, kennenlernst.«

Juchhu.

Ich will keine verdammte Stiefmutter, schon gar nicht diese Frau. Aber wie bei allem, was seit dem Vorfall passiert ist, habe ich auch hier keine andere Wahl.

Eine Hand ergreift meine und schüttelt sie, der Griff ist fest und knapp – Cali macht mir klar, dass sie mir das Handgelenk brechen kann, wenn sie die Gelegenheit dazu hätte. Sie hat irgendeinen hochrangigen Job in der Fitnessbranche – ich habe Papa nie gefragt – und ich stelle mir vor, dass dies der Händedruck ist, den sie für alle Steroid-Typen verwenden muss.

Auch wenn ich Papa zuliebe nett sein will und auch wenn diese Frau alle möglichen Fäden für mich gezogen hat, obwohl sie mich nie getroffen hat, kann ich nicht anders.

Ich erwidere den Druck.

Ich werde nicht die Schwächere sein.

Ich lasse mich nicht über den Tisch ziehen oder zum Narren halten.

Nicht dieses Mal.

Calis Fingerknöchel knacken. Sie lässt meine Hand fallen.

»Endlich sind meine beiden Lieblingsfrauen zusammen«, sagt Papa mit gespielter Fröhlichkeit in der Stimme. »Ich bin überzeugt, dass ihr euch prächtig verstehen werdet.«

»Kommt rein.« Calis Tonfall wird steif und förmlich. Es ist die Stimme von jemandem, der nicht die Absicht hat, sich »blendend zu verstehen«. Sie hält mir die Tür auf, und ich folge Papa in das riesige Foyer. Mein Stock streicht über den Boden, die Kugelspitze rollt über kalten Marmor. Das Geräusch hallt durch drei Stockwerke und das Echo macht mich völlig wahnsinnig. Ich habe noch nie in einem so leeren Raum gestanden. Ich meine, in Einkaufszentren und Konzerthallen schon, aber die sind immer voll von wogenden Körpern, Lärm, Aufregung und Geschäftigkeit. Dieses Haus trieft vor bedrückender Stille.

Dies ist ein Haus der Geheimnisse.

Gut. Vielleicht wird es auch meins fest verschlossen in seinen Mauern halten.

Calis Absätze klacken auf dem Marmor. »Wir haben schon gegessen, aber ich kann Milo bitten, euch etwas aufzuwärmen. Ihr müsst nach der langen Fahrt hungrig sein.«

»Das wäre fantastisch. Du hast keine Ahnung, wie sehr ich Milos Essen vermisst habe. Fergie?«, fragt Papa mich.

»Ich bin nicht hungrig.«

Ich beiße mir auf die Lippe und fühle mich schlecht, weil meine Stimme so schnippisch klingt. Papa will so sehr, dass es klappt. Ich habe ihm in den letzten Monaten viel Mist zugemutet. Ich habe das Gefühl, dass ich bereits mit Cali auf falschem Fuß stehe, und wir sind kaum durch die Eingangstür. Aber dieses Haus, diese Frau, das ist einfach zu viel. Ich versuche, meine Stimme ruhig zu halten. »Kann ich mein Zimmer sehen?«

»Folge mir«, bellt Cali. Ihre Absätze *klick-klacken* auf der Treppe. Sie wartet nicht auf mich und hält mich auch nicht am Arm fest, was mich ihr gegenüber ein wenig erwärmt. Mein Stock stößt an die unterste Stufe und ich gehe weiter, bis ich den Handlauf erreiche. Ich drehe meinen Stock in der Hand, damit er mir die Tiefe und die Anzahl der Stufen anzeigt, und steige ihr nach. Papa schnauft hinter mir her. In dieser Leere aus Bohnerwachs und Bleichmittel kann ich die muffige Klimaanlage unseres Volvos und die Snackkrümel, die an uns beiden kleben, riechen.

Wir gehören nicht in ein Haus wie dieses, mit einer Frau wie Cali.

Vielleicht sieht Papa das bald ein.

Die Treppe führt immer höher und höher und höher und verwirrt mich. Ich bin verloren in einem Labyrinth, mit einem Minotaurus in der Mitte. Aber das ist nicht fair – das Monster ist nicht meine neue Stiefmutter.

Das *echte* Monster habe ich in Massachusetts zurückgelassen.

Cali führt uns einen breiten, großen Flur hinunter. Die Absätze meiner Stiefel sinken in den dicken, weichen Teppich. »Dein Vater und ich haben ein Zimmer im Ostflügel«, sagt sie schroff. »Luella, das Hausmädchen, wohnt außerhalb. Seymour und Milo wohnen im Anbau hinter dem Pool. Neben deinem Bett befindet sich ein Rufknopf, falls du sie brauchst. Du und Cassius wohnen in diesem Flügel. Ihr teilt euch ein Bad.«

Stimmt – ich muss Cassius noch kennenlernen. Meinen neuen Stiefbruder.

Ich weiß nichts über ihn. Ich habe nie gefragt. In den letzten Wochen war ich wie betäubt, weil mein Leben und meine Zukunft in einem von mir selbst verursachten Inferno untergegangen sind. Ich habe kaum daran gedacht, zu essen, geschweige denn, mich um das Kind zu kümmern, mit dem ich das Haus teilen werde. Er ist ungefähr zwölf Jahre alt oder so, riecht wahrscheinlich eklig, redet nur in Grunzlauten und wird einen unerträglichen Musikgeschmack haben. Ich erinnere mich, dass Papa gesagt hat, dass es noch einen Bruder gibt – er ist ein paar Jahre älter als ich, aber er wohnt nicht mehr hier.

Cali stößt eine Tür auf. »Ich nehme an, das ist ausreichend.«

»Es ist wunderbar, vielen Dank.« Papa drückt meine Hand. »Fergie, was denkst du?«

Ich kann gar nichts sagen. Meine Lippen sind wie zugeklebt.

Ich bleibe in der Tür stehen und begrüße die Leere meines neuen Zimmers mit eisigem Schweigen.

»Es ist ganz in Rot und Gold dekoriert«, sagt Papa. »Deine Stiefmutter hat einen guten Geschmack.«

»Ich pfeife auf Farbmuster und Kissen«, spottet Cali. »Livvie hat das gemacht.«

Ich weiß nicht, wer Livvie ist, aber Papa weiß es offensichtlich, denn er lacht, als hätte Cali etwas total Lustiges gesagt. Ich versuche, das Unwohlsein zu ignorieren, das sich in meinen Magen gräbt.

Papa hat schon ein ganzes Leben in Emerald Beach, mit Cali und Livvie. Er hat diese Welt, die völlig getrennt von mir ist.

Haben sie Livvie zu ihrer Hochzeit eingeladen? Denn mich haben sie nicht eingeladen.

Ich sollte nicht hier sein. Sie wollen mich nicht hier haben.

Ich schaffe es, mich nach vorne zu schleppen und gehe im Raum herum, wobei ich die Kanten der Möbel berühre. Es gibt nicht viel, was mir lieb werden könnte. Ein Bett mit einem Bettgestell aus Messing, ein zotteliger Teppich, der den gesamten Boden bedeckt, eine hohe Kommode, ein Schreibtisch und ein gepolsterter Sessel unter dem Fenster. Meine Füße stoßen auf ein paar seltsame Dellen im Teppich, Stellen, an denen etwas Schweres die Fasern zerdrückt hat. Ich frage mich, was es war, dass früher in der Mitte des Bodens gestanden hat.

Meine Taschen sind bereits neben der Tür zum begehbaren Kleiderschrank gestapelt. Seymours Werk, nehme ich an. Der ganze Raum ist größer als unser altes Haus.

»Wir lassen dich in Ruhe, damit du dich zurechtfindest.« Papa küsst mich auf den Scheitel. »Komm runter in die Küche, wenn du etwas essen willst. Sie ist hinten rechts im Haus, durch das Wohn- und Esszimmer.«

Sie gehen und schließen die Tür hinter sich. In dem Moment, in dem sie zufällt, lasse ich mich ins Bett sinken und gönne mir eine einzige Träne – ein salziges Tröpfchen für das verdammte Chaos, das ich in meinem Leben angerichtet habe.

Das ist alles, was ich verdiene.

Ich fahre mit den Fingern über den herrlichen, seidenen Stoff der Bettdecke. Diese Livvie mag Cali ein spöttisches Grinsen entlocken, aber sie hat Geschmack.

Das Zimmer riecht sogar gut, nach frischen Blumen. Ich wette, Seymour hat irgendwo ein Gesteck hinterlassen.

Ich hasse mich selbst.

Vor zwei Wochen stand ich auf einer Brücke und wollte runterspringen, um meinen Papa von der Last meiner Fehler zu befreien. Jetzt ertrinke ich in einer verdammten Villa in Seidenbettwäsche und Dienern und kann nicht einmal dankbar dafür sein. Als wir gegangen sind, habe ich die meisten meiner Besitztümer, sogar meinen Jiu-Jitsu-Gi, in den Müll geworfen. Ich kann es nicht ertragen, irgendwelche Erinnerungen daran zu haben, wie mein Leben eigentlich sein sollte.

Papa sagt, dass ich neue Klamotten bekommen werde, sobald wir uns eingelebt haben. »Das meiste von deinen Sachen wird in Emerald Beach nicht funktionieren, Fergie. Die sind da unten ganz anders.«

Er hat sich noch nie Gedanken darüber gemacht, ob ich irgendwo dazu passe.

Seit dem Vorfall hat sich alles verändert.

Du hast Glück gehabt, erinnere ich mich. *Dein Fehler wurde ausgelöscht. Du kannst neu anfangen. Neuer Name. Ein neues Leben. Wie viele andere Menschen haben diese Chance?*

Aber ich *will* weder einen neuen Namen noch ein neues Leben noch eine neue Mutter. Ich will mein altes Leben zurück. Ich will meine 1540 SAT-Punkte und meine Meisterschaftsgürtel und dass das schlimmste in meinem Leben der Stress ist, meinen Aufsatz für Harvard zu schreiben.

Die Luft bewegt sich.

Die Haare in meinem Nacken stehen mir zu Berge.

Ich höre ein Knarren, als die Tür zum angrenzenden Badezimmer aufschwingt.

Jemand ist in meinem Zimmer.

Jetzt lesen:
http://books2read.com/elite1deutsch

POISON IVY

Ich würde alles tun, um hineinzukommen. Ich würde sogar zu ihnen gehören.

Victor. Torsten. Cassius – der Sportler, der Künstler, der
Stiefbruder.
Der Poison Ivy Club.
Rücksichtslos.
Verbunden.
Gewalttätig.
Unantastbar.

Sie regieren die Stonehurst Academy mit eiserner Faust.
Wenn du nach Harvard, Princeton oder Yale willst, werden sie
dich dort reinbringen.
Garantiert.
Aber vorher wollen sie ihr Pfund Fleisch haben.
Ein Deal ist ein Deal – du gibst ihnen, was sie wollen, und sie
lassen deine Träume wahr werden.

Und sie wollen mich.

In ihrem Bett.
In ihren Armen.
Als Teil ihrer Gang.

Ich würde alles tun, um auf eine Eliteuniversität zu kommen.
Ich würde lügen. Ich würde betrügen.
Ich würde auf die Knie gehen.
Ich würde töten.
Aber diese drei dunklen Prinzen werden niemals mein Herz
bekommen.

Dies ist ein zeitgenössischer, dunkler Liebesroman für
Erwachsene mit drei finsteren Kerlen und einem furchtlosen
Mädchen. Er ist für Leser ab 18 Jahren gedacht.

Jetzt lesen:
http://books2read.com/elite1deutsch

ÜBER DIE AUTORIN

Steffanie Holmes ist *USA Today*-Bestsellerautorin für paranormale, gothische, düstere und fantastische Bücher. In ihren Büchern geht es um kluge, witzige Heldinnen, Geheimbünde, gruselige alte Herrenhäuser und Alphamännchen, die *immer* bekommen, was sie wollen.

Steffanie ist von Geburt an blind und wurde 2017 mit dem Attitude Award for Artistic Achievement ausgezeichnet. Außerdem war sie Finalistin für den Women of Influence Award 2018.

Steff ist die Gründerin von *Rage Against the Manuscript* — einer Ressourcensammlung mit kostenlosen Inhalten, Büchern und Kursen, die Autor*innen dabei helfen, ihre Geschichte zu erzählen, ihre Leser*innen zu finden und eine erfolgreiche Schreibkarriere aufzubauen.

Steffanie lebt mit ihrem Mann, einer Horde streitsüchtiger Katzen und ihrer mittelalterlichen Schwertsammlung in Neuseeland.

STEFFANIE HOLMES NEWSLETTER

Hol dir ein Gratisexemplar von *Cabinet of Curiosities* — ein Steffanie Holmes-Kompendium mit Kurzgeschichten und Bonusszenen — wenn du dich für den Steffanie Holmes-Newsletter anmelden.

https://www.nevermorebookshop.co.nz/pages/steffanie-holmes-newsletter-german